KB159041

지름길을 두고 돌아서 걸었다

지름길을 두고 돌아서 걸었다

마흔 넘어 떠나는 혼자만의 여행

박대영 지음

THE NAN
더난콘텐츠

프롤로그

길에서 주워 백팩에 담아온 이야기

수만 갈래의 '가보지 않은' 길 앞에 서면 그저 막막하기만 하다. 인생길이든 세상길이든 마찬가지다. 그래서 고민이 생긴다. 어느 길을 가려 걸을 것인가. 청춘의 시절에는 빨리 갈 수 있는 길만이 유일한 길이었다. 어디를 가든, 무엇을 이루든, 눈가리개를 한 경주마처럼 가고자 하는 그곳에 빨리 도달하는 것 말고는 아무것도 고려의 대상이 아니었다. 하지만 어느 순간 스스로 나이를 먹어가고 있음을 깨닫고, 또 그만큼 삶의 경험이 쌓이면서, 거들떠도 보지 않았던 빙 에둘러 가는 멀고 거친 길이 내 눈에, 또 마음에 와닿았다. 그때가 아마도 마흔 즈음이었을 것이다.

구불구불한 길이 품고 있는 사람냄새 나는 이야기가, 늦어도 늦은 것이 아니라며 어깨를 토닥이던 세상살이의 가르침이, 찬찬히 바라볼 때 제대로 볼 수 있다는 평범한 사실이 느리게 걸어도, 지름길을 두고 돌아서 걸어도 괜찮다고 속삭이듯 알려주었던 것이다. 또 어쩌면 인생이 고달프면 걸으라던 누군가의 조언처럼 삶의 여정에서 경험했던 한두 가지의 쓰디쓴 경험도 강둑을 지나고 산자락을 헤치며 나아가는 그 길 위로 나를 데려다주었을 것이다. 삶은 느리게 걷는 그 걸음걸음 안에 있었다. 무엇이 되어야 하는 삶이 아니라, 즐길 수 있고 즐겨야 하는 삶이 바로 그곳, 길 위에 있었다.

그때부터였을 것이다. 그냥, 걷는 게 좋았다. 그 무렵 제주 올레와 지리산 둘레길 개장을 기점으로 우리나라에도 도보 여행길이 여기저기에 만들어지고, 많은 사람들이 그 길을 걷기 시작했다. 마침 당시 〈길, 매력에 빠지다〉라는 제목의 다큐멘터리 제작을 하면서 전국의 다양한 길에 눈을 뜨게 된 것도 내가 걷기를 시작한 이유라면 이유였다. 길을 걸으며 우리나라에도 걸어야 할 곳이 참으로 많다는 사실에 너무 자주 감탄을 터트렸던 기억이 난다. 결국 감탄의 수만큼 걸어야 할 이유도 늘어났으리라.

차츰차츰 길 위에서의 시간들이 쌓이고, 또 그만큼의 걸음들이 쌓여가면서, 잊고 살았던 세상과 나 자신을 새롭게 발견할 수 있는 기회를 가졌다는 것은 행운이었다. 지금껏 무언가에 쫓기듯 살아왔던 날들, 더, 더를 외치며 더 많이 가져야 한다고 윽박지르며 재촉하는 세상의 요구에 떠밀리듯 부유하던 날들 속에서 허우적대는 스스로를 발견하고, 그렇게 스스로에게 작은 위로나마 건넬 수 있었던 기회가 길 위에 있었다.

사실 걷는다는 것은 몸이 전하는 수고스러움을 견디며 그저 두 발을 내딛기만 하면 되는 아주 단순한 일이다. 실상 살아간다는 일 역시 두 발을 이용해 몸을 움직이며 나아가는 과정이 아니던가. 하지만 그 걸음들이 목적지를 향하는 바쁜 걸음이 아니라, 도시라는 공간에서 조금 물러난 새로운 곳에서 이루어질 때, 우리는 걷는다는 행위가 품고 있는 다양한 장점들과 만날 수 있는 것이다.

길을 걷다 보면 부지불식간에 내 안에 들어와 가만히 쌓이는 이런저런 생각들이 있기 마련이다. 그 생각들의 태반은 산다는 것이 어쩌면 사소한 일상의 조각들로 이루어져 있다는 평범한 사실을 다시금 인식하는 내용들이 대부분이다. 정작 사는 데 중요한 것은 가진 것의 크기나 완장의 무게가 아니라, 계절을 느끼는 것, 그리고 계절에 움트는 뭇 생명들이 건네는 속삭임에 귀 기울이는 것이며, 그 미소 가득한 밝은 얼굴을 대할 때의 행복이기 때문이다.

어느 산자락, 어느 바위 위에 걸터앉아 산을 넘고 계곡을 내처 달려온 푸른 내음 가득한 바람을 맞고, 소슬하게 봄비라도 내리는 날에 꽃잎 떠가는 개울을 적시는 빗줄기에 마음이 열리고, 이내 뭉근한 미소라도 지을 수 있다면, 그것만으로도 충분히 행복한 일이 아닐까. 삶의 의미는 가방의 무게가 아니라, 가방에 담긴 그 무엇이 정하기 때문이다.

길을 걸으며 깨달은 이치가 있다면, 내 몸을 일으켜 세워 기어이 땀 흘리며 나아간 만큼이 진정한 나의 것이라는 사실이다. 걷는 여정만큼은 정직하다. 그 어떤 편법도 요령도 존재하지 않는다. 몸이 느끼는 수고스러움을 견디며 나아간 만큼이 내가 경험할 수 있는 전부이기 때문이다. 그러한 보편의 과정을 통해 누구든 행동의 주인이 되어가는 스스로와 만나게 된다. 그렇게 내가 나의 주인이 되어가는 여정 속에서 자유는 스미듯 다가와 삶과 동행하는 것이다. 내가 가야 할 길을 내 발을 움직여 가는 것보다 더한 자유가 어디에 있겠는가.

전국에는 이름도 모르는 수많은 산과 길들이 찾아와 걸어주기를 기다리고 있다. 나의 졸고(拙稿)는 이 길 위에서 주워 온 것이다. 지난 세월 동안 미처 깨닫지 못하고 흘려보냈던 많은 사연들을 다시 길 위에서 만나고, 그들이 건네는 이야기들이 한데 모여 책이 되었다. 계절이 바뀌면 새롭게 태어나는 자연과 뭇 생명들의 이야기는 길 위에도, 내가 기어이 한 걸음 한 걸음 옮기며 경험한 발걸음 위에도 널려 있었다. 서산에 뉘엿뉘엿 해가 질 무렵, 집으로 돌아와 백팩에 담아 왔던 이야기들을 마룻바닥에 쏟으면 그야말로 수북하니 행복했었다.

박대영

차례

제1장

계절을 알고 철이 든다는 것

제아무리 험해도 길은 길일 뿐

파주 감악산 둘레길

○ 길 위로 봄이 지천이다

봄날의 햇살은 화사하다 못해 눈이 부셔 좀이 쑤실 지경이다. 신록에 겨운 봄 햇살은 이파리마다 몽글몽글 매달려 박하향처럼 빛살을 터트리고, 갈 곳을 몰라 하는 바람은 이파리며 꽃들의 부드러운 살갗을 더듬느라 혼미해지는 그런 날이었다. 그러니 어쩌랴! 봄이 왔으니 그 봄을 영접하는 것이 살아있는 사람의 도리가 아니겠는가.

자유로를 내달려 도착한 곳은 북녘땅 마식령산맥에서 출발한 물줄기가 한탄강과 어우러져 임진강이 되어 흐르는 곳, 파주의 끝에 위치한 감악산(紺嶽山)이다. 예로부터 바위 사이로 검은빛과 푸른빛이 동시에 쏟아져 나온다 하여 감색 바위산이라 불렸던 감악산은 휴전선에서 불과 4킬로미터밖에 떨어져 있지 않은 산이라, 오랜 세월 동안 군사적인 이유로 입산이 금지되었던 곳이기도 하다.

길은 저 너머 햇살 가득한 봄날 속으로 뻗어 있었다. 길 위로는 푸른 내음이 아지랑이처럼 피어오르는 듯 아찔하다. 하지만 길이야 흔들릴 수도 가벼울 수도 없는지라, 좌우로 번갈아 휘어져 흐를 뿐 들뜨지 않는다. 머물러 있으면서도 움직임을 멈추지 않는 큰 강이 그러하듯, 길도 무심한 듯 누워있으나 누군가의 발걸음을 좇아 저도 어디론가 열심히 흘러가고 있는 중이었다.

산으로 난 길을 오르자, 투명하기까지 한 푸르른 녹음에 눈이 시리고, 봄에 물든 산은 그야말로 연초록 물감 천지다. 그래서인지 오솔길에 사람들이 넘쳐난다. 봄날은 기어이 많은 사람들을 산으로 내몰고 말았다. 이들의 목적지는 대부분 감악산 출렁다리다. 언젠가 드라마에서 중년의 사랑을 이어주던 그 다리다.

감악산 출렁다리는 그 길이가 150여 미터로, 산허리를 애처롭게 붙들고 있는 여린 모습과는 달리, 초속 30미터의 강풍과 진도 7의 강진에도 견딜 수 있게 설계되었다니 걸으면서 느껴지는 약간의 흔들림은 그저 즐기면 될 일이다. 그래서인지 작은 흔들림에도 꺄악 하고 즐거운 탄성이 터진다. 감악산 둘레길을 걷기 위해서는 이 출렁다리를 건너야 한다.

출렁다리를 지나면 진달래가 지천이다. 데크로 이어진 길에는 햇살 머금은 꽃들이 야한 몸짓으로 연신 유혹을 하고, 그 유혹에 넘어가려는 찰나에, 어디선가 물소리가 아스라하다. 비룡폭포라 불리기도 하는 운계폭포다. 봄날의 폭포는 아직은 때가 아니라는 듯 조용하고 그저 여리면서도 그윽하다.

운계폭포를 벗어나면 길은 산등성이를 따라 이어지고, 이제부터는 본

격적인 감악산 둘레길이다. 감악산 둘레길은 파주시와 양주시, 그리고 연천군을 지나는 순환형 둘레길로, 총 5개 코스로 이루어져 있다. 전체 길이는 21킬로미터로, 열심히 걸으면 하루만으로도 충분히 완주가 가능한 길이다.

○ **고요하고 나른한 청산계곡길을 걷다**

짙어지는 녹음과 달리 길은 아직도 낙엽들의 쉼터다. 그럼에도 길은 햇살을 담뿍 품은 채로 여행자를 기다리고 있었다. 어서 오라고, 지난 긴 겨울 동안 사람이 그리웠노라고 애정 어린 눈빛을 건네는 것만 같았다.

길의 이정표는 청산계곡길을 가리킨다. 감악산 둘레길 각 코스의 이름들은 생경하면서도, 정겹고 또 친근하다. 청산계곡길이며, 손마중길, 천둥바윗길, 임꺽정길, 하늘동네길 같은 이름들은 이 지역의 학생들이 전 코스를 답사한 후에 길의 특성에 맞게 지은 이름이라고 한다. 아름다운 이름이 능사는 아니겠지만, 그럼에도 이름 속에 길의 특성이 배어 있음은 걷는 이에게 또 다른 정보가 되고, 길을 이해할 수 있는 실마리가 되기도 한다. 그러니 이름 짓기도 중요한 작업이다.

출렁다리에서 북적이던 많은 사람들이 둘레길에서는 보이질 않는다. 그래서 홀로 걷는 봄길이 고요하고 또 나른하다. 길은 계곡과 나란히 이어진다. 아직은 메마른 계곡이지만, 산은 몰래몰래 품었던 물을 조금씩 풀어놓고 있었던지라, 간간이 또르르 구르는 계곡 물소리가 그윽하고 또 청아하다. 봄은 초록의 색감으로, 또 계곡의 단아한 물소리로도 다가오고 있었다.

봄날의 길을 걷다 보면, 아무래도 먼저 눈에 띄는 것은 들꽃이기 마련이다. 감악산 가는 길에도 붓꽃이며, 제비꽃, 개별꽃, 양지꽃, 고깔제비꽃 등이 길 가장자리에서 홀로 고운 자태를 뽐내고 있었다. 어디선가 날아온 꽃씨 하나가 기어이 꽃을 틔워 올렸던 것이다. 제 삶이 비록 작고 또 여려도, 자신이 그곳에 살고 있음을 짙고 고운 색감으로 드러내며, 수줍은 듯 지나는 이의 손을 잡아끈다.

○ **제아무리 험해도 길은 길일 뿐**

길은 장군봉을 향해 꺾으며 이어진다. 이제는 본격적인 산행이다. 감악산을 둘러 이어지는 둘레길을 걸으려 했지만 완주를 하기에는 시간이 허락하질 않고, 또 원점회귀를 해야 하는 개인적인 사정이 더해 기어이 산을 넘어가야 했다. 짧은 오르막길을 벗어나자 진달래가 휘황한 빛을 뿜어낸다. 온 사방이 진달래 천지다. 하지만 꽃들이 사는 곳치고는 험난하다. 길은 기어이 악산(嶽山)의 진면목을 보여주겠다는 의사가 분명해 보였다.

경사는 급격히 가팔라지고, 그마저도 바위를 타고 올라야 하는 곳도 여럿이다. 더러는 걷는 것이 아니라 기어서 가야 한다는 사실을 의미했지만, 그마저도 사람의 일일 뿐, 누구를 탓할 일은 아니다. 진달래는 바위틈에서건 길 위에서건 높고 낮음을 가리지 않은 채 뿌리박을 한 뼘의 공간만 있으면, 그곳이 어디든 아무런 문제가 되지 않는 모양이다. 그저 붉은 낯빛으로 팥죽 같은 땀을 쏟는 여행자를 무심히 바라만 볼 뿐이다.

산이 높아지자, 평화로운 에너지는 없다더니 고난의 길이 전투력을 부쩍 키우는 모양새다. 물레방아가 그렇고 다른 모든 발전기가 그렇듯, 새로운 힘은 언제나 지키려는 관성과 나아가려는 동력 사이에서 발생하는 것이 아니던가. 마찬가지로 산이 난이도를 높여 사람의 접근을 거부할수록 사람은 어딘가에 숨겨 놓았던 젖 먹던 힘까지 짜내야 하는 법이다. 오르지 못할 산이야 그렇게 흔한 게 아니기 때문이다.

다행인 것은 길은 험해도 진달래와 동행하였으니, 그나마도 꽃길이라면 꽃길이랄 수 있는 길을 걸었다는 점에서 스스로 위안을 삼는다. 길은 애당초 진달래의 땅이었다. 한동안 허겁지겁 산을 오르자니, 산정이 머지않았음인지 가야 할 봉우리가 눈앞이다. 그때 울리는 휴대전화 알림음, 문자 메시지가 왔다. 그런데 웬걸? 119였다.

무슨 일이지? 왜 119가 내게 연락을 했을까? 내용은 나의 위치를 파악했다는 거였다. 왜 119가 내 위치를 파악하셨나? 그럴 개연성이라고는 하나도 없을 터인데…. 살짝 걱정과 의문이 머릿속을 채워 나가려는 찰나, 이유는 의외로 싱거웠다. 주머니 속에 든 스마트폰이 제멋대로 119에 전화를 걸었던 모양이다. 긴급전화로, 그것도 2통씩이나. 그런데 문제는 전화를 한 이가 아무런 말이 없으니, 119에서는 긴급 상황으로 인식을 했고, 상황을 알아보기 위해 거꾸로 내게 3통의 전화를 한 것이다.

그런데 문제는 119가 내게 전화할 당시, 그 지역은 통신 불능 지역이라 연락이 닿지 않았다는 점이다. 결국 119는 내가 위험에 처했거나 조난을 당한 것으로 인식을 했고, 그 결과 위치 조회를 실시했다. 그간의 사정이 산이 높아지고 통신 가능 지역에 이르러서야 비로소 내게 닿게 되었다. 어이없는 실수로 안 그래도 바쁜 소방대원분들에게 본의 아니게 폐를 끼치고 말았다. 한편으론 그 와중에도 나는 뿌듯함을 느꼈으니, 국가가 나의 안전에 신경을 쓰고 있다는 사실을 확인했기 때문이다.

공연한 해프닝에 슬며시 웃음 지으려던 찰나에, 남의 사정 따윈 안중에도 없는 양 딱따구리는 다다다닥… 저 멀리서 제 부리가 부서져라 나무를 쪼아댄다. 봄이 왔음을 알리고 있는 중이리라. 그래서인지 바람마저도 얼마 전 그 바람이 아니다. 바람 속에 꽃들의 향기가, 녹음에서 벗겨낸 푸른 물감이 녹아 있는 듯 달고 싱그럽다.

장군봉이 가까워지자, 길은 더욱 가팔라진다. 그래서인지 간만에 입 주위로 버캐가 낀다. 대단한 산을 오르는 것도 아닌데, 몸이 저 혼자 엄살을 부리는 것이다. 어쩌랴. 아직도 갈 길은 멀고, 또 험하거늘…. 봉우리로 가는 길에는 밧줄에 의지해야 할 곳도 여럿이다. 부들부들 떨면서, 수많은 바위를 타고 넘어 다다른 곳. 드디어 장군봉이다.

장군봉은 생각 외로 수수했고, 그저 조금 높은 곳에 자리한 커다란 바윗덩이일 뿐이었다. 하지만 그 바위틈에서 질긴 생명을 이어가고 있는 소나무며 꽃들을 발견한다는 것은 조금은 애처롭고, 또 조금은 감동스럽기까지 한 일이었다. 흙 한 줌, 물 한 방울도 없을 것 같은 바위틈에다 기어이 뿌리를 내려야 했던 그들의 불운한 삶마저도, 생을 유지하겠다는 의지 앞에서는 그다지 큰 장애가 되지 않았던 모양이다. 중요한 것은 살아내야 한다는 절박함과 간절함이었을 것이다.

○ 그들의 죄가 아니다

그런데 장군봉이 끝이 아니었다. 올라야 할 봉우리들이 머지않은 곳에서 자꾸만 손짓을 하고 있는 것이 아닌가. 차라리 멀면 포기가 쉬울 터인데,

지척에서 아는 체를 하니 고민만 깊어진다. 이정표는 자꾸만 임꺽정봉으로 가라고 등을 떼민다.

임꺽정봉은 감악산의 제2봉이다. 이 봉우리가 임꺽정봉이라 불리는 이유는 감악산 자락이 임꺽정의 고향 땅이면서, 그들의 활동 근거지 중 하나였기 때문이다. 그리고 임꺽정이 관군의 추격을 피해 숨어 지냈다는 바위굴이 있는데, 그 굴이 임꺽정봉 아래에 있는 '임꺽정굴'이다.

임꺽정(林巨正, ?~1562)은 조선 명종 때 사람으로, 양주가 고향인 백정 출신의 도적이다. 임꺽정은 백정이었지만, 도축업을 하는 쇠백정이 아니라 유기장(柳器匠)이라 불리던 고리백정이었다. 고리백정은 키버들(버드나무과의 나무)을 이용하여 키나 바구니 등 살림살이 용도의 세공용품을 만드는 백정을 말한다.

백정이었던 임꺽정이 도적의 무리를 이끌고 반란을 일으켰으니, 1559년에 시작되어 1562년 1월까지 무려 3년간이나 지속된 임꺽정의 난이다. 임꺽정의 난은 연산군 이후 명종 대에 이르기까지 당시 조선 땅 도처에서 일어났던 농민 봉기의 연장선이었으며, 그중에서도 상징적이면서도 대표적인 사건이었다. 임꺽정의 난을 기록한 사관은 《명종실록》에 "그들이 도둑이 된 것은 왕정의 잘못이지 그들의 죄가 아니다"라고 적었다.

○ 하나의 봄을 떠올리다

한 바가지의 땀은 족히 흘리며 다다른 곳, 드디어 감악산 정상(675m)이다. 포기를 종용하는 마음을 억누르고 기어이 오른 정상이건만 정상의 모습은 특별한 감흥을 주기에는 조금은 아쉬운, 휑한 헬기장이었다. 사실

감악산만의 문제는 아니다. 여러 산의 정상을 올랐지만, 대체로 정상은 내가 왜 여기를 오르려고 그토록 애를 썼는지 스스로도 의문스러울 때가 한두 번이 아니었기 때문이다. 아마도 산이 그렇듯 인간사도 별반 다르지는 않을 것이다.

감악산 정상에 서면 맑은 날에는 임진강을 넘어 개성의 송악산까지도 보인다고 한다. 하지만 아쉽게도 날로 사나워지는 미세먼지 탓에 보이는 것은 희뿌연 안개뿐, 그저 저 방향에 개성이 있겠거니 할 따름이다. 다만 더디지만 조금씩 나아지고 있는 북미 간의 우호적인 협상 분위기나, 남북 간의 평화 정착 노력이 실질적인 결과로 나타나기를 기대하는 마음만은 간절하다. 그래서 머지않은 때에는 이곳에서 바라보는 북녘땅이 아니라, 다시금 내 두 발로 북녘땅을 밟아볼 수 있기를 기대한다. 내가 밟았던 북녘땅은 매번 가슴을 뛰게도, 뭉클하게도 했었다. 금강산도, 평양도 그랬다.

이제는 하산이다. 그런데 내려가는 길은 또 왜 이 모양이란 말인가. 바위와 돌멩이 천지다. 길이라기보다는 계곡 그 자체였다. 그러니 바위와 바위를 건너뛰는 뜀뛰기의 연속이다. 걷기 실종 사태가 벌어지고 만 것이다. 그래서인지 많지는 않지만 그래도 적은 나이도 아니라며, 무릎이 나이 든 티를 내려 한다. 아서라, 아직도 가야 할 길이 멀단다.

가는 길 중간에 동그랗게 돌로 쌓아올린 우물터 같은 것이 보인다. 무심코 지나치려는 찰나 숯가마터라는 설명이 눈에 들어온다. 설명에 따르면, 먼저 숯이 될 통나무를 적당한 크기(1.2~1.5m)로 잘라 가마 안이 가득 차도록 통나무를 세워 쌓는다. 그런 다음에 지붕을 만들어 흙으로 덮은 뒤 입구에 불을 놓고, 나무에 불이 다 붙으면 공기가 들어가지 않도록 밀폐한다. 그 후 7일 정도 지나 숯을 꺼내면, 이것이 바로 흑탄(黑炭)이다. 감악산에는 1960년대 후반까지도 이렇게 숯을 굽는 사람들이 많았다고 한다. 실제 내려오는 길 여러 곳에서 가마터를 볼 수 있었다.

길은 험해도 산색은 여전히 푸르렀고, 바람마저 싱그러웠다. 길과 계곡이 서로 어우러져 이어지는 하산길이 아니었다면 더없이 좋았을 것을…. 실로 길과 계곡의 경계는 애당초 중요하지 않았고, 계곡이 길이고 길이 곧 계곡이었다. 그나마 가끔씩 멈춰 서 바라본 푸른 하늘과 그 아래의 푸른 나무들이 조금은 위안이 된다.

산이 낮아질 무렵 길은 드디어 계곡과 자웅동체로서의 지난한 여정에 이별을 고한다. 뎅뎅뎅…. 산 아래 법륜사의 범종 소리가 계곡을 따라 산을 오른다. 불가(佛家)에서는 눈에 보이지 않는 중생들을 위해 범종을 두드린다는데, 과연 그러함인지 소란스럽던 마음이 가라앉는다. 한 번, 두 번… 서른세 번이었던가. 저녁 예불을 아뢰는 범종 소리이건만, 절집 밖의 새들도 아뢰야 할 예불이 있기라도 하는 양 서둘러 그들의 둥지로 향한다. 산길을 배회하던 여행자도 하산을 서둘러야 할까보다. 저 멀리 떠나온 그 자리, 출렁다리가 산과 산 사이에 아스라이 걸려 있다.

구비야 구비야 눈물이 난다

문경새재 과거길

○ 이 비를 맞고 어디를 간단 말이고

끝없이 이어지는 길의 막막함에도 사람들은 끊임없이 길을 오르고, 또 어디론가 흘러간다. 오래전 청운의 꿈을 품은 삿갓 쓴 이가 의기양양 발걸음을 서둘렀고, 재 넘어 시장에다 내다 팔 등짐에 허리가 굽은 방물장수의 바지런한 발걸음도 재를 오르고, 다정한 친구와 나눌 탁주 한 병을 보물이라도 되는 양 고이 간직한 낯빛 밝은 그도 재를 넘었을 것이다.

문경새재는 100여 년 전 우마차가 다닐 수 있는 신작로가 만들어지기 전까지는 영남 지방에서 서울로 가는 영남대로의 주요 관문이었다. 그 길 위에서 사람들은 저마다 꿈을 꾸었고, 거친 삶을 영위했으며, 그리운 누군가를 만나기 위해 발걸음을 서둘러야 했던 곳이다.

새재를 걸으러 가는 날에는 비가 내렸다. 봄비치고는 제법 굵은 빗줄기가 이른 봄날의 대지를 적시고 있었다. '아! 이 비를 맞고 어디를 간단 말

이고….' 탄식이 절로 나오는 그런 날이었다. 길을 묻는 내게 관광안내소의 분들도 "날이 안 좋은데예… 우짜꼬"를 연발하며 위로를 건네던 그날, 새재 넘어 소조령길 제1코스인 문경새재길을 걸었다.

소조령길은 영남대로 960리(里) 중 문경시, 괴산군 연풍면, 충주시 수안보면과 살미면, 달천동을 잇는 36킬로미터 남짓한 길이다. 그 길은 문경새재길, 소조령길, 장고개길이라는 3개의 코스로 이루어져 있다. 오랜 세월 동안 사람들은 이 고갯길을 넘어서 충청도로, 경기도로, 또 한양으로 오고가곤 했었다.

봄 마중을 나온 빗줄기 너머로 산야를 가로지르는 기다란 성벽이 아스라하다. 이름하여 '영남제일관문'인 주흘관(主屹關)이다. 주흘관은 문경새재의 첫 번째 관문으로, 길의 시작점이기도 하다. 주흘관으로 향하는 길 위 커다란 댓돌에는 문경새재길의 또 다른 이름인 '문경새재 과거길'이라는 글자가 새겨져 있다. 그 옛날 괴나리봇짐을 메고 과거를 보러 가던 선비들이 가장 많이 이용하던 길이라는 나름의 자부심이 음각으로 박혀 있다.

선비들이 과거를 보러 가던 그 시절에 한양과 부산(동래)을 연결하는 영남대로의 중추로는 추풍령, 죽령과 함께 문경새재가 있었다. 그중 과거를 보러 가는 선비들에게 가장 인기 있는 고갯길이 문경새재였다고 한다. 그런데 그 이유가 재밌다. 죽령으로 가면 죽죽 미끄러지고, 추풍령을 넘어가면 추풍낙엽처럼 떨어진다는 속설 때문이었다니, 지금으로 치면 일종의 징크스였던 셈이다. 반면에 문경새재의 문경(聞慶)은 '경사스러운 소식을 듣는다'는 의미를 담고 있었으니, 한 톨의 희망마저도 아쉬운 그들에게 문경새재는 입신양명(立身揚名)의 '희망길'이었을 것이다. 그런 이유로 전라도에서 과거를 보러 가는 이들 중에도 일부는 굳이 먼 길을 돌아 문경새재를 넘어 한양으로 갔다고 한다.

○ 길 위에서 듣는 물소리

주흘관 너머의 산 위로 비구름이 자욱하다. 문경새재 과거길은 이곳 주흘관을 기점으로 제1관문, 제2관문, 제3관문과, 조령산 휴양림을 지나 충북 괴산군 영역인 고사리 마을까지 이어진다. 주흘관을 지나자 길은 그야말로 신작로다. 길은 널찍했고 또 완만했다.

하지만 걸은 지 얼마 되지 않아 깨닫게 되는 사실 중 하나는 역시나 산이 높으면 계곡이 깊다는 사실이다. 이른 새벽부터 내린 봄비에 반색한 계곡물이 우당탕쿵쾅 줄달음을 치느라 여간 야단법석이 아니었다. 떨어지고 구르고, 또 부딪고 부서지는 소리들이 계곡을 지나 산을 휘감아 돌고 있었다. 게다가 성미 급한 물줄기는 폭포가 되어 곤두박질치듯 산 아래로 떨어져 내리고 있었으니, 그 소리가 홍두깨 두드리는 소리처럼 요란했다.

덕분에 빗속을 헤치며 걷고 있는 도보 여행자의 마음이 조금은 열린다. 날씨 탓을 하느라 산을, 길을 보지 못하던 눈과 닫힌 마음이 열리고, 어느새 그리던 풍경과 길이 조금씩 맑은 낯빛으로 걸어 들어오고 있었다. 한편으론 길 위로 퍼져 나가는 계곡물 소리는 걷는 걸음걸음이 지나치게 무심해지는 것을 방지해준다. 걷는 이의 중심을 잡아주는 역할을 계곡 물소리가 해주는 것이다. 일종의 각성 효과다.

○ **여기, 길 맞아?**

문경새재길은 우마차도 지나다닐 만한 신작로가 중심이 되는 길이지만, 오래전 과거를 보러 가던 선비들이 걸었음직한 옛길도 신작로와 나란히 이어져 있다. 그러니 길의 정취나 걷는 맛은 심심한 신작로보다는 옛길이 제격이다.

옛길에 들어서자, 이제야 제대로 걸을 만한 길을 만난 느낌이다. 걷기가 극기의 수단이 아니라면 아기자기하면서도 어느 정도의 굴곡이 있는 길이 걷는 이에게는 더욱 풍성한 느낌을 준다. 굽어 있는 투박한 길에는 왠지 더 많은 이야기가 숨어 있을 것만 같다. 그래서 마음은 편안해지고 또 넉넉해진다. 구불구불한 길은 길 너머가 숨겨져 있으면서 또 다른 길에 대한 기대와 동경까지 서려 있으니, 오래된 오솔길이야말로 도보 여행자에게는 더할 나위 없는 최고의 선물인 셈이다.

그런데, 문제가 생겼다. 옛길을 걷겠다는 의욕이 넘쳤던 것인지, 아니면 갈림길에서 길을 놓쳤던 것인지, 불현듯 깨닫는 길은 당황스럽게도 산을 향하고 있었다. 옛길로 접어들 때만 하더라도, 오솔길의 푸근함에 취해, 딴에는 내가 그리던 그 길이 바로 이 길이었노라며 반가워도 했었고, 지나온 신작로 길의 밋밋함을 탓하기도 하며, 나름 기대했던 길을 만난 양 행복해하기도 했었는데…. 그런데 산이라니, 별안간 '여기, 길 맞아?' 하는 의문이 생긴 것이다.

의문을 품은 지 얼마 되지 않아 일은 벌어졌으니, 두리번대던 발걸음이 젖은 돌길 위에서 그만 나동그라지고 만 것이다. 비 맞아 젖은 바위에 발이 닿는 순간 스르륵 미끄러진 발은 무심히 허공을 갈랐고, 그걸로 끝이었다. 다만 그 찰나의 순간에도 무사귀환의 꿈이 꿈으로만 끝나지 않기를 간절히 바랐던 것 같기는 하다.

넘어지면서도 손에 든 카메라만큼은 놓칠 수가 없었다. 그러니 통나무처럼 철퍼덕 자빠지는 것 말고는 달리 무슨 방법이 있을 것인가. 넘어지던 그 순간 하늘을 봤던 것 같기도 하다. 그 1~2초 남짓한 순간이 열 배는 느린 속도로 흘러가던 그때, 무심히 내리꽂히는 빗줄기는 마치 화살이라도 되는 양 쉼 없이 쏟아지고 있었다. 이윽고 몸은 땅바닥으로 무참하게 패대기쳐지고 말았다.

그럼에도 불구하고, 나름 잽싸게 팔꿈치를 내밀어 안전한 착지를 꿈꾸기는 했다. 하지만 그 팔꿈치가 상대해야 할 대상이 바위였다는 사실이 불운이라면 불운이었다. 땅바닥의 그들은 팔꿈치가 어떻게 해볼 수 있는 그런 상대가 아니었다. 팔꿈치의 어설픈 기세는 딱 그만큼의 통증으로 돌려받고 말았으니, '눈물이 쏙 빠질 만큼'이라는 모호한 아픔의 정도를 정말 눈물이 쏙 빠질 만큼 절절히 실증적으로 경험하고 말았다.

아픔도 잠시, 어느 순간엔 차라리 서러웠다. 보는 눈이 있었더라면 그 창피도 예사롭지 않았겠지만, 일단은 아팠고, 또 눈물 나게 서러웠다. 엎어진 상태에서 몰골을 살피니, 다리 하나는 하늘을 향해 볼썽사납게 떠 있고, 머리는 바위 틈새에 끼인 채로 버둥거리고 있었다. 그 기괴한 자세의 몸 위로 비는 천연덕스럽게, 또 하염없이 내리고 있었다.

햐, 그 처량함이라니…, 그래도 처박힌 건 아니라고 위로를 해보지만, '내가 여기서 왜 이러고 있나' 하는 탄식이 절로 나왔다. 그래도 천지신명께서 도왔음인지 다행스럽게도 허리가 시큰한 것과 팔꿈치가 조금 까진 것 말고 큰 문제는 없는 듯했다.

한참을 멍하니 앉아 한심스럽게 자신을 내려다 보자니, 난데없는 오기가 불끈 생기는 것이 아닌가. 마침 움직이는 데 불편할 만큼 다친 데도 없다. 그래서 허세를 부리듯 크게 한번 웃어주고는 다시 올라갔다. 그러나 얼마 가지 않아 발목까지 빠지는 낙엽 더미 속에서 허세로 스스로를 기망할 수 없음을 기어이 깨달았고, 인정하지 않을 도리가 없었다. 이곳은 '길일 수도 있지만 아닐 것'이라는 사실이 명백해졌기 때문이다. 그래서 뒤돌아섰다.

누군가 그랬다. "어차피 여행이란 외로움과 동행하는 여정이자, 내가 나의 유일한 동료가 되는 시간"이라고. 그 순간, 새삼 오늘의 여행을 이렇게 적확하게 표현한 말이 있을까 싶었다. 진정 그 순간만큼은 절절하게 와닿았던 그 어떤 철학보다도 철학적인 말이었다. 내려오는 길에 다시 한번 더 자빠지고 난 다음에는 인간 실존을 구성하는 그 처절한 외로움에 대해서 논문이라도 쓸 수 있을 것처럼, 몸도 마음도 아팠다. 비에 젖은 길바닥에 엎어져 있었지만, 일어나고 싶지 않을 정도로… 길에 대한 어설픈 욕심과 부주의가 빚어낸 참사였다. 어기적대며 큰 길로 내려와 배낭을 내려놓고 한숨을 돌리는데, 머지않은 곳에 정자가 보인다. 비라도 피해보자는 요량으로 발을 끌며 정자로 갔다. 정자의 이름은 교귀정(交龜亭). 교귀정 귀퉁이에 서서 처마 끝을 타고 떨어지는 빗방울을 바라보면서, '그래도 기왕 왔으니 끝은 봐야 하지 않겠느냐'며 내 자신을 설득하는 시간을 가져야 했다. 그다지 어렵지도 않은 길이었지만, 겪어야 했던 과정은 파란만장했던 것이다.

그 와중에도 교귀정의 처마 끝을 떠난 빗물이 긴 선분을 그리며 땅 위로 떨어지는 모습이 처연하게 눈에 들어온다. 똑똑똑. 처마로부터 수직으로 이어진 땅에는 지붕을 이루는 기와의 열(列)만큼의 물웅덩이를 만들어 내고 있었다. 그 모습이 서러우면서도 뭉클했다. 어린 시절 툇마루에 앉아 처마를 떠난 빗물이 떨어지는 모습을 바라보다가 떨어지는 빗물을 손바닥으로 받을 때의 서늘한 느낌이 전해져 오는 것만 같았다. 그런 날에는 꼭 누군가 찾아올 것만 같은 기분이 들었다. 찾아올 누군가가 있지도 않았는데도 말이다.

문경새재는 오랜 세월 동안 경계였다. 지역과 지역을 구분 짓는 선(線)이었으며, 길 떠나는 이가 마지막으로 고개 돌려 떠나온 곳을 바라보는 작별의 공간이기도 했다. 그렇게 마침내는 돌아서 제 갈 길을 다시 가야 하는 결심의 장소이기도 했음을 깨닫게 되는 것이다. 그 순간 나에게 필요한 것도 결심이었다. 그리고 교귀정에서 한때 이임하는 관찰사와 부임하는 관찰사 간의 교대식이 이루어졌던 만큼, 나에게도 새 기분과 헌 기분의 교대식이 필요했다.

○ 임진왜란과 문경새재 관문

새로운 마음으로 다시 길을 나선 지 오래지 않아 길 가장자리에서 울타리까지 두른 한글로 쓴 비석문이 여행자의 눈길을 끈다. '산불됴심'이라는 글자가 선명하다. 일부러 철자를 틀리게 쓴 것이 아니라면 조선시대에 세워진 비석이 아닐까 싶은데, 아니나 다를까 맞춤법에 비춰 조선 영·정조 시대에 세운 것으로 짐작된다는 설명이다. 그런데 이 비석이 단순히 호기심의 대상이 아니라 문화재적 가치 또한 높은 이유는 한글 창제 이래 구한말까지 세워진 많은 비석 중에서 한글 비석으로는 유일하기 때문이라고 한다. 추정해보면 당시에도 산불은 반드시 막아야 할 재난이었을 것이다. 그러니 누구나 읽을 수 있는 글자인 한글로 비석을 세웠을 것이라 짐작해본다.

길 한편에서 무심히 돌아가는 물레방아를 지나자, 멀리 조곡관(鳥谷關)이 보인다. 제2관문이다. 조곡관은 문경새재의 관문 중 제일 먼저 세워진 관문으로, 임진왜란이 발발한 지 2년 후인 1594년에 설치되었다.

임진왜란 당시 명나라의 구원군을 이끌고 조선으로 들어온 이여송(李如松)은 당시 조선군 사령관이었던 신립(申砬) 장군이 이곳 문경새재를 버리고 탄금대에서 배수진을 친 것을 두고 어리석은 결정이었다고 비웃었다고 한다. 좁고 길고 험한, 그래서 방어 전략을 짜기에는 최적의 장소이자 천혜의 요새인 문경새재를 버리고, 평탄하고 앞이 탁 트인 탄금대에서 최후의 일전을 벌인 작전이 적절했는가에 대한 의문이 비웃음의 원천이다. 결과 또한 패배에 그쳤으니, 두둔하기도 쉽지 않다. 그래서일까. 임진왜란 발발 후 조선은 전쟁 중임에도 문경새재에 일자성(一字城)을 축조하는데 이 성이 바로 지금의 조곡관이다.

조곡관을 지나자, 길은 품었던 옛길을 다시 내어 놓는다. 그 이름도 문학적인 '한시(漢詩)가 있는 옛길'이다. 문경새재를 소재로 하여 지은 수많은 시인 묵객들의 시가 바위 위에 새겨져 그 옛날의 감상과 새재 이야기를 전해주고 있었다. 자연석 가득 새겨진 시들은 대개 풍경을 노래하고, 이별의 정한을 노래한 시가 대부분이다. 고개는 모름지기 흥겨운 만남이 있는 공간이면서 눈물 흩뿌리는 헤어짐의 장소이기도 했던 것이다.

○ 구비야 구비야 눈물이 난다

고갯마루가 가까워지자 안개가 밀려든다. 길은 더욱 가라앉는 느낌이다. 그래서일까. 가야 할 길은 더 먼 듯만 하고, 마음은 저절로 바빠진다.

문득 안개의 행렬을 헤치며 걷는다는 독특한 경험 때문이었을까. 너울대며 흐르는 안개 너머로 왠지 애간장을 녹이는 피리 소리가 앞장을 서고, 뒤이어 구슬픈 노랫가락이 산을 넘어 길 위로 퍼져 나갈 것만 같은 기분이 든다. 고요와 침묵에 장악당한 회색의 공간이 주는 위압감에는 귀를 열어 환청이라도 들어야 할 것 같은 으스스함이 있었다. 그러니 콧노래라도 흥얼거려야 하는 건 아닐까 하는 염려마저 생긴다. 아마도 노래를 한다면 아리랑이 적당할 것이다. 그 옛날 재를 넘던 나그네가 지친 몸을 나뭇등걸에 의지한 채로, 애끓는 폐부 저 아래에서부터 끌어올린 절절한 목소리로 "아리랑 아리랑 아리리오. 아리랑 고개로 넘어간다"며 맺히고 쌓인 정한들을 쏟아내던 그때처럼 말이다.

특히나 문경새재는 아리랑의 고향이 아니던가.

문경새재 물박달나무 / 홍두깨 방망이로 다 나간다
홍두깨 방망이 팔자 좋아 / 큰 아기 손아귀에 놀아난다
문경새재 넘어갈 제 / 구비야 구비야 눈물이 난다.

구한말의 선교사 헐버트는 아리랑을 서양 음계로 처음 채보하여 영문 월간지 〈한국소식(1896년 2월호)〉에 실었는데, 그 아리랑이 바로 문경새재 아리랑이었다. 그리고 문경새재 아리랑은 흥선대원군이 추진했던 경복궁 중수에 동원된 인부들이 그들의 아픔과 그리움을 담아 부르던 노래

였다고 한다. 이후 그 노래가 널리 퍼지면서 많은 사람들의 심금을 울리게 되었다.

하지만 꼭 그런 이유가 아니라도 길고 험한 문경새재를 넘다 보면 어느 결엔가 고단한 몸에 배인 땀과 눈물을 비집고 노랫가락 한 소절쯤은 절로 흘러나올 듯도 싶다. 노래마저 없다면 이 길고 무료한 산길을 무슨 낙으로 걷는단 말인가. 그들의 신산한 삶은 노랫말이 되고, 애절한 마음일랑은 가락이 되어 그들의 지친 발걸음에 얹혀 산을 넘고 재를 넘어 흘러 흘러갔을 것이다.

○ 못난 사람이 사연은 풍성하다

비가 잦아들자, 안개는 더욱 짙어진다. 멀리 보이는 길은 가뭇한 안개 속에서 실루엣만 남았던지라, 내가 길 위에 있다는 사실마저도 잊게 한다. 그래서일까. 음울하고 또 답답하다. 안개가 이끄는 대로 그냥 그렇게 흘러갈 따름이다.

희뿌연 안개의 행렬 너머로 조령관이 보인다. 드디어 문경새재의 정상에 다다른 것이다. 조령관은 문경새재 3관문 중 마지막 관문으로, 조령산성의 관문이다. 그리고 조령관은 경북 문경과 충북 괴산의 경계인 백두대간 상에 자리하고 있으니, 저 문만 지나면 이제는 충청도 땅으로 접어드는 것이다. 길은 조령산 자연휴양림으로 이어진다. 다행인 것은 이제부터는 내리막이라는 사실이다.

원래 못난 사람이 이런저런 풍파에 사연은 오히려 더 풍성하듯, 문경새재 옛길을 걸으며 어쩌면 길도 마찬가지라는 생각을 하게 된다. 어느 산골짜기 모퉁이 옆, 아무도 눈여겨보지 않는 그 외딴곳의 길들이 시골 아낙의 주름진 손과 얼굴에 패인 애잔한 고랑을 타고 흐르는 진득한 이야기처럼, 그렇게 뿌리 깊고 단단한 이야기를 품고 있으리라 여겨지기 때문이다.

그래서인지 그렇게 좁고 못난 길이 더욱 애잔하고 마음이 간다. 그 속에는 화려하지는 않지만 잔잔한 미소를 머금은 채로 들을 수 있는, 그들만의 이야기가 녹아있기 때문이다. 이 길을 걸어야 했던 약초꾼이며, 보부상들이며, 청운의 꿈을 안은 과거꾼이며, 그렇게 고단한 삶을 영위하기 위해 이 길을 걸었을 수많은 이름 없는 그들의 이야기가 오롯이 담겨 있으니 그 이야기의 그릇이 얼마나 넓고 또 깊을 것인가.

바람의 언덕에서 세상을 노래하다

선자령 풍차길

○ 지름길만 길인 건 아니더라

산과 길에 친숙해지기 몇 해 전, 그 어느 즈음에 내게도 정신적으로도 경제적으로도 힘들었던 때가 있었다. 본래 넉넉치 않은 형편 속에서 자라온 시골 출신이라 물질적 유혹이 그다지 컸던 것도 아니었는데, 어느 날 무언가에 홀리고 말았으니, 그것은 수렁이었다. 누군가의 감언이설에 속은 것이다. 적은 투자 대비 높은 수익… 설마 하면서 의심했지만 욕심은 이성을 마비시켜버리고 말았으니, 뻔한 결말이었다. 하지만, 거기서 멈춰야 했다.

투자액을 회수하고픈 또 다른 욕심은 더 큰 수렁으로 빠져들게 했으니, 속 빈 강정 같은 사업을 떠안고 말았던 것이다. 진정한 시련의 시작이었다. 긴 생을 살지는 않았지만 살면서 가장 힘든 날들이었다. 그럼에도 상상도 하지 못했던 일을 맡아 끝까지 책임져야 했던 가족의 고통에 비하면

내 고통은 아무것도 아니었을 것이다. 가난한 시골 마을에서 천방지축 어렵게 자랐던 기억도, 차가운 자취방을 전전하던 서울에서의 고학 생활도 무언가를 이루기 위한 여정으로 나름 추억이 깃든 행복한 나날이었건만, 당시의 경험만큼은 아무것도 아니었고, 그저 고통스럽기만 했었다.

3년여의 시행착오 끝에 깨닫게 된, 고통에서 벗어나는 유일한 방법은 꼭 쥔 채 놓지 못하던 항아리 안의 손을 펴는 것이었다. 손안에 꼭 쥔 것이 아무리 소중하다 한들 언제까지나 항아리 안에 머물러 있을 수만은 없지 않겠는가. 손을 펴기만 하면 되는 일이었다. 그 길이 모두가 사는 길이었다. 돈을 잃는 것은 어쩌면 실로 아무것도 아니었는지도 모른다.

다행인 것은 그토록 고통스러웠으면서도 놓지 못하던 손을 놓아버리자, 그 손을 놓으면 큰일이라도 날 것처럼 안절부절못하던 스스로가 우스워지기까지 하더란 말이다. 실제는 인생이라는 긴 여행에서 보면 별것도 아닌 일에 붙들려 길을 잃은 채 헤매고 있었던 것이다. 모든 것을 내려놓고 삶의 안정을 선택하고 나자, 할 수 있고 해야 할 많은 일들이 보이기 시작했다. 우선은 걷기와 공부였고 우연한 기회에 맛을 알게 된 걷기가 취미이자 일상이 되었다. 그 후 오래지 않아 대학원 진학의 기회까지 덤으로 따라왔다.

공부는 다른 세상, 그리고 넓은 세상으로 인도하는 길이었다. 무지와 아집에 사로잡힌 내 스스로를 해방시키는 방법이었다. 세상은 아는 만큼 보이고, 경험한 만큼 성장한다고 하지 않던가. 그리고 걷는다는 것은 나만을 위한 시간을 갖는 일이자 자신을 '내려놓는' 연습이었다. 자연을 만나고 그 속에서 새로운 나를 발견해야 할 이유들은 널려있었고 걸었던 어느 곳, 매 순간마다 그곳에는 또 다른 내가 있었다.

누구나 한 번쯤은 방황하고, 또 한 번쯤은 길 위에서 쓰러지고, 헤매기도 하는 법이다. 그것이 인생이다. 다만, 돌아가야 할 그 길을 잃지만 않는다면, 그리고 다시 걸을 수 있는 조금의 용기가 남아 있다면, 그것만으로 충분하다. 지름길을 놓쳐 먼 길을 돌아가는 여정마저도 누군가의 오늘이며, 오늘들이 쌓이고 쌓여 특별하고, 또 소중한 우리 자신만의 인생이 되기 때문이다.

결국 산다는 것은 셰릴 스트레이트의 책《와일드》가 말하듯 '누구나 한 번쯤은 길을 잃고, 또 한 번쯤은 길을 발견'하며 나아가는 여정일 것이다. 그것이 우리네 삶이자 인생이다.

○ 죽비 같은 햇살 맞으며

폭염주의보가 내려진 어느 여름날에도 나는 걸었다. 그런데 폭염주의보는 괜한 경고가 아니었다. 하필이면 이런 날 나는 산으로 가는 결심을 했더란 말인가. 자책이 저절로 뿜어져 나오는 그런 날이었다. 어느 순간, 환청처럼 무언가가 나를 두드리는 소리를 들었던 것 같기도 하다. 아마도 그 소리는 장대비처럼 내리꽂히던 불화살들의 아우성이었는지도 모른다.

항상 느끼는 바지만, 여름날의 길은 언제나 가혹하다. 그래서 걷고자 하는 이에게 뜨거운 햇살은 수행을 독려하는 죽비처럼 냉정하기까지 하다. 그나마 다행인 것은 일단 길 위에 몸을 부려놓기만 하면 몸은 저절로 제 갈 길을 간다는 사실이다. 그냥 가보는 것이다. 어딘들 못 갈 것이며, 무엇인들 아름답지 않을 것인가. 선자령 가는 길 역시 그랬다.

아름다운 것들 중 으뜸은 길 위에서 만나는 야생화다. 걷는 여정 내내 수줍은 듯 고개를 숙인 채로, 또 이따금씩 웃자란 풀들 사이에서 보일락 말락 숨어있는 들꽃들이 더위에 지친 여행자에게 미소를 건넨다. 꿀풀, 개망초, 쥐오줌풀, 초롱꽃, 기린초, 참조팝나무 등 여름이 즐거운 야생화들은 길 가장자리 어느 곳에서건 자신을 알아봐줄 누군가를 기다리며 수줍은 미소를 준비하고 있었다. 그러니 여행자는 그저 눈과 마음을 열기만 하면 충분하다. 그들은 늘 그곳에 있었으니, 여행자의 눈과 마음이 열리기만 하면, 저절로 다가와 안기기 때문이다. 그렇게 다가와 안기는 꽃들의 응석이야말로 얼마나 황홀한가.

선자령 가는 길은 강릉 바우길의 1코스이기도 하다. 강릉 바우길은 강릉 지역을 중심으로 한 백두대간에서 경포(鏡浦)와 정동진(正東津) 등 동해를 잇는 총연장 350킬로미터의 트레킹 코스다. 강릉 바우길 16개 구간, 대관령 바우길 2개 구간(대관령 국민의 숲길, 대관령 눈꽃 마을길), 울트라 바우길, 계곡 바우길 등 20개의 코스로 이루어져 있다. '바우'라는 이름은 흔히 강원도 사람들을 일컫는 '감자바우'의 바우로, '바위'의 강원도 사투리다.

선자령은 정상의 고도가 1,157미터에 이르는 높은 산이다. 그런 이유로 처음에는 공연한 욕심으로 고행을 자초하는 등산을 하는 건 아닐까 하는 걱정을 했더랬다. 하지만 그것은 기우였다. 길은 산으로 가는 그 길이 아니었으니, 그저 평탄하고 여유롭다. 이유는 출발점인 대관령휴게소의 고도가 해발 850미터에 이르는지라 고저 차이가 크지 않았던 것이다. 그러니 그저 편안한 마음으로 산책하듯 걸으면 충분하다.

○ 길 위의 수묵화

길을 걸을 때, 길이 넓으면 길과 걸음에 대한 몰입도가 떨어지고, 또 너무 좁으면 길을 헤치고 나가야 하는 수고스러움과 보이지 않는 길에 대한 두려움 내지 긴장감이 생기는 탓에 그 역시 무언가 부족하게 느껴지기 마련이다. 그래서 두어 명이 교차할 수 있는 숲길이 그중에서도 최고다. 선자령길이 그랬다.

더위와 햇살에 쫓기듯 걷던 걸음에 여유가 생기자, 간간이 불어와 아는 체하는 바람이며, 간신히 숲을 뚫고 길 위로 내려앉은 조각 난 햇살들과, 그 음영이 그려내는 길 위의 수묵화까지도 눈에 들어온다. 그리고 산맥의 저편, 아득히 이어지는 수많은 산들의 달음박질과 산을 터전 삼아 뿌리를 내린 숲들, 이따금씩 낯선 이방인의 출현에 놀라 푸드득대는 새들의 지저귐도 생생하다. 그렇게 길 위에서 만나는 모든 것들이 무심히 미소를 머금게 한다.

어떤 의무감으로 행해진 산행일지라도 산 위에 있으면, 어느 곳에 앉아 산이 펼쳐놓는 파노라마를 바라보노라면, 마음은 저절로 가라앉고 또 열리는 경험을 하게 된다. 어쩔 때는 잠시 머물러 어떤 풍경 하나를 바라보는 것만으로도 충분했다. 유유히 떠가는 구름이며, 첩첩이 잇대어 있는 산들의 깊은 골짜기며, 작은 나뭇잎에 매달려 있는 바람 한 점이며, 무심한 듯 아는 체하는 들꽃들을 만나고 의식할 수 있다는 것은, 잊고 살았던 삶에서 건져 올린 새로운 발견이기도 한 까닭이다. 세계는 어느 한순간, 어느 풍경 하나에도 담겨 있었다.

○ **지금, 여기, 이 순간**

선자령 가는 길에는 이런저런 나무들이 여행자를 맞는다. 머리를 땅속에 박고 힘겹게 물구나무를 선 듯한 모습의 나무도 있고, 열 갈래가 넘게 촘촘히 들어차 마치 한 그루처럼 떼를 이루며 자라는 단풍나무도 있다. 저마다 스스로 선택하여 살아가는 삶의 다채로움이야말로, 선자령길이 주는 묘미임에는 틀림이 없다.

길도 풍경도 곱고 부드럽다. 서두를 이유도 필요도 없이 발을 떼어놓을 때마다 조금씩 변하는 풍경을 눈에 담으며 그저 나아갈 뿐이다. 굳이 멀리 바라볼 필요도 없이 내딛는 발이 닿는 만큼의 앞만 바라보며 걸으면 충분하다. 많은 선지자들이 전하는 진리 중 으뜸 역시 '지금, 여기, 이 순간'을 사는 것이라고 하지 않던가.

실상 산에서 걷는다는 것은 굳이 의도하지 않더라도 '바로 여기 이 순간'을 살지 않으면 안 된다는 것을 알려주는 도량이기도 하다. 멀리 바라보기 위해서는 당장 내 발밑, 다음 걸음을 내딛을 그곳을 살펴야 한다. 결국 정상에 이르는 유일한 방법은 한 걸음 한 걸음 앞으로 내딛는 것이다. 그렇게 쌓인 걸음들 말고 달리 무슨 방도가 있을 것인가.

작은 언덕을 오르자, 갑자기 시야가 확 트인다. 아득히 펼쳐지는 산들과 깊이를 가늠키 어려운 푸르름의 너울들…. 가슴이 뻥 뚫리는 상쾌함이 있다. 그리고 저 멀리에 바다가 있었다.

아득히 펼쳐진 하늘이 힘차게 뻗어가다 어느 순간 툭 하고 바다에 떨어지고, 바다는 그 하늘을 온 힘을 다해 떠받히느라 얼굴마저 시퍼렇게 질린 채로 안간힘을 쓰고 있었다. 바다의 절박함을 아는지 모르는지 산과 바다 사이에 가로놓인 강릉 시내만은 그저 아늑하고 고요해 보인다. 산

아래 저 멀리 먼 바닷길을 거슬러 오르는 연어들의 고향인 남대천이 보이고, 송강(松江) 정철(鄭澈)이 노래하던 경포호도 지척이다. 설핏 불어오는 바람 속에는 강릉 시내의 어느 커피숍에서 도망 나온 커피향이 동행이라도 했는지, 바람 내음이 고소하고 또 향긋하다.

○ 숲의 노래를 듣다

다양한 나무의 이파리들이 그들만의 방식으로 바람을 맞고, 또 그 바람을 흘려보내면서 살랑댄다. 그 와중에 땅으로 내려앉지 못한 여름날의 햇살은 숲의 지붕인 이파리들 위에 머물면서 이파리들이 흔드는 대로 그렇게 소리로 흔들린다. 빛과 소리의 이중창이다. 그렇게 빛살이 흩뿌려진 길 위에서 바람의 소리를, 숲의 노래를 듣는다.

그러다 어느 순간, 온전히 마음이 가라앉고 내 안으로 들어가는 문이 열리는 순간과 맞닥뜨릴 때가 있다. 내 안의 나를 만나는 것이다. 절대고독과 침묵의 공간이 내어주는 뜻밖의 선물인 셈이다. 하지만 그것을 선물이라 하기에는 다소 무겁다. 내 안의 내가 대뜸 건네는 말의 대부분은 회한과 자책에서 비롯된 꾸지람일 가능성이 높기 때문이다. 존재는 참을 수 없이 가벼울지 몰라도, 그 존재를 바라보는 스스로는 지극히 무겁고 또 냉정하기 때문이다.

그 순간만큼은 삶이라는 긴 여행의 중간중간 욕심과 아집, 비루함, 어리석음으로 스스로 흘려보냈던 흔적들이, 그 삶의 배설물들이 곤두선 채로 달려든다. 그들의 기세는 벼린 칼날처럼 날카롭고, 그랬기에 칼에 베인 상처는 의외로 깊고 아프다. 천지간에 홀로 존재하는 어느 길 위에서,

어느 숲에서, 누군가는 그렇게 스스로의 민낯과 만나고, 민낯에 드리워진 삶의 때와 얼룩에 부끄러워지고, 그래서 겸허해진다. 건듯 불어오는 잔바람에도 소름이 돋고, 자책은 감긴 눈 저 안쪽에서부터 스미듯 밀려나온다.

○ 바람의 언덕에서 살아남는 법

숲을 벗어난 길은 느닷없이 평원에다 여행자를 부려놓는다. 산 정상이 머지않은 1,000미터가 넘는 고지대에 이런 평원이 있을 줄이야. 새삼스레 이곳이 대관령 목장의 지척임을 깨닫는다. 선자령은 엄연히 산봉우리이지만 봉(峰)이 아니고 령(嶺)이라 불리는 이유는 이렇게 순한 지형 덕분이 아닐까 싶다.

바람이 불고 평원의 풀들이 눕는다. 동해의 바다를 건너온 갯내음 담뿍 담은 바람이 분다. 억새들이 거칠게 몸을 흔들고, 키 작은 나무의 이파리들이 제 몸을 떨며 만들어내는 숲의 변주가 요란하다. 바람은 고요의 연못에 떨궈진 나뭇잎처럼 잔잔한 명상 음악으로 왔다가, 어느 틈엔가는 둥글게 맴을 도는 왈츠로, 더러는 정신을 번쩍 뜨이게 하는 교향악으로 치닫는다. 산이 높아질수록 바람의 박자 또한 빨라진다. 선자령은 '바람의 언덕'이었다.

산 정상이 가까워지자, 바람의 언덕은 기어이 바람을 제대로 풀어놓는다. 실제 선자령은 먼 동해에서부터 출발한 바람이 백두대간 줄기를 타고 넘는 통로인지라, 사시사철 바람이 그칠 날이 없다고 한다. 그런 이유로 선자령 정상 부근에는 키 큰 나무들이 없다. 계절에 따라 방향만 달리한 바람이 항상 거센 탓이다. 그러니 키 작은 관목들만이 땅에 뿌리를 박은

채 온몸으로 견디고 있을 뿐이다.

그런데 약삭빠른 사람들은 이 바람마저도 활용할 계획을 세운다. 그래서 선자령은 언젠가부터 풍력발전의 메카가 되고 말았다. 선자령을 포함하는 대관령 일대는 일 년 내내 초속 6.7미터(풍력발전은 초속 3미터부터 가동이 가능하다고 한다)의 서남풍(西南風)이 꾸준히 불어오는 최적의 입지 조건을 갖추고 있기 때문이다. 그렇게 선자령의 바람은 느닷없이 풍력발전기의 날개 위에서도 스스로의 존재 가치를 증명해야 하는 멀티플레이어가 되고 말았다. 부드럽지만 강하고, 건들건들하지만 끈기 있는 근성으로 풍력발전기에 질기게 엉겨붙어 기어이 에너지를 생산해내야 하는 산업의 역군이 된 것이다. 느리지만 부지런한 50여 기의 풍력발전기가 생산해내는 발전 용량은 풍력발전으로는 국내 최대 규모로, 소양강 다목적댐 발전량의 절반에 해당하는 약 5만여 가구가 사용할 수 있는 전력량이라고 한다.

하지만 풍차와의 거리가 가까워질수록 높이는 60미터에 이르고, 날개(Rotor Blade)의 길이는 80미터에 달하는 그 규모가 가히 압도적이다. 멀리서 보던 목가적인 바람개비는 어디론가 사라지고 발전소로서의 규모만이 도드라진다. 게다가 신음하는 야수의 깊고도 묵직한 울부짖음 같은 바람개비 소리는 음울하고도 질겨 산야를 움츠러들게 한다. 막연한 서정적인 풍경 뒤에 숨겨진 개발의 속살이자 이면이었던 셈이다.

○ 돌아가기 위한 연습

드디어 '백두대간 선자령'. 1,157미터의 정상이다. 선자령 꼭대기에 올라보면, 선자령과 바람은 평생의 동지이면서 앙숙임에 틀림이 없다는 사실을 알게 된다. 선자령은 바람으로 이름을 얻었으나, 바람은 선자령 정상의 수풀과 아름다운 풍광을 앗아가고 말았기 때문이다. 그저 헛헛한 정상이다. 정상의 표지석만이 이곳이 가장 높은 봉우리임을 웅변한다. 하지만 선자령의 정상에 서면, 동쪽으로는 동해 바다의 장쾌한 풍광이 펼쳐지고, 남쪽 능선을 따라서는 저 멀리 발왕산이, 그리고 서쪽으로는 계방산과 오대산이 그 웅장한 산세를 온전히 드러내 놓는다.

정상은 머무름을 위한 장소가 아니다. 이제는 내려가야 한다. 몇 굽이의 길을 지나자 오늘 여정의 끝이 보인다. 그렇게 길이 끝나는 곳에서 다시 살아내야 할 삶이 기다리고 있음을 깨닫는다. 잠시 내려놓고 왔던 그 삶을…. 세상의 밖으로 뚫고 나가 다른 세상으로 이어져 있을 것만 같은 그 길도 결국은 출발선의 그 세상으로 돌아오기 위한 여정이었음을 깨닫게 된다.

그렇게 짧지만 풍족했던 휴식의 시간은 결국 산 아래에서의 삶을 위한 것이었다. 세상 밖으로 나가고자 애썼던 모든 노력들은 결국 돌아오기 위한 연습이었음을…. 그리고 그 연습의 시간이 끝나가고 있음을 이제는 인정해야만 하는 순간이 된 것이다. 비록 뜨거운 햇살과의 동행이었지만 그래도 행복했고, 또 아름다웠던 시간이었음을 더불어 깨닫는다.

억새와 춤을

명성산

○ 떠나는 자의 뒷모습

산다는 것은, 이별과 소멸을 향해 나아가는 기나긴 여정이다. 무릇 모든 생명 있는 존재들은 나면서부터 소멸이라는 정해진 운명을 향해 달려가고 있는 중이다. 그래서 살아간다는 것은 운명적으로는 슬픈 일이다. 하지만 떠나야 할 때는 떠나야 하는 법. 그래서 우리가 살면서 배워야 할 단 하나의 무언가가 있다면, 그것은 가야 할 그때에 말없이 떠나는 용기가 아닐는지….

가야 할 때를 알고 가는 단풍잎은 억새로 유명한 명성산(鳴聲山)을 오르는 동안에도 휘황한 색색의 모습으로 생의 마지막을 불사르고 있었다.

그래서일까. 산에는 느린 곡조의 구슬픈 비가(悲歌)가 흐르고 있었다. 계곡을 구르는 물소리였는지, 나뭇잎을 토닥이는 바람소리였는지, 그도 아니면 어느 솜씨 좋은 바이올리니스트의 애달픈 연주였는지…. 무어라 규정할 수 없는 흐릿한 중저음의 선율이 산자락을 가득 메우고 있었다. 그건 아마도 명성산이 '울음산'이어서 그럴지도 모른다. 울음 울던 누군가의 서러움이 산을 가득 채우고 있어서, 아마도 그러했을 것이다.

명성산(923m)은 궁예(弓裔, ?~918)의 아픔이 서려 있는 산이다. 그래서 이름마저도 슬프다. 그 슬픈 사연인즉슨, 태봉의 왕이었던 궁예가 반란을 일으킨 왕건(王建, 877~943)에게 패하면서 이곳 명성산에 이르러, 자신의 시대가 저물었음을 절감하고 목 놓아 울었다고 한다. 그러자 산천초목도 같이 슬피 울었다는 전설이 깃든 곳이 이곳 명성산이다.

산을 오르자, 궁예의 피맺힌 원한이 스며들었음인지 나무 끝에 아스라이 매달린 이파리들이 잔뜩 충혈된 낯빛으로 곱게 물들어가고 있었다. 그렇게 산은, 그 산의 나무들은, 그리고 그 산을 아는 사람들은 그들 나름의 방식으로 궁예를 기억하고 있었다. 하지만 거기까지였다.

산이 깊어질수록 산과 계곡과 단풍은 더 이상 무겁지도, 슬프지도 않았다. 가을볕 때문이었는지, 흥겨운 동행이 있어서인지 산이 높아질수록 그들은 발랄했고, 또 지금 이 순간을 즐기고 있음이 분명했다. 하기야 한두 해 겪은 일도 아닌데, 언제까지고 그렇게 슬퍼할 수만도 없는 일이 아니던가. 보내야 할 땐 보내야 한다. 그것이 애도(哀悼)하는 사람의 자세다.

○ 계곡과 단풍의 풍수지교

억새의 군무(群舞)에 취해보리라 다짐하며 오른 산이건만, 억새보다도 계곡과 단풍이 먼저 여행자의 발걸음을 붙든다. 전혀 기대하지 않았던 풍경에, 그들의 유혹이 그저 놀라울 따름이다. 계곡과 단풍은 그야말로 아름

다운 한 쌍이었다. 물이 있었기에 단풍은 더욱 단풍다워질 수 있었고, 계곡의 물은 단풍을 담았기에 기품이 있었고, 또 아름다웠다. 관포지교(管鮑之交), 수어지교(水魚之交)를 능가하는 '풍수지교(楓水之交)'였다. 그들은 서로가 같은 곳에 머물렀지만, 구속하지 않았고, 상대를 돋보이게 함으로써 자신이 빛나는 법을 알고 있었다.

등룡폭포(登龍瀑布)에 이르자, 비상하는 용은 다름 아닌 단풍이었다. 폭포와 단풍은 서로의 공간을 침범하지 않으면서, 희고 푸른 바탕의 물줄기와 빨갛고 노오란 나뭇잎이 환상의 배색으로 어울리고 있었다. 설사 물속에 잠기어도 단풍의 색은 바래지지 않았고, 물 역시 자신의 색으로 붉고 노란 그의 색을 침범하지 않았다. 다른 존재에 대해 이해하고 존중할 때라야 서로가 빛날 수 있다는 사실을 그들은 너무나 잘 알고 있었던 것이다.

자연이라는 대상은 늘 공존의 울타리 안에서 상생의 길을 걸어가고 있었고, 명성산의 폭포와 단풍도 마찬가지였다. 다른 존재에 대한 이해와 인정은 '열린 마음'이라야 가능한 것이다. 그들이 그랬다.

○ 억새의 호수에 빠지다

하지만 역시나 명성산은 억새의 낙원이었다. 이정표는 아직도 억새밭까지 1킬로미터 남짓이 남았다고 알려주고 있었지만, 길 가장자리에서는 성긴 억새들이 여린 손을 흔들며 여행자를 반기고 있었다. 명성산은 1,000미터가 되지 않는, 어쩌면 높지도 낮지도 않은 산이건만 어느 즈음에 이르러 펼쳐지는 풍경의 변화는 극적이었다. 정상이 가까워져 오자 키 큰 나무들은 어디론가 모두 사라지고, 키 작은 나무들과 억새만이 산을 지키고 있었다.

정상이 머지않았음을 감지한 발걸음이 허위허위 마지막 힘을 내기 시작한다. 그렇게 산 정상부에 이르자, 아! 가없는 억새들의 행렬이여, 그리고 쉼 없는 나부낌이여….

명성산 억새와의 첫 만남은 차라리 당혹스러웠고, 또 놀라웠다. 왠지 압도당하는 느낌에 사로잡히고 말았다. 가까이 다가갈수록 키 큰 억새의 너울에 갇혀 어디로 가야 할지 모르는 막막함에 멍한 채로 오도 가도 못한 채 한참을 머뭇거려야 했다. 그야말로 억새의 숲에 붙들린 한 마리의 새가 된 기분이었다. 감동은 잠시나마 이성을 마비시키고 말았다.

겨우 정신을 차리고 바라본 저 너머에는, 바람에 물결이 일 듯 억새가 만들어내는 하얀 파도가 산등성이를 타고 산 위로 솟구쳐 오르다가 이내 쏴아아 하고 산 아래로 내처 달린다. 물 맑은 연못에서 노닐던 선녀가 낯선 이방인의 기척에 놀라 서둘러 하늘로 날아오르듯, 그렇게 억새의 너울도 산 정상을 향해 달음박질치다 이윽고 산을 넘어가고 있었다. 여기저기서 터지는 탄성…. 사람들은 낙화암에서 몸을 날리던 삼천의 그들처럼, 억새의 바다에 몸을 던져 넣고 있었다. 하얗게 부서지는 억새의 바다를 카메라에 담으려는 그들의 노력은 거의 필사적이고 절박하기까지 했다.

흥분을 가라앉히고 양지바른 언덕에 앉아 흐드러지게 핀 억새의 너울을 바라본다. 잔바람에도 자지러지는 억새들의 몸부림이, 그들의 무수한 날개짓이 그저 아득하기만 하다. 그렇게 그들이 흩어놓는 그들의 이야기, 그들의 소리를 들으며 여행자는 먹먹해진다. 때로는 바라보는 것만으로도 가슴 가득 무언가 차오르는 그런 풍경이 있다더니 명성산의 억새 평원이 그러했다. 억새들의 흰 물결에 마음마저 맑아지는 느낌이다. 억새의

이삭들에 매달려 하얗게 터지며 아롱대는 빛의 산란이 여행자의 눈을 멀게 하는 건 아닐까 하는 두려운 마음마저 든다.

파스칼은 그의 저작, 《팡세》에서 "인간은 자연 가운데서 가장 약한 하나의 갈대에 불과하다"고 했다. 그러나 그것은 "생각하는 갈대"라고 말했다. 차이라곤 '생각한다'는 거 말고는 흔들리는 건 마찬가지라는 말이다. 파스칼이 바라보는 인간은 현실적으로는 광대무변한 우주에서 무(無)에 가까운 하찮은 존재일 뿐이다. 하지만, 그 '생각', 즉 '사고(思考)할 수 있는 능력'으로 인해 인간은 스스로가 처한 '삶의 유한함'이라는 '비참함'을 알고 있으며, 나아가 그 생각이라는 것을 통해 자신을 구제할 수 있다고 믿었다. 바로 이것이 인간의 존엄성이며, 고로 인간은 위대하다는 것이 파스칼의 생각이었다.

○ 생각하는 억새, 흔들리는 억새

그런데 문득 드는 의문 하나. 파스칼이 그렇고, 우리도 무심결에 그러려니 하며 수용했던 '나약하게 흔들리는' 갈대가 혹시 억새가 아니었을까 하는 의구심이 그것이다. 보통 갈대는 강가나 바닷가에 서식하고, 억새는 들이나 산에서 자란다고들 알고 있다. 대충은 맞는 이야기다. 하지만 그들은 서식지만 다른 것이 아니라 생김새도 약간의 차이가 있다. 갈대는 키가 크고 거칠고, 또 억세다. 그래서 이름도 대나무를 뜻하는 갈'대'인 것이다. 반면 억새는 하늘거린다는 표현에 걸맞게 여리고 부드럽다. 가냘픈 몸피 가득 하얗게 부서지는 빛살을 담은 이삭을 기억한다면, 그게 억새다. 그렇듯 갈대가 남성적이라면 억새는 여성적이다.

그런데 인간은 생각하는 갈대라고? 아마도 아닐 것이다. '흔들리는 존재'로서의 역할은 갈대보다는 억새에게 더 어울리기 때문이다. 실제 파스칼이 살았던 프랑스 중남부 지역은 산악지형이 많은 곳이라고 한다. 그러니 짐작컨대 문학적인 표현 차원에서, 또는 번역의 과정에서 억새보다는 갈대가 종(種)의 대표성이나 어감 측면에서 낫기 때문에 갈대라고 지칭한 것은 아니었을까.

그러니 억새 입장에서는 다분히 서운할 수도 있겠다는 생각이 든다. 하필이면 이름이 억세게도 '억새'란 말인가. 조금만 더 부드러운 어감의 이름을 가졌더라면 우리는 갈대라고 말하면서 억새를 상상하는 오류를 범하지는 않을 것이다. 조금은 억울한 억새가 명성산 정상 언저리에 우기(雨期)의 호수처럼 그득하다. 명성산의 억새는 그리 대단한 것이 아니라고 말하기도 하지만, 과문한 여행자에게는 이마저도 차고 넘치는 억새의 낙원이었다.

그대로 머물러 나 역시 억새인 듯 바람에 흔들리며 푸른 하늘 호수에 빠져도 보고 싶지만, 넘쳐나는 인파는 누군가의 어설픈 감상을 지켜줄 여력조차 없어 보인다. 그렇게 떠밀리어 흐르는 강물처럼 억새의 평원 사이로 난 길을 따라, 그저 흘러갈 따름이다.

○ 억새들이 살아가는 법

햇살에 번득번득 빛을 흩는 억새의 하얀 이삭들은 그들의 씨앗주머니다. 씨앗들을 멀리 퍼져 나가게 하기 위해 그들은 그곳에 아름다운 날개를 달았다. 그렇게 그들은 바람에 흔들리면서, 바람을 이용해 종족 번식이라는 대업을 완성한다. 억새에게 '흔들림'이란 스스로를 드러내는 아름다움의 원천이면서, 생존을 위한 최선의 방법이었다. 휘어질지언정 부러지지 않는, 그래서 힘을 힘으로 받지 않고 비껴설 줄 아는 지혜가 그들이 온전히 생명을 유지할 수 있었던 비결이었던 셈이다. 끝없이 밀려드는 바람이건만, 억새는 인내와 끈기로 얼굴 한 번 붉히는 법 없이 살랑살랑 춤이라도 추듯 바람을 유인하고, 또 비껴낸다.

지금은 온통 억새들의 차지가 되어버린 이 땅의 원래 주인은 1950년대까지만 하더라도 산에 불을 내서 밭으로 일구며 살던 화전민이었다고 한다. 하지만 화전민들이 산 아래의 마을로 떠난 이후, 이곳은 억새들의 낙원이 되고 만다. 주인 없는 땅은 먼저 차지하는 놈이 임자라는 사실을 억새들은 어디선가 들었던 것이다. 억새들은 곧장 잡풀은 물론이고 뿌리 깊은 나무들과 기나긴 생존 투쟁을 시작했고, 기어이 이 땅을 차지하고 말았다.

억새들의 지난한 투쟁의 역사를 알 리 없는 많은 사람들은 그들이 이뤄낸 승리의 역사 앞에서 그저 즐거울 따름이다. 억새 입장에서도 굳이 산을 올라 그들의 승리를 축하해주는 인파에 흐뭇하긴 마찬가지일 것이다. 세상사에서 자신의 생존을 위한 분투의 결과가 남에게도 즐거운 일이 몇이나 있었던가. 그래서일까. 억새는 바람이 불어도, 사람들이 몰려와 탄성을 터트려도 그저 가만히 흔들리며 미소만 지을 뿐이다.

그렇게 느긋함으로 긴 세월 동안 단련된 그들의 춤사위는 유연했고, 또 부드러웠다. 서로서로 어깨를 걸고 서로에게 몸을 기댄 채로 단체 줄넘기를 하듯, 또는 강강술래 춤이라도 추는 듯, 바람과 더불어 어우러지고, 또 너울대고 있었다. 세월의 무게가 더해지고 결국 무언가를 아는 시점이 되면, 그렇게 부대끼던 악연도 결국 인연이 된다는 사실을 바람도 억새도 알고 있었나 보다.

산 정상에서 휘몰아치던 바람이 계곡으로 내처 달릴 즈음, 사람들이 간다. 가야 할 때를 알고 떠나는 것은 단풍의 일만은 아니었다. 사람의 시간도 마찬가지였다. 쉬이 떨어지지 않는 발걸음을 끌듯 옮기다 뒤돌아본 억새들의 낙원은 아직도 분분히 흩날리는 표백의 호수였다. 그 흔들림이 작별 인사는 아니었을까.

떠나야 하는 이에게는 그것이 비록 가슴이 찢어질 듯 슬픈 일일지라도 보내주어야 하고, 자신마저도 마지막 손을 놓아야 할 그 순간에는 아무렇지도 않게 꼭 쥔 마지막 손을 놓을 줄도 알아야 한다. 비장하지만 비장하지 않게, 슬프지만 슬프지 않게, 두려움을 걷어낸 옅은 미소 띤 얼굴로, 그렇게 가야 한다. 이별이든 소멸이든 자신의 시간을 끝내는 것이야말로 세상의, 대자연의 시간이 계속해서 흐르게 하는 순환의 고리이기 때문이며, 비워야 채워질 수도 있기 때문이다. 그래야 시간은 끊임없이 흐를 수 있게 된다.

아! 단풍이여, 단풍이여

설악산 주전골

○ 오메, 단풍 들겄네

장독대에 붉은 감잎이 날아와 떨어지자, 그 옛날 누이는 '오메, 단풍 들것네' 하며 깜짝 놀라고 만다. 붉디붉은 감잎 한 장에 담긴 계절이 우리 누이를 놀라게 하고 만 것이다. 그 붉음이 혹여 연정(戀情)은 아니었을까? 잊고 살았던 붉은 마음에 감잎 한 장이 파문을 일으켰는지도 모를 일이다.

누이가 남설악 최고의 단풍이라는 오색(五色) 주전(鑄錢)골의 단풍을 보았더라면 뭐라 했을까? 감잎 한 장에 놀라는 여리고 순한 마음이니 골골마다에 널브러진 단풍 앞에서는 정신마저 혼미해졌을 것이다. 그런데, 누이만 그런 것이 아니었다. 나도, 모두가 그러했다. 아! 단풍이여, 단풍이여!

최근 몇몇의 산행을 하는 동안 가을산은 그야말로 단풍의 사태였다. 그곳이 산이든 아니든 발 닿는 곳곳마다 가는 계절을 아쉬워하는 단풍들이

제 몸을 살라 축제를 열었고, 그 축제에 초대된 사람들은 느닷없이 찾아온 행운에 저마다 탄성을 터트렸다. 나 역시 적어도 올해만큼은 눈이 시릴 정도로 많은 곳의 단풍을 만끽했노라 자부하던 중이었다.

사실 설악산 최고의 단풍이라는 주전골 단풍을 만나러 가면서도 단풍이야 그 단풍이 그 단풍이겠거니 했다. 여기나 저기나, 오십 보 백 보…. 그랬다. 그런데, 그게 아니었다. 아! 이 단풍을 어이할꼬. 말문이 막히고 말았다.

○ 이 단풍을 어이할꼬

길은 용소폭포 탐방지원센터 앞에서 시작된다. 그야말로 인산인해다. 평일 낮이건만 10월 하순으로 접어드는 주전골은 사람들의 행렬을 끊임없이 받아내고 또 밀어내고 있었다. 오색약수에서 길을 시작한 무리는 용소폭포를 지나 만경대로 향하고, 일부는 용소폭포 탐방센터에서 시작해 내리막으로 오색약수를 향해 나아가는 여정이다. 불과 몇 걸음 떼지 않아, 사람들이 자지러진다. 오메, 이 단풍을 어이할꼬….

지금까지 본 단풍과는 그 규모나 결이 달랐다. 무식하면 용감하다더니 이 단풍을 능멸했더란 말인가. 단풍이야 어디에서건 볼 수 있는 풍경이겠으나, 설악산이라는 웅장한 골골의 봉우리와 어울리는 모양새는 감히 흉내조차 낼 수 없는 비경이었다. 그러니 행렬의 이동은 더디고 또 더뎠다. 한 걸음 한 걸음을 떼어놓을 때마다 달라지는 비경 앞에서 사람들은 쉽사리 발걸음을 떼어놓지 못한다. 차례를 기다려 비경을 담고, 충분히 찍고, 찍혔을 만도 한데, 그럼에도 그들은 굼뜨다.

머지않은 곳에서 쏟아지는 물소리. 용소폭포다. 용소폭포를 홀린 듯 바라보다 퍼뜩 깨닫는 것은, 흐르는 물조차도 붉다는 사실이다. 단풍이 계곡물도 물들였더란 말인가. 용소폭포의 물줄기가 실로 붉었다.

주전골이라는 이름은 그 옛날 워낙 외지고 골이 깊어 도적들이 이곳에서, 지금으로 치면 위폐, 즉 가짜 엽전을 만들던 장소라 해서 붙여진 이름이라고 한다. 아니나 다를까, 지금이야 가을 단풍철이면 사람들로 홍수를 이루지만, 옛날에는 도적의 소굴로 안성맞춤이었을 듯도 싶다. 운 나쁘게도 신관 사또의 행차를 모르고 쇠망치질을 한 게 그들에게는 불운이라면 불운이었을 것이다. 그 쇠망치질 소리가 그들의 은거지가 드러나는 빌미가 되었으니 말이다.

그런데 이렇게 수려한 비경을 품고 살았던 그들이 고작 도적질로 연명을 했더란 말인가. 언감생심 시인 묵객이 되었어야 한다고 말할 수야 없겠지만, 그래도 정신조차 혼미해지는 이 황홀한 풍경 아래에서 고작 도적질에 가짜 엽전이나 만들고 있었다니 그저 애석할 따름이다. 하지만 달리 생각하면, 주린 배를 채우는 것이 삶의 전부였을 그들에게 흐드러진 단풍이 다 무슨 소용이었더란 말인가. 배가 고픈 그들에게는 이 풍경조차도 사치였을 것이다. 그러고 보면 밥보다 더 아름다운 것이 어디에 있겠는가. 도둑들이 엽전을 만들던 그날처럼, 주전골에는 눈물 나게 고운 단풍이 서럽도록 붉게, 산을 불사르고 있었다.

어느 시인(이상국, 〈단풍〉)은 단풍을 보며 "헤어짐의 슬픔으로 몸이 뜨거워진 것"이라고 했다. "그래서 물감 같은 눈물을 뚝뚝 흘리며 계곡에 몸을 던지는 것"이라고도 했다. 아마도 그럴지도 모른다. 녹음의 계절이 엊 그제였던 것 같은데 어느새 가을이라니…. 그 황망함이야 뉘라서 다를 것인가. 그렇게 세월이 뭉텅뭉텅 흘러가면서, 제 혼자 가기 억울해 온 산의 나뭇잎들을 앞세웠으니 갑작스레 산을 떠나야 하는 그 막막한 헤어짐이야 오죽했을 것인가. 그러니 낯빛은 울음 운 얼굴처럼 잔뜩 충혈됐을 것이고, 눈물은 붉고도 붉었을 것이다.

하지만 중년이라는 계단을 힘겹게 오르는 누군가에게는 그래도 이 정도면 충분히 아름다운 산화(散花)처럼 보인다. 서산 너머로 떨어지는 석양의 노을처럼 제 가는 마지막을 이렇게 붉게 물들이며 떠날 수 있다면야, 그마저도 아름다운 퇴장이다. 새삼 "우리 늙어 가지 말고 고운 색깔로 물들어가자"던 시인(유지나)의 바람은 어느 누구에게나 유효한 것임을 깨닫게 된다. 늙음이 추함이 되지 않도록 나름의 빛깔을 품은 채로 은은하게 빛나는 삶은 어쩌면 살아가는 자의 의무일지도 모른다.

산과 계곡, 그리고 고운 빛깔로 수놓은 풍경은 실로 절경이라는 말 말고는 달리 표현할 방법조차 없어 보인다. 붉고 노랗게 채색된 계곡물은 산 아래로 흐르다가 어느 순간 둥글게 머물러 연못을 이루고, 연못에 비친 스스로의 자태에 푹 빠져든다. 선녀들의 목욕탕이었다는 선녀탕이다. 청아한 달밤에 선녀들이 내려와 목욕을 즐긴 곳이라니 훔쳐보던 떠꺼머리 총각의 가슴은 타서 재가 되지 않았을까? 기어이 날개옷을 훔친 나무꾼의 욕심을 이해 못할 바도 아니다.

○ 어쩌자고 너는 이리도 붉었더란 말이냐

계곡의 가장자리를 따라 이어진 나무 데크 길이 아스라하고, 어느 순간엔 단풍 못지않게 차려입은 탐방객들도, 그 길도 또 다른 풍경이 된다. 그렇게 그들도 나도, 떠밀리듯 길 위로 흘러간다. 어느 때엔 아찔한 그 붉음이 아쉬워 발걸음을 붙잡아보려 하지만, 장강(長江)의 뒷물결에 밀려나는 앞물결처럼 그렇게 밀리어 간다. 그래도 하염없이 밀리어 갈지언정 어찌 이 아찔한 단풍을 놓칠 수야 있겠는가. 숨이 턱턱 막히는 붉음 앞에서 그저 벌어진 입은 좀체 다물어지지가 않는다. 어쩌자고 너는 이리도 붉었더란 말이냐.

시인(도종환)은 "버려야 할 것이 무엇인지를 아는 순간부터 나무는 가장 아름답게 불탄다"고 했다. "제 삶의 이유였던 것. 제 몸의 전부였던 것을 아낌없이 버리기로 결심하면서 나무는 생의 절정에 선다"고도 했다. 그래서였을까. 보는 이는 그들의 무심한 버림에, 그들의 절정에, 멀미가 난다.

멀리 독주암이 아득하다. 원래는 정상부에 한 사람이 겨우 앉을 정도로 좁다 하여 독좌(獨座)암이었다가 현재는 독주암으로 불린다고 한다. 그 뾰족함이 참으로 서늘하다. 절벽의 가장자리를 따라 사람들이 간다. 무릉도원의 저편을 향해 나아가기라도 하는 양 모두 다 들떠 있다. 천애의 절벽을 삶의 터전으로 자리 잡은 그 안목도 놀라운데, 나무들은 절벽을 병풍 삼아 제 살아있음을 끝없이 드러내고 있었다. 이 풍경 앞에서 어찌 들뜨지 않을 수 있겠는가.

저 아름다움이 스러지고 나면 이 산은, 우리는 또 오죽 가슴이 미어질 것인가. 그 허전함을 어이할까. 그래서일까. 시인(박태강)은 "빨개져도 놓지 마라. 손까지 놓으면 땅에 떨어지고 땅에 떨어져 뒹굴면 낙엽"이 된다고 안타까워했었나 보다. 하지만 회자정리(會者定離)는 만고불변의 진리가 아니던가. 헤어짐 없는 만남이 어디에 있을 것인가. 그저 욕심일 뿐이다. 갈 때는 가야 한다. 그래서 삶은 아릿한 물빛인지도 모른다.

그런데 이런! 단풍의 스러짐을 걱정하느라 여정이 끝나가고 있음을 잊고 있었다. 끝없이 이어질 것만 같은 계곡 길은 어느 순간 사람들을 기어이 오색약수로 몰아내고 만 것이다. 아직도 감흥이 여전한데 길은 제 맘대로 사람들을 주전골 밖으로 밀어내고 말았다.

회자정리를 외쳤지만, 그 일이 제 일일 때에는 쉽사리 인정할 수 없음도 인지상정이었음을 깨닫는다. 그래, 왔으면 가야 하고 만났으면 헤어짐도 당연한 것이라 스스로를 다독여 보지만, 아쉬움은 쉽사리 떨쳐지질 않는다. 그나마 감흥이야 꼭 시간에 비례하는 것도 아니지 않느냐며 위로를 하지만, 마음은 쉽게 돌아서질 않는다. 뒤돌아본 주전골은 여전히 붉고, 또 뜨거웠다.

이제는 돌아가야 할 시간이다. 다시 일상으로 돌아가는 길 위에서 붉음에 취했던 환희의 들뜸과 기약 없는 헤어짐이야 끊어낼 수 없는 미련으로 남겠지만, 그렇다고 어쩌랴. 아쉬운 건 아쉬운 것이고, 떠날 때는 떠나야 하는 법이다. 터벅터벅… 그래도 눈 가득, 가슴 가득 풍성한 가을을 담았으니 한동안은 계절을 탓할 일이 없겠다.

길과 길 아닌 곳의 경계를 묻다

내변산

○ **사르락 사르락, 그리움이 내린다**

눈이 오는 날에는 왠지 가슴 저 아래 쟁여놓았던 아득한 그리움이 배추꽃 나비처럼 나풀대며 마음 벽 한 자락을 허물어 버린다. 딱히 기억해낼 추억조차 희미해진 나이임에도, 눈이 오는 날이면 아직도 설레는 마음은 스멀스멀 옛 기억 한 토막이라도 떠올려야 하는 것이 아니냐며 성화를 부리는 것이다. 그러니 누군가를 추억하고 막연한 그리움 하나쯤은 불러내게 되는지도 모른다.

나에게 있어 마음속에 아련히 남아 있는 가장 인상적인 눈은 유년시절의 어느 밤, 툇마루에 앉아 바라보던, 너른 마당에 솜뭉치처럼 사르락사르락 무심히 쌓이던 그 눈이 아니었을까 싶다. 방문 창호지 너머로 어른거리는 그림자에 놀라 무심코 열어본 문밖에는 기척도 없이 한 뼘이나 쌓인 눈이 마당을 도화지처럼 온통 순백의 설원으로 만들어 놓고 있었다.

그 밤, 어둠을 헤치고 내리던 눈은 누에의 엉덩이에서 풀려나오는 새하얀 고치실처럼 한도 끝도 없이 소복소복 쌓이고 있었다. 바람마저 잠이 들었는지 조금의 흔들림도 없이 긴 선분을 그리며 눈은 그렇게 마당으로 무심히 떨어지고 있었다. 문틈을 비집고 마중을 나간 형광등 불빛에 눈의 빛깔마저도 푸르렀다. 너무나도 고요했기에 눈이 쌓이는 소리를 들었던 것 같기도 하다. 그렇게 무엇에 홀리기라도 한 양, 한참 동안 눈 내리는 모습을 바라보기만 했다.

매번 보던 눈이건만, 그날 밤의 눈은 어린 눈에도 생경했고, 그 광경이 얼마나 감동적이었던지…. 아마도 평화스러움을 눈(目)으로 볼 수 있다면, 소리 한 점 없는 천지간에 저 홀로 사르락사르락, 감나무 옆 장독대 위로 쌓이던 그 눈처럼 고요한 모습이 아닐는지.

그 와중에 문득 누군가 찾아올 것만 같았다. 그 한없는 고요의 강을 건너 누군가가 내 이름을 부르며 대문을 열고 찾아올 것만 같았다. 어쩌면 누군가가 찾아오기를 바랐는지도 모른다. 홀로 바라보는 눈이 내 속에 쟁여놓았던 외로움에 불을 붙인 것은 아니었을지…. 그러다가 그 눈이 마냥 서러워 힘없이 고개를 떨궜을 것이다. 그날 밤, 어머니와 단둘이 살던 집에서 나는, 홀로 긴 기다림으로 눈 내리는 모습을 바라보고 있었다.

그러다가 불현듯 떠오르는 생각. 아! 내일은 학교엘 가지 않겠구나. 그 당시 내가 자란 시골 마을에서는 폭설이 내리면 교통수단이 마땅치 않았던지라 휴교를 하는 때가 더러 있었다. 이른 아침이면 마을 회관의 스피커에서 "오늘은 아이들을 핵교에 보내지 말라캅니데이!" 하는 이장님의 목소리가 온 마을에 울려 퍼지고, 곧이어 집집마다 터지는 아이들의 환호

성…. 그 시절에는 눈만 와도 행복했고, 또 즐거웠다. 불현듯 깨닫는 외로움도 있었지만 말이다.

○ **아이젠과 호흡을 맞추며**

내변산을 오르던 날에도 그렇게 탐스런 눈이 내렸다. 내변산(內邊山)이라는 이름은 1988년 국립공원으로 지정된 변산반도 국립공원이 바깥변산(外邊山)과 안변산(內邊山)으로 구분되어 불리는 데서 기인한다. 외변산이 바다를 따라 이어지는 바깥 부분을 말하는 데 비해, 내변산은 변산 안쪽에 있는 남서부 산악 지역을 가리키는 말이다. 내변산의 산들은 높이가 400~500미터 정도로 높지 않아 완만하지만, 대신 오밀조밀하다, 그래서 '호남의 소금강'으로도 불리는 것이다. 내변산의 최고봉은 의상봉(508m)으로, 옥녀봉, 쌍선봉, 관음봉 등 여러 봉우리를 거느리고 있다.

눈으로 뒤덮인 길은 아득하다. 눈에 갇힌 길은 온통 새하얀 탓에 기준점을 정하기가 어렵고, 길과 길 아닌 것의 경계가 모호한 탓에 어디로 가야 할지 첫발을 내딛는 것부터가 망설여진다. 하지만 다행스럽게도 이른 아침부터 길 위에 길을 내어준 부지런한 누군가의 손길과 발걸음이 있었기에 나아가는 데는 아무런 문제가 없다. 다만 발밑에서 덜그럭대는 아이젠과의 호흡만 잘 맞추면 된다. 게다가 군 복무를 마친 지 오래지 않아 머리마저 짧은 아들과 함께 가는 길이라, 그냥 푸근했다.

길은 외길이다. 설사 다른 길이 있다 하더라도 눈 속에 파묻힌 길을 어떻게 해볼 도리조차 없다. 새삼 "눈 내린 들판을 걸을 때에는 그 발걸음을 어지러이 걷지 말라"던 서산대사의 충고를 떠올리게 된다. 그러니 그

걸음이 조심스러울 수밖에 없다. 산으로 향하는 그들조차도 일렬종대의 행렬을 이루며 나아간다. 새로운 길에 대한 섣부른 욕심은 화를 자초하는 일이기 때문이다.

계곡을 가로지르는 다리를 건넌 길은 산을 오르고, 숲으로 난 길은 이내 눈꽃 터널을 이룬다. 이따금씩 불어오는 바람에 흩날리는 눈꽃들이 분분하다. 곱게 빻은 소금을 공중에다 흩어 놓으면 이럴까. 여린 눈들이 부서지며 민들레 꽃씨처럼 무게감 없는 무게로 나무와 나무 사이, 사람과 사람 사이의 여백을 채우며 스러져 간다. 그 아스라한 스러짐은 눈이 올 때의 그 모습과는 사뭇 다르다. 눈이 종(縱)으로 낙하한다면, 바람에 흩어지는 눈들은 종횡(縱橫)을 넘나들며 안개처럼 그렇게 흩어지며 공간을 넘나든다. 무심히 걷고 있는 발길은 그래서 아득하고, 또 아득하다. 눈은 그렇게 안개처럼 바람에 실려 산과 나무와 사람 사이의 간극을 메우며 부서지고 있었다.

○ 가슴속 뜨거운 정리를 어찌 다 말로 표현하랴

분분한 눈꽃에 홀려 어디로 가는지도 모른 채 앞만 보고 걷는 사이, 길은 커다란 호수 앞에다 사람들을 데려다 놓는다. 직소보(直沼洑)라는 이름의 산정호수다. 이런 산속에도 호수가 있었구나. 얼어붙은 호수 위로 소복하게 쌓인 눈이 새하얀 화선지라, 붓질 한 번이면 설중(雪中) 산수화가 우수수 쏟아질 것만 같다. 그러니 어찌 놀랍지 않을까. 사람들의 눈은 똥그래지고, 입에서는 연신 감탄사가 쏟아진다. 눈길을 즈려밟으며 올라온 고단함은 이렇듯 기대하지 않았던 풍경 앞에서 그야말로 눈 녹듯 사라진다.

물끄러미 앞만 보고 걷던 아들 녀석도 생경한 풍경 앞에서 연신 스마트폰 카메라를 눌러댄다. 그럼에도 사진을 찍어주겠다는 아비의 말에는 시큰둥이다. 저도 군대까지 다녀온 몸인데 아비라고 이래라 저래라 하니 살짝 튕겨보는 모양인지 조금은 뻣뻣하다. 하긴 보는 눈도 많은데 아비라고 애 취급을 하니 그랬을 수도 있겠다는 생각이 든다. 한 번을 더 청하니 못 이기는 척 자세를 잡는다. '한 번 더'를 외치니 그제야 손가락이 브이(V)자를 그린다.

어찌 보면 제 스스로 성인이라는 아이와 아비 간에 어느 정도의 긴장관계는 필수가 아닐까 싶다. 하지만 말이 긴장 관계지, 어쩌면 나름의 소통하는 방법 중 하나일 것이다. 마음속에 흐르는 그 뜨거운 정리를 어찌다 말로 표현할 것인가. 무뚝뚝한 둘 사이에는 굳이 말하지 않아도 되는 그 무엇도 있는 법이라고 믿고 싶다. 다른 많은 동행들이 인정하듯이 다 큰 놈이 이렇듯 흔쾌히 아비를 따라나선 것만 해도 어디인가.

○ 눈밭 위의 추격전

겨울산을 오르는 행렬은 선(線)이다. 아니, 산등성이의 어느 자락을 지나는 길 자체가 선이다. 한 사람이 지나간 흔적만큼의 폭이 바로 길이기 때문이다. 그러니 사람들은 일렬의 긴 행렬을 이루며 앞으로 나아간다. 그래서일까. 두런두런 서로 간에 건네는 일행과의 잡담조차 없는, 오직 발밑에서 들려오는 눈과 발 사이의 마찰음만이 유일한 소음이다. 사막을 지나는 대상(隊商)의 행렬처럼 그렇게 줄지어 나아간다. 그러니 앞으로 나아가는 발걸음은 조심스럽다. 그나마 아이젠이라는 물건이 있으니 얼마나 다행인가.

어릴 적 눈이 오는 날에는 산토끼를 잡겠다고 친구들과 어울려 산으로 갔던 날이 여러 날이었다. 먹이를 찾으러 나왔다가 집으로 돌아간 녀석의 발자국이 눈밭 위에 남으니 산토끼를 잡으려면 눈 오는 날이 제격이었다. 이 산 저 산을 헤매다 토끼굴을 찾으면, 먼저 굴 앞에다 연기가 많이 나는 마른 짚으로 불을 놓는다. 그래야 연기에 숨이 막힌 토끼들이 굴 밖으로 몰려나오기 때문이다. 그때부터는 쫓는 자와 쫓기는 자의 숨막히는 추격전이 시작된다.

하지만 산토끼를 쫓아 이리 뛰고 저리 뛰고, 나뒹굴기를 여러 번 해야 겨우 한두 마리의 토끼를 잡을 수 있을까 말까 했다. 토끼는 재빨랐고, 쫓는 우리는 눈밭에 빠져 헤매기 일쑤였으니 당연한 결과였다. 그때 아이젠이 있었다면, 아마도 우리 마을 뒷산의 산토끼는 한 마리도 남아나지 않았을 것이다. 아! 그 당시에도 아이젠이 있긴 있었으니, 새끼줄로 신발을 둘둘 묶으면 나름 쓸 만은 했다. 하지만 새끼줄 아이젠으로 산토끼를 따라잡는 건 아무래도 조금은 무리였다.

◎ 길은 언제나 사람에게로 향하는 법이다

길은 어느새 내변산 최고의 절경이라는 직소폭포에 이른다. 눈앞에 폭포가 있지만, 다가갈 수는 없다. 전망대의 난간에 기대어 서서 그저 바라만 볼 뿐이다. 눈 덮인 언 땅 너머로 나아가고 싶지만 길은 눈 속에 갇힌 지 오래라, 감히 엄두를 내지 못한다. 다만 멀리에서 바라보는 폭포는 눈과 얼음에 갇혀 과거의 그 웅장한 포효를 잊어버린 듯 고요했고, 실상 그 물

줄기도 산이 겨우내 품었던 물을 아끼듯 조금씩만 풀어내고 있는지라 여리고 아스라했다.

폭포를 떠난 길은 주상절리(柱狀節理)의 절벽을 에돌아 이어진다. 직소폭포 주변의 암반은 화산 지역의 특성을 이루는데, 화산 폭발로 쏟아져 나온 여러 암석들이 퇴적된 뒤 빠르게 냉각되거나 수축되면서 만들어진다는 주상절리가 그것이다. 직소폭포 역시 주상절리 폭포다. 그래서 하늘에 뚝 떨어지듯이 물줄기가 바로 소로 내리꽂히는 형태의 폭포가 될 수 있었다.

오르막의 가파른 길은 깎아지른 듯 주상절리의 절벽 아래로 이어진다. 주상절리를 병풍 삼아 오르는 길은 간만에 만나는 오르막인지라, 조심스럽기만 하던 발에 조금씩 힘이 들어간다. 계단을 지나고 오르막을 오르면, 길은 까마득한 절벽에 선반 같이 매달려 있는 잔도(棧道)를 지나는 양 아슬아슬하다.

숲으로 들어선 길은 나무와 나무 사이 가없는 설원 위에 그어진 외줄의 선분. 그리고 또 다른 선분을 그리며 이어진다. 긴 길의 끝에는 결국 사람들이 사는 마을이 있을 것이다. 길은 제아무리 멀고 험한 골짜기를 지나더라도 결국은 사람에게로 향하는 법이기 때문이다. 인생사도 그러하다. 더러 오늘같이 눈이 내리는 날에는 길 자신마저도 길을 잃어 헤매기도 하지만, 결국에는 제 가야 할 그곳으로 이어져 있음을 잊지 않는다.

그렇게 길은 반드시 이어져야 할 사람과 이어져 있다. 어느 경우에는 빠르게, 또 어느 경우에는 느리게…. 그래서 길을 잃고 헤매다 무릎이 깨져도 가야 할 그 길을 포기하지 않는다면, 그렇게 용기를 갖고 걷기만 한다면, 언젠가는 그곳에 닿을 수 있다. 그곳에는 정다운 사람이 함박웃음 띤 얼굴로 기다리고 있을 것이다.

재백이 다리를 건널 즈음 눈이 내리기 시작한다.

바람이 흩뿌려 놓은 눈안개에도 설레던 차에 하늘에서 함박눈이 내리고 있었으니 여행자들의 마음이야 오죽할까. 눈을 들어 멀리 바라본 세상의 풍경은 하얀색의 수채화 물감을 흩뿌리기라도 하는 듯 하늘과 산과 나무 그리고 사람들마저도 점점이 하얗게 채색되고 있었다. 그리고 설명할 수 없는 이유로 사람들의 마음 역시 점점이 물드는 설렘을 어쩌지 못한다.

○ 잘 노는 삶이 잘 사는 삶이다

가끔 우리는 일상에 지칠 때, 어떻게 살아야 잘 사는 삶인지를 자문할 때가 있다. 잘 사는 삶이란 게 따로 있기는 할까 싶기는 하지만, 개인적으로는 가슴 뛰는 설렘이 있는 삶을 살고 싶다. 좋은 사람과 더불어 작은 성취에도 행복을 느끼는 그런 설렘 말이다. 눈이 온다고, 꽃이 피었다고, 그리던 친구가 찾아왔다고, 맛있는 막걸리 한 잔에도 가슴이 뛰는 그런 유치함이 내 삶 속에 가득했으면 하는 바람이 있다는 말이다.

《나는 아내와의 결혼을 후회한다》는 지극히 도발적인 제목의 책을 냈던 김정운은 '재미'가 사는 이유라고 말했다. 그런데 그는 재미를 결정하는 것은 '선택의 자유'라고 말한다. 스스로 선택한 일을 해야 재미있다는 말이다. 아마도 맞을 것이다. 사실 오늘의 산행이 누가 등을 떠밀어 온 것이라면 이렇게 즐거울 수 있을 것인가. 눈 좀 왔다고 이제껏 숨겨놓았던 감성이 이리도 폭발할 수가 있겠는가 말이다. 그들이 즐거운 것은 그들이

하고 싶은 것을 하기 위해, 제 스스로, 제 발로 왔기 때문이라는 사실은 분명해 보인다.

하지만 문제는 남는다. 무엇을 선택해서 삶을 재미있게 만들 것인가 하는 질문과 맞닥뜨리기 때문이다. 뭘 해야 재미가 있다는 말인가. 쉬운듯 하면서도 쉽지 않은 질문이다. 선택은 각자의 몫일 것이다. 어쩌면 노는 것도 공부와 연구가 필요한 일인지도 모른다.

재백이 고개를 넘은 길은 원암마을로 향한다.

앞서가는 이의 뒷모습이 아른아른하다. 숲길의 끝을 통과하는 그는 세상 밖으로 나서는 이의 출사표처럼 굳건하고 빛의 여운을 담은 그릇처럼 빛이 난다. 그리고 거친 길을 헤쳐 나온 이의 자부심마저 배어 있는 듯하다. 길의 끝에는 언제나 사람이 있고, 그 사람 중에는 스스로에게 건네는 성취와 위로도 함께하고 있음을 깨닫게 되는 것이다. 문득, 잘 사는 삶이란 뒷모습마저도, 그가 떠난 자리마저도 아름다워야 한다는 생각을 하게 된다.

마을에도 눈이 내린다. 마을에 내리는 눈은 마을에서 가장 높은 미루나무 끝에 매달려 있는 까치집부터 적시고 마을로 퍼져나간다. 하얀 차양을 두른 원암마을도, 마을의 어르신도, 나무 끝의 까치도 눈이 오는 고요 안에서 아무런 기척조차 없었다.

제2장

어렵게 얻은 인생이라는 입장권

걷는 과정을 즐길 줄 안다는 것

태안 솔향기길 제1코스

○ **바다와 뭍의 경계, 그 위로 난 길**

길은 바다와 동행하고 있었다. 땅의 끝과 바다의 시작은 서로 잇닿아 있었지만, 더 이상은 나아가지 못했다. 길에게 바다는 욕망의 대상이었고, 동경이었으며, 그리움이기도 했으며, 또 두려움이기도 했을 것이다. 어쩌면 길 위에 선 사람들의 마음 역시 그러했을 것이다. 그것이 길이든, 선이든, 금이든 경계 밖의 세상은 늘 그러하기 때문이다. 그래서 경계의 밖과 안은 서로의 타협점 아래에서 숨죽이고 있는 것이다.

길은 그 경계를 따라 아스라이 이어지고 있었다. 바다를 출발한 길은 솔숲을 지나고 벼랑을 지나고, 다시 바다로 나아가는 여정, 태안 솔향기길이다. 바다를 에둘러 이어져 있는 태안 솔향기길은 6개 코스, 전장 66.9킬로미터에 이르는 해안 둘레길이다. 태안반도를 뒤덮고 있는 해송 숲 사이로 길이 이어져 있어서, 이름도 솔향기길이다. 그래서 어디선가 솔향이 길을 따라 비끼어 흐를 만도 한데, 초겨울의 해송들은 제 몸의 향기를 어딘가에 깊이 숨겨놓았던지 나의 무심한 코는 기어이 솔향을 깨닫지 못하였다.

길은 꾸지나무골 해수욕장에서 시작된다.

처음 만나는 길을 걸을 때면 알 수 없는 설렘이 있다. 어쩌면 내가 가보지 않은 길은 이 세상에 존재하지 않았던 길인지라, 새로운 길과의 만남은 언제나 발견이기 때문이다.

새로운 길 위에서 만날 생경한 풍경들이며, 길이 들려줄 많은 새로운 이야기들이며, 그 길 위에서 만날 인정 많은 사람들은 나의 기대와 살렘 안에서 실제 기대했던 그 무엇이 되기도 하는 까닭이다.

○ 섬, 뒤란의 대숲을 훑던 바람소리

저 멀리 섬이 보인다. 여섬이다.

《자전거 여행》을 쓴 김훈은 '숲'이라는 단어를 발음해보면 마음에서 바람이 불어오는 듯한 소리가 난다고 했다. 그래서였을까. 무심코 발음해본 '섬'에서는 소리가 혀의 윗부분을 스윽 훑고 지나며 입 안으로 흩어지다가, 종내는 코를 울리며 낮은 징소리처럼 질기고 헛헛한 여운이 느껴지는 소리가 난다.

어쩌면 겨울 뒤란의 대숲을 훑던 그 바람소리를 닮은 것 같기도 하고, 어쩌면 몽돌 해안의 작은 돌멩이가 파도에 쓸려 구르는 소리 같기도 하다. 그러다 아득히 먼 바다에서 출발한 파도가 긴 항해를 마치고 어느 섬 모래톱에 살며시 다가와 안기며 내는 소리와도 닮아 있다. 스산한 아쉬움

과 서러움이 녹아 있는 듯 외로운 소리가 난다.

하지만 섬만 외로울까? 파도인들 오죽할 것인가. 머무르지도 안기지도 못하는 섬을 향해 뭍을 향해 쉼 없이 제 몸을 부딪는 파도의 절절함이야 시퍼렇게 멍든 몸으로 보여주고 있지 않은가. 아무리 투정을 부리고 앙탈을 부려도, 어느 순간에는 살며시 다가와 어깨를 두드려도 보지만 까딱도 않는 뭍이라니. 인연이라 여겼지만 인연이 아님을 깨달아야 하는 모든 인연은 그래서 슬프고 아프다. 파도와 섬의 인연이 그러하다.

○ **파도야 어쩌란 말이냐 파도야 어쩌란 말이냐**

파도야 어쩌란 말이냐 / 파도야 어쩌란 말이냐
임은 뭍같이 까딱 않는데 / 파도야 어쩌란 말이냐
- 유치환, 〈그리움〉

모든 사랑은 절절하다. 내 뜻과 무관한 타인의 마음을 얻는 일이라 더욱 그러하다. 애간장이 끊어지는 듯한 그리움이야 사랑에 빠져본 이라면 그 누군들 모르겠냐마는 어쩌지 못하는 마음 때문에 사랑하는 이는 아픈 것이다. 까딱도 않는 사랑에 아픈 청마의 마음이 그러했다.

사랑이야 마음의 일이니 어쩌겠는가. 마음이라는 것이 마음먹은 대로 움직여준다면야 무슨 걱정이 있으며, 수많은 비련의 사랑 이야기도 쓰여질 리 없었을 것이다. 사랑이란 그런 것이다. 뭍처럼 까딱도 않는 누군가를 향해 하염없이 달려가는 통제 불능의 마음이기 때문이다. 섬과 파도의 사랑이 그러하듯 사랑은 아마도 그러할 것이다.

○ 소리로 다가오는 풍경도 있는 법

무심히 해송 숲길을 걷다 보면 문득 파도가 친다는 것을 소리로 깨달을 때가 있다. 어느 바다, 어느 육지를 돌아 예까지 와서 두런두런 속삭이는지 그 이유야 짐작조차 할 수 없지만, 갯바위에 부딪치고 또 부서지는 그들의 끈질김이 무심한 여행자의 감각을 오롯이 살려놓는다.

가끔은 조금 떨어져 대상을 바라볼 때 대상의 진면목에 다가갈 수가 있다. 아득히 귓전으로 밀려드는 파도 소리가 그러했다. 눈이 아닌 귀로 파도를 깨닫는 것은 눈이 보여주는 것, 그 이상이었다. 그래서였을까. 걷는 어느 중간 나무 등걸에라도 기대앉아 가만히 머물며 파도 소리에 취해보고도 싶었다.

어떤 풍경을 바라보는 것만으로도 내 안의 빈자리에 충만이 넘칠 때가 있다. 어쩌면 여행의 목적이 그러할 것이고, 지금 이 순간 파도 소리의 유혹 안에서 깨닫는 바도 그렇다. 가끔은 풍경마저도 소리로 다가와 자신 안에서 증폭되며 여행의 이유가 되기도 하는 법이다.

○ 걷는다는 것은 도착지가 아니라 과정을 걷는 것

길은 가막골 전망대를 지난다. 전망대에서 바라보는 여섬은 지척이다. 어쩌면 수영을 해서 닿을 수도 있을 것 같은 작은 폭의 바다가 섬과 육지를 구분 짓고 있었다.

섬과 육지 사이의 바다를 건너 바람이 분다. 얼굴을 스치며 지나는 바람 속에서 먼 길을 달려온 그들만의 뜨거운 땀냄새를 맡는다.

고달프지 않은 삶이야 어디 있으랴마는 앞으로 나아가고자 하는 모든 삶에는 아픔과 땀이 배어 있기 마련이다. 그런 이유로 먼 바다를 헤쳐 온 바람마저도 제 기나긴 여정이 있었기에 우리에게 들려줄 이야기가 있는 것이다. 바람이 그러하듯, 성장하기 위해서는 계속해서 나아가야 하고 끊임없이 움직여야 한다. 언제나 우리가 걸은 만큼이 우리 삶의 크기이며, 걸음 속에서 우리의 삶은 풍성해진다는 사실을 길 위에서 다시금 깨닫는다.

가끔 길을 걸을 때, 길이 건네는 다양한 이야기와 느낌, 그리고 길 위에서 살아가는 뭇 생명들의 아우성이며, 그들이 건네는 이런저런 소리조차 듣지 못하고, 그저 걷는 행위만이 전부인 양 허위허위 걷고 있는 자신을 발견할 때가 있다. 그럴 때면 왜 굳이 힘들게 멀고도 먼 이곳까지 걸으러 왔는지 회의감마저 든다. 걷는다는 것은 세상과의 반가운 조우이면서, 매 순간이 새로운 만남인데도 가끔은 숙제하듯 걷고 있었던 것이다.

삶의 진실은 과정 속에 있는 것임에도 우리는 삶에서도 길 위에서도 목적지만을 향해 달려가고 있었던 것은 아니었는지…. 목적지에 빨리 도달하는 것만이 승리이고 성공이라고 여기며 그렇게 주변을 돌아볼 여유조차 저당 잡힌 채로 허겁지겁 살아가고 있었던 건 아니었는지 돌아보게 된다.

잘 사는 삶이란 사다리의 끝을 먼저 밟는다거나, 모두가 탐내는 물건의 소유나 소장품의 화려한 목록에만 있지 않다는 것을 이제는 알아도 괜찮을 만큼의 세월을 살아왔건만, 그 사실을 체화(體化)하기까지는 아직도 많은 시간이 필요한가 보다. 어쩌면 물신(物神)의 사회에 살면서 물신을 배역하는 일이 쉬운 것은 아닐 것이다. 그럼에도 불구하고 소유와 소비라는 물질 중심의 경쟁 사회에서 이제는 조금씩 발을 빼야 한다는 사실만큼은 당연하고, 행복한 삶을 위한 최소한의 방법이기도 하다는 사실을 깨닫는다.

○ **지천명(知天命)을 생각하다**

삶이란 육체에 머무는 여행과 같다고 했다. 여행자에게 무거운 짐이야 애당초 어울리지 않는 것인지도 모른다. 단출한 걸망 하나만으로 세상을 주유할 수는 없겠지만, 되도록 가벼워도 괜찮다. 짐이 무거우면 무거울수록 어깨만 고통스럽기 때문이다. 그렇게 오늘도 길을 걸으며 세상을 배우고, 내 안의 나를 일으켜 세울 결심을 한다. 나 아니면 누가 그 일을 해줄 것인가.

중국 명나라 말기에 이탁오(李卓吾)라는 사람이 있었다. 그는 "나이 50 이전까지 나는 정말 한 마리 개와 같았다. 앞의 개가 그림자를 보고 짖어대자 나도 따라 짖어댄 것일 뿐, 왜 그렇게 짖어 댔는지 까닭을 묻는다면, 그저 벙어리처럼 아무 말 없이 웃을 뿐이었다"고 썼다. 이탁오가 아무런 생각 없이 다른 개가 짖으니 따라 짖었다는 대상은 당시의 체제 이념이자 생활 규범이었던 주자학이라는 유학에 관한 것이었다. 유학이라는 대상에 대한 맹목적인 순종이 인간이 인간을 잡아먹는 세상을 만들고 말았다는 자책이었던 셈이다.

여기서 굳이 유학의 옳고 그름을 이야기하려는 것은 아니다. 다만 옳고 그름을 떠나 자신이 맹종하고 있는 사상이나 가치관에 대해 의구심을

갖고 자신이나 사회 발전에 도움이 되는가를 나이 오십에 따져본 그가 내 나이 50이라는 숫자 앞에서 문득 떠올랐기 때문이다.

나이 오십의 책임은 사회적으로나 개인적으로나 가볍지 않으나, 우리는 어쩌면 내가 아닌 세상이 규정해준 틀 안에서 아무런 의심조차 없이 그렇게만 살면 잘 사는 것인 양 착각하며, '나만 잘 먹고 잘 살자'는 구호 아래 무턱대고 살고 있는 것은 아닌지, 그렇게 정작 나를 잃어버린 채 살아왔던 것은 아니었는지를 길 위에서 문득 자문하게 된다. 정작 삶의 여정에서 아무것도 보지 못하는 청맹과니처럼 눈앞의 조그만 이익 앞에서는 목소리를 높이고, 기껏 세상 사는 요령을 두고 대단한 실력인 양 우쭐대고, 남들보다 앞서지는 못하지만 그렇다고 뒤질 수도 없는 경쟁의 굴레에서 아웅다웅하며 살아왔던 것은 아니었을까. 그렇게 곁눈질 할 수 없게 눈가리개를 한 경주마처럼 앞만 보고 무조건 열심히 달려야 한다는 규칙 아닌 규칙에 저당 잡힌 채로 살아왔던 것은 아니었는지를 이제야 돌아보게 되는 것이다.

○ 조금 늦어도 괜찮다

20여 년 전, IT 붐이 일어 주식시장에 돈이 넘쳐나던 때가 있었다. 그중에는 내 몫도 당연히 포함되어 있었다. 너도나도 돈만이 전부인 양 이런저런 투자를 빙자해 부나방처럼 떠돌던 시절이었으니 어쩌면 당연했다. 문제는 초심자의 행운이었다. 생애 첫 투자에서 불과 서너 달 만에 연봉 이상의 돈을 벌고 만 것이다. 아마도 그때 다른 세상을 봤던 것 같다. 내 인생이 바뀌는 줄 알았다. 그리고 그 행운이 실력인 줄 알았다. 그랬으니 그 이후에 어떻게 살았을지 상상이 될 것이다.

그래서 어떻게 됐냐고? 결론은 모두가 예상하는 그대로다. '꿩 먹고 알 먹고'에 취해 공허하게 세월을 허비한 대가는 꿩과 알, 거기다가 튼실한 둥지는 물론이고, 알토란 같은 내 열정과 젊음까지 다 갖다 바치고서야 끝이 났으니 허망한 한여름 밤의 꿈이었다.

왜 그랬을까. 멀쩡한 직업이 있었음에도 왜 돈에 목을 매고 그토록 헤매고 다녔더란 말인가. 돌아보면 더 잘 살 수 있으리라는 막연한 희망에 코뚜레 꿰진 채로, 잘 산다는 것이 무엇인지도 모른 채로 마냥 끌려다녔던 세월이었다. 공연한 욕심이 삶의 허방인지도 모른 채 아까운 청춘의 시간을 허비하고 말았던 것이다.

자! 투자에 성공해서 몇천만 원의 돈을 벌었다고 치자! 그 돈이면 인생이 바뀌는가? 실제는 그보다 더 많은 돈을 초심의 행운으로 벌었지만, 달라진 것은 아무것도 없었다. 벌었다는 돈마저도 잠시 보관한 것일 뿐이지만 말이다. 대부분의 경우 그 돈으로는 삶이 절대 변하지 않는다. 확률이 낮은, 어쩌면 원금을 몽땅 날릴 수도 있는 위험하기 그지없는 주식 투자라는 모험을 통해서 얻을 수 있는 기대 가치라는 것이 실상은 별 게 아니라는 말이다.

그래서 요즘은 누군가 막연한 기대로 주식 투자를 한다고 하면 도시락을 싸들고 다니면서 말릴 판이다. 몇몇 지인들에게는 주식 투자든 뭐든 그것이 호구지책의 수단이 아니라면, 차라리 그 시간에 그 열정으로 스스로를 키우고 살찌우는 공부를 하라고 말한다. 삶은 어쩌면 가진 것의 크기가 아니라 지식과 지혜라는 마음의 크기에 의해 성공도 실패도 행복도 불행도 결정되는 것이라고 생각하기 때문이다. 만족이라는 가치는 물질로는 절대 닿을 수 있는 영역이 아니다. 물질의 욕망은 한계가 없기 때문이다.

그래서일까. 사십대의 끄트머리부터는 최소한 눈가리개 밖의 세상을 궁금해하고 있는 자신을 깨닫게 된다. 옆에도 뒤에도 풍경은 있었으며, 보고 듣고 배우고 느껴야 할 것들은 세상에도 길 위에도 널려 있었다. 비 맞아 떨고 있는 들꽃들을 발견하고 무릎을 굽혀 그들과 눈을 맞출 수 있는 마음을 가진 이라면, 사는 데 굳이 많은 돈이 필요하지 않을 수도 있지 않을까 하는 생각이 든다. 어쩌면 결승선에 먼저 도착하는 것이 중요한 것이 아니라, 결승선에 이르기까지의 과정에서 무언가를 얻었느냐가 중요할 수도 있다는 사실을 어슴푸레하게나마 알게 된 것이 나이 먹어 얻은 소득이라면 소득이다. 실상 조금 늦는다고 무엇이 달라질 것인가.

○ 인생이 고달프면 걸으라

길은 이름도 생소한 붉은앙뗑이를 지난다. '앙뗑이'는 태안 지역 사투리로, '경사가 급한 길'을 의미한다. 그래서일까. 다시 길은 오르막과 내리막을 반복한다. 문득 거친 길을 걸을 때면 길 위에서건 인생길에서건 너무 빠르게도, 또 너무 느리게도 걷지 말아야 하며, 길의 법칙과 요구를 존중하면서도 자신의 속도를 인식할 필요는 있어 보인다.

'인생이 고달프면 걸으라'고 했다. 그것이 광활한 대지의 길이건, 인생길이건, 그냥 무심히 마음을 열고 걸으면 된다. 길은 언제나 걷는 자를 위한 무대이기 때문이다. 그 무대에는 많은 꿈과 희망이 담겨 있고, 그만큼의 아픔과 슬픔도 녹아 있는 인생의 축소판이기도 하다. 솔향기길이 그러했다.

솔숲 너머 바다 한가운데에 크고 작은 바위들이 솟아나 제 나름의 멋진 공연을 펼치고 있었다. 주연배우는 삼형제섬으로 불리는 세 개의 바위섬이다. 삼형제섬은 보는 위치에 따라 두형제섬이기도 하고, 삼형제섬이기도 하다고 한다. 길 위에서 바라보는 삼형제섬은 두형제섬이었다. 아무래도 막내는 형들 뒤에 숨었나 보다. 아니면 그들의 공연이 섬 하나를 완벽하게 감추는 마술쇼였는지도 모른다.

서산의 붉은 해가 긴 그림자를 바다 위로 드리운다. 오늘의 여정도 머지않았나 보다. 바다를 건너는 수변데크 길 가장자리의 이정표는 만대항이 지척임을 알려준다. 노을이 번지는 만대항은 고요한 낯빛으로 여행자를 맞는다. 종착지의 운명은 떠날 사람을 보내야 하는 자리라는 사실이다. 그렇게 만대항에는 걸어온 길을 되짚어 떠나는 여행자들과, 그에 아랑곳하지 않고 지친 몸을 쉬느라 기척도 없는 배들만이 바다에 고요히 엎드린 채로 다가올 어둠을 기다리고 있었다.

온달을 다시 생각하다

온달평강 로맨스길

○ 언제나 첫걸음이 문제다

도보 여행에서는 언제나 첫걸음이 문제다. 게다가 걷고자 하는 길의 시작이 오르막을 향하는 경우에는 긴장의 정도가 조금은 더 심해진다. 그렇지만 다행인 것은 그렇게 편리에 길들여진 몸일망정 막상 길 위에 몸을 부려놓기만 하면, 몸은 이내 제가 가야 할 길에 순응한다는 점이다. 몸이 짧은 시운전 과정을 거치기만 하면, 길과 여행자는 원래 한 몸이었던 양 이내 서로에게 익숙해지기 마련이다. 둘레길이 가진 묘미다.

온달을 만나러 가는 날에는 봄이라 했건만 봄의 기척은 아직도 멀게만 느껴졌다. 4월이 머지않았음에도 찬바람은 매서웠고, 길은 마치 소금이라도 뿌려놓은 듯 뽀얀 잔설에 점령당한 채로 잔뜩 얼어 있었다. 봄과 겨울은 산에서, 그 산이 품고 있는 길 위에서도 때를 잊은 듯 낯선 동거를 계속하고 있었다.

온달길은 소백산 자락길 중 6자락길로, 온달평강 로맨스길이 정식 명칭이다. '자락'은 '길게 뻗어 나간 산이나 강 따위에서 갈라져 나간 갈래'를 말하는데, 산자락의 그 '자락'이다. 경북 영주시, 봉화군, 충북 단양군, 강원도 영월군의 3개 도 4개 시·군에 걸쳐 있는 소백산 자락길은 소백산을 한 바퀴 감아 도는 둘레길로 전체 길이는 360리, 약 140여 킬로미터에 이르고 모두 열두 자락으로 구성되어 있다.

○ 굽잇길의 설렘과 그리움

온달평강 로맨스길은 지리산의 지안재처럼, 굽잇길로 유명한 보발재에서 시작된다. 보발재까지 태워주시는 택시기사님의 입담이 구수하다. 온달길은 가을이 더 좋다고, 가을에 다시 꼭 오라고 부탁 아닌 부탁을 하신다. 그러면서 보여주시는 사진 한 장. 직접 찍었다는 보발재의 단풍이 참으로 고왔다.

온달평강 로맨스길은 대부분의 길이 임도(林道)다. 그래서 길의 폭이 넉넉하고 또 편안하다. 그러니 걷는 데는 아무런 어려움이 없다. 조금은 쌀쌀한 날씨 탓에 도리어 가슴은 시원하니 뻥 뚫리는 느낌이고, 정신까지 명료해진다. 그러니 이 산길에서 나 아닌 다른 이를 발견하는 것은 기대하기 어렵다. 한편으론 아무도 없는 이 너른 공간을 독차지하고 있다는 사실에 묘한 쾌감까지 느껴진다.

고요와 침묵에 점령당한 이 공간에 도보 여행자와 간간이 부는 바람만이 유이(唯二)한 소음 유발자다. 발밑에는 한 철을 길 위에서 보낸 낙엽들이 바스락대며 무너지고, 산 위에는 산맥을 넘어온 바람에 메마른 나무들이 서로의 몸을 부비며 사르락사르락 지난 계절의 흔적들을 털어내느라 부산을 떨고 있었다.

○ 온달을 생각하다

《삼국사기(三國史記)》에 따르면, 온달은 "죽령 서쪽을 빼앗지 못한다면 결코 돌아오지 않겠다"는 맹세와 함께 신라와의 격전지였던 이곳으로 출정했다고 한다. 하지만 애석하게도 온달의 꿈은 이곳에서 종지부를 찍고 만다. 신라군과의 전투에서 유명을 달리한 것이다.

기록에 따르면 온달장군이 전사한 곳은 아단성(阿旦城). 문제는 이 아단성이 서울의 아차산성인지 단양의 온달산성인지가 확실치 않다는 점이다. 서울의 광진구와 충북의 단양군은 각자의 이해관계에 따라 각 지역 내의 온달 관련 설화나 지명, 유적지를 개발하여 서로가 온달 역사의 적자임을 내세우고 있지만, 결국 역사적 판단은 학자들의 몫일 것이다.

이렇듯 온달(?~590년)은 실존 인물이다. 하지만 우리에게 온달은 '바보온달과 평강공주'라는 설화 속에서 만났던 인물이라 실존 인물로서의 존재감은 그리 크지 않다. 온달의 이야기가 등장하는 역사서는 삼국사기로, 《삼국사기》 제45권 열전 제5(三國史記 卷第四十五 列傳 第五)에 등장한다. 우리가 익히 설화로만 알았던 그 내용이다.

때는 고구려 평원왕(재위:559~590) 시절. '얼굴이 못생겨 웃음거리가 되었으나 마음속은 환히 밝은' 청년이 있었으니, 그는 몹시 가난하여 때로는 밥 동냥도 하고 때로는 땔나무를 팔아 눈먼 어머니를 극진히 보살폈다고 한다. 그가 온달이다. 그러던 차에 느닷없이 평강이라는 이름의 공

주가 찾아와 대뜸 혼인을 하자는 게 아닌가, 어찌 이런 일이…. 깜짝 놀라 '이런 산골은 여자가 올 수 있는 곳이 아니다. 사람이 아니고 여우나 귀신일 테니 나를 따라오지 마라' 하며 도망쳤던 온달. 하지만 공주의 오기와 끈기도 대단했으니, 공주는 곧장 온달의 집 앞에서 농성에 들어간다. 결국 공주의 농성에 못이기는 척 백기를 든 온달은 언감생심 상상조차 하지 못했던 공주와의 혼인이라는 기적의 역사를 쓰고 만다. 이것이 온달 설화의 전말이다. 그렇게 온달은 그의 '성공신화'를 써내려가기 시작했다.

○ 떠나보낸 계절의 심통

이런저런 생각을 하는 동안 버들강아지가 아는 체를 한다. 푸른 하늘 아래에서, 그래도 봄날이라고 솜털 가득한 얼굴을 내밀며 눈인사를 건넨다. 하지만 길은 아직 봄날을 실감하지 못하는 표정이다. 초록의 날들은 아직도 먼먼 나중의 일이라도 되는 양 기척조차 없기 때문이다. 대궁만 남은 잡초들이 길 양편으로 늘어서 여행자에게 길을 내어준다.

바람이 차다. 손이 시려 혹시나 하는 마음에 배낭을 뒤지자, 지난 겨울 산행 이후 잊고 있었던 장갑이 떡하니 나를 반긴다. 설마 4월이 지척인 봄날에 추위 때문에 장갑을 낄 줄이야 그 누가 알았겠는가. 춘래불사춘(春來不似春)이라더니 가야 할 때를 알지 못하는 지난 계절의 심통에 봄은 안절부절, 이러지도 저러지도 못한 채로 빠끔히 고개만 내민 채 눈치만 살피고 있을 뿐이다.

아뿔싸! 잔설만 있었던 것이 아니다. 낮은 절벽의 한 귀퉁이에는 한겨울에도 보기 힘들었던 고드름이 주렁주렁 매달려 있는 것이 아닌가. 봄

구경을 하겠다고 나섰더니 사실은 겨울의 끄트머리를 붙잡고 있었던 것이다. 남도에서 들려오는 수많은 꽃들의 소식일랑은 이곳 소백산 자락과는 아무런 상관이 없는 일인 양 그저 남의 나라 이야기였다.

○ 발품을 팔아 이곳에 있는 이유

길이 높은 까닭에 저 멀리 산봉우리를 벗삼아 길을 걷는다. 소백산맥의 준령들이 병풍처럼 늘어서 걷는 이와 기꺼이 동행을 자처함이 반갑다. 눈을 들어 바라보는 풍경은 딱히 새로울 것도 없는 늘 보아오던 풍경임에도 가끔은 어떤 대상을 바라보며 새로움을 발견하기도 한다. 아마도 그곳에 마음이 담기기 때문이다. 그것이 무엇이든 새로운 발견이다. 무심결에 발견되는 것들은 계획한다고 되는 일이 아니었던지라, 그래서 또 뿌듯하다.

마찬가지로 굳이 멀리 발품을 팔아 여기까지 온 이유 같은 것이야 무슨 의미가 있을까마는, 그래도 느긋하게 걷다 보면 그 이유들이 저절로 내 안으로 들어와 쌓인다는 느낌이 들 때가 있다. 그래서 내가 걷고 있구나 하는 놀라움 같은 것들….

이유 중 하나는 존재의 확인이다. 걷는 동안 나와 타자(他者)로서의 자연을 깨닫고, 그 속에서 공존하고 있음을 깨닫게 된다. 그리고 자유란 무언가를 마음대로 하는 것이 아니라 공존의 틀 안에서 배려하고 배려 받는 것이라는 깨달음을 '발견'하게 된다. 부지불식간에, 또는 문득문득…. 그렇게 짧은 생각의 조각들과 길이 품고 있는 수많은 이야기들은 '찾아낸' 것이 아니라 걷는 순간순간 그냥 '발견되어지는' 것임을 또 발견한다.

1시간여를 걷자, 길 가장자리 널찍한 공터에 평상 하나가 놓여 있다.

이쯤에서 쉬어가라는 뜻일 게다. 배낭을 내려놓고 물 한 모금을 들이키며 바라보는 풍경에서 걸으면서 느끼던 고요와는 다른 고요를 깨닫게 된다. 소음은 소음이되 소음이 아닌 특별한 소음이 녹아있는 고요. 마치 명상음악을 틀어놓은 듯 소란했던 마음이 가라앉는 한밤의 고요와 닮아 있다.

산을 넘던 새들이 한웅큼씩 떨구고 가는 지지배배 울음소리며, 마른 잎들이 사각대며 서로의 몸을 부비며 떨궈내는 자잘한 소리들은 가벼우면서도 깊고 또 아늑하다. 소리가 있으되 소음이 아닌, 고요의 공간 속으로 모두가 가라앉는 와중에 자연이 들려주는 소리들은 여행자의 마음속에 와서 하나둘 박힌다.

그 소리를 들을 수 있는 행운마저도 삶의 크기였음을 아슴푸레하게나마 인식하게 된다. 결국은 마음의 크기였구나, 스스로의 협량한 마음이 문제였구나. 그렇게 일체유심조(一切唯心造)는 여기에서도 정답임을 깨닫는다. 그러다 문득 고요와 고독은 자웅동체의 다른 얼굴일 수도 있음을 깨닫는다. 혼자라는 사실이 던져주는 적막함은 고독과도 연결되어 있었던 셈이다.

누군가는 외로우니까 사람이라지만, 지나치게 외로우면 죽을 수도 있는 것이 외로움의 정체다. 외로움은 심장을 갉아먹는 벌레라고 말하기도 하고, 교도소의 징벌방이 독방인 이유도 그러할 것이다. 외로움이 형벌이 되기도 하는 것이다.

하지만 우리는 때때로 고독해야 하는 이유나 필요는 있어 보인다. 고독은 내가 나를 알지 못한 채로 세상 속에 부유하듯 떠다니는 자기 자신을 돌아볼 기회를 주기 때문이다. 특히 중년의 임무는 '한 개인으로서 자신

만의 특성을 발견하고 표현하는 것'이라는 심리학자인 융의 말에 동의한다면 고독은 더욱 요긴하다.

○ 소만 한 멧돼지라니

그런데 길이 너무 고요했음인가. 지나친 고요가 주는 부작용과 맞닥뜨리고 말았다. 안 해도 될 걱정거리를 떠올렸으니, 이른 아침을 먹기 위해 들른 식당의 주인장께서 하신 말씀이 그 걱정거리의 요체다.

주인장께서는 아침밥을 먹으러 온 유일한 손님인 내게 걸으러 왔느냐며 말문을 여신다. 이런저런 이야기 끝에 자신도 예전에는 온달길을 자주 걸으러 다녔는데 최근에는 걸으러 가지 않는다는 거였다. 그런데 그 이유라는 것이 사람을 놀라게 한다. 길에서 멧돼지를 만났다는 거다. 거기다가 그놈이 소만 한 놈이었다고 첨언까지 하시는 게 아닌가. 에고, 걸으러 가야 하는 나는 어쩌라고…. 약속했지만 그렇다고 예까지 와서 걷지 않을 수도 없는 노릇이다.

정작 멧돼지를 떠올리고 나니 추운 날씨도 부담스러운데 멧돼지의 출현까지 걱정하게 되었다. 그러자 갑자기 멀리서 멧돼지가 꽥꽥대는 것만 같은 환청도 들리고 이래저래 여간 신경이 쓰이는 게 아니었다. 그러니 실제 멧돼지가 나타났을 때를 상정한 도상 연습이 필요해졌다. 마침 길에 누워있던 나무 작대기를 주워 들고는 지형지물을 살폈다. 산등성이를 깎아 만든 길인지라 우측은 산이요, 좌측은 낭떠러지였다. 도망갈 곳조차 마땅치가 않았으니, 낭떠러지로 유인해 추락을 시켜야 할지, 아니면 우측의 산기슭으로 도망을 가서 나무 뒤에 숨어야 할지를 두고 한참을 고민했더랬다. 그러니 앞이 보이지 않는 길모퉁이를 돌 때는 그 긴장감이 오죽했을 것인가. '쫄지 마!'를 주문처럼 외워야 했다. 아! 그 순간 식당의 주인장이 어찌나 야속하게 느껴지던지….

그런데 걱정이 과했음인가. 어느 순간 길을 잃고 말았다. 길을 걷다 보면 한두 번은 길 위에서 헤매는 경우가 생기기 마련이지만, 온달길은 신작로 같은 임도라 길을 잃을 만한 길이 아니었기에 더욱 당혹스러웠다. 그러니 어디서 길을 잘못 들었는지도 알 수가 없었다.

평소에 홀로 걷다 보면, 한 번에 적게는 10여 킬로미터, 많게는 20여 킬로미터를 걷는 일이라 중간중간 적지 않은 갈림길을 만나게 되는데, 이 짧은 선택의 순간이 미아 탄생을 결정짓는 분수령이 된다. 한편으로 대부분의 둘레길에는 많은 이정표가 있어 걷는 이를 친절하게 안내하지만 세월이 흐르다 보면 망가지는 이정표도 생기고, 또 아주 가끔은 심술궂은 손들이 이정표의 방향을 돌려놓거나 훼손하는 경우도 있어, 본의 아니게 길을 잃고 헤매는 경우가 생기는 것이다. 물론 제일 큰 책임은 걷는 이의 무신경인 경우가 많다. 나 역시 그랬을 것이다.

한참을 걷다 어느 순간 이정표가 보이지 않는다는 사실을 벼락을 맞듯 깨달았다. 아뿔싸! 어디에서 길을 잘못 들었단 말인가. 그나마 다행이라면 다행인 것이 온달길의 관리 주체인 단양군 영춘면을 기억해냈다는 점이다. 길을 걷다가 영춘면이라는 지명을 보고는 내 직장 후배이자 절친한 동료인 또 다른 '영춘'을 생각하며 설핏 웃었던 기억이 났기 때문이다.

검색을 통해 전화번호를 알아내고, 결국 4번의 전화 통화를 한 후에야 가고자 하는 길을 찾을 수가 있었다. 초행에다 지형도 길도 비슷했던지라, 자세한 설명에도 도무지 감을 잡을 수가 없었던 탓이다. 여러 번의 성

가신 전화에도 불구하고 어리석은 도보 여행자의 막무가내 행보를 친절하게 바로잡아준 단양군 영춘면 면사무소 담당자에게 감사의 인사를 전한다.

○ 온달산성에 오르다

2~3킬로미터의 길을 돌아 나오자 온달산성(溫達山城) 방향을 가리키는 이정표가 나타난다. 온달산성은 소백산 자락길 중 6자락길의 이름이 온달평강 로맨스길로 불리게 된 이유이기도 하다. 얼마간의 산등성이를 오르자 드디어 온달산성이다.

온달산성(사적 제264호)에 서자, 아! 굳이 누군가의 설명이 없더라도 천혜의 요새라면 바로 이런 곳을 두고 하는 말이구나 하는 생각이 절로 든다. 저 멀리 돌아나가는 남한강이 한쪽의 굳건한 방벽이 되고 다른 한쪽은 절벽이라 방어용 성곽으로서는 으뜸이라 여겨졌기 때문이다. 그야말로 난공불락인 이 조그만 산성이 1,500여 년의 세월을 거슬러 오늘날에까지 이르게 된 이유 역시 오랜 세월 동안의 그 쓰임새에 있지 않았을까 싶다.

산성의 머리는 하늘을 향해 솟구쳐 오르기라도 하려는 듯 기세등등하고 마치 거대한 천마(天馬)가 하늘로 솟구쳐 오르기 위해 굳게 내디딘 마지막 도약의 말발굽이 찍혀있기라도 하는 양 날렵하고 또 도발적이었다. 게다가 성벽은 높고 굳건했으며 그 성벽을 이루는 하나하나의 돌들은 퇴적암으로 마치 벽돌처럼 촘촘하고 또 튼튼해 보였다.

○ 온달에 관한 즐거운 상상

신영복은 그의 책《나무야 나무야》에서 온달을 "어리석은 자의 우직함이 세상을 바꾼" 극적인 사례라고 평가한다. 온달이 온달이라는 이름보다도 '바보 온달'로 불렸기 때문이리라. 하지만《삼국사기》가 전하는 설화의 내용을 모두 사실로 인정하기에는 어딘가 석연치 않아 보인다. 온달은 설화 속 인물이기도 하지만, 엄연한 역사 속 인물이기도 한 까닭이다.

현실적으로 어떻게 가난한 바보가 공주를 부인으로 맞이할 수 있단 말인가. 그것도 신분제가 엄연한 고대국가에서 왕의 반대를 뚫고 16세에 불과한 평강공주의 적극적인 노력으로 사랑을 이뤘다고? 불가능하다고 말할 수야 없겠지만 설득력은 약하다. 동시대인 신라에도 골품제도가 있어 신분의 제약이 얼마나 심했더란 말인가. 고구려 역시 신라보다는 유연했다고 하나 귀족 중심의 공고한 신분제 사회였다. 당시는 특히 광개토대왕과 장수왕의 절대왕권시대를 지나 귀족의 영향력이 점차 확대되던 시기였으니, 설화의 사실성에 대해 갖는 의문은 어쩌면 당연하다.

짐작컨대 온달은 최소한 몰락한 가문의 자제 정도는 됐을 것이다. 그런 그였기에 입신양명의 꿈을 꾸며 스스로를 단련시키고 세상에 나갈 뜻을 품고 있었을 것이다. 그러던 차에 온달은 자신에게 찾아온 천재일우의 기회를 잡지 않았을까? 그 기회는 바로 왕이 직접 주관하는 사냥대회였다.

기록에 따르면, 고구려에서는 해마다 3월 3일이면 낙랑(樂浪) 언덕에서 사냥대회를 개최했다고 한다. 사냥대회의 목적은 하늘과 산천의 신령께 제사를 지내기 위함이었는데, 사냥에서 잡은 돼지와 사슴을 제물로 바쳤다고 한다. 이 사냥대회에서 온달이 내로라하는 명문가의 자제들을 물리치고 1등을 했다. 아마도 왕은 이날을 기점으로 온달의 존재를 알았을 것이다. 삼국사기에는 온달이 평강공주와 혼인한 뒤 무예를 길러 사냥대회에 참가하는 것으로 나오지만, 아마도 일의 선후가 뒤바뀌지 않았을까 싶다.

그 후 얼마 지나지 않아, 중국 남북조 시대의 주요국 중 하나였던 북주(北周)가 요동을 침략한다. 다급해진 왕은 직접 군사를 이끌고 전쟁에 참여하고, 온달 역시 전쟁의 선봉장으로 참전해 남다른 무예 실력과 용맹함으로 전쟁을 승리로 이끈다(일부에서는 이 전쟁의 전과를 을지문덕의 살수대첩, 강감찬의 귀주대첩과 비교하기도 한다). 전쟁 후에 있었던 논공행상에서 온달은 승리의 일등 공신이 되었고, 왕은 온달에게 대형(大兄)이라는 벼슬을 하사한다. 온달에 대한 왕의 총애는 두터워졌으며, 온달이 군부의 유력한 실력자가 되는 계기가 마련된 것이다. 이즈음에 이르러 왕은 온달을 사윗감으로 점찍지 않았을까.

○ 역사를 연구하는 이유

온달산성에서 바라보는 남한강은 그저 묵묵하다. 솔숲 너머로 1,500년 전에도 그랬듯 지금도 강은 말없이 흐르고 있었다. 그저 우직하고 또 우직하다. '우직한 어리석음, 그것이 현명함의 바탕이고 내용'이라는 신영복의 가르침이 새삼 특별한 의미로 다가오는 산천의 모습이다. 온달이 그랬던 것처럼, 우직하고 그래서 어리석어 보이기까지 하는 순수(純粹)가 강을 따라 흐르고 있었다.

《사피엔스》의 저자인 유발 하라리에 따르면, 우리가 역사를 연구하는 것은 "미래를 알기 위해서가 아니라, 우리의 지평을 넓히기 위해서"이고, "우리의 현재 상황이 자연스러운 것도 필연적인 것도 아니라는 사실을 이해하기 위해서"라고 말한다. 그리고 "우리 앞에는 우리가 상상하는 것보다 더 많은 가능성이 있다는 것을 이해하기 위해서"라고 그는 말한다.

어쩌면 온달은 유발 하라리가 말하는 '가능성'을 인지한 사람인지도 모른다. 그는 그에게 주어진 가능성을 운명적 사랑과 더불어 활짝 열어젖힌 사람이었다. 그리고 그의 비극적 종말은 벽을 '뛰어 넘은' 그의 생애를 더욱 드라마틱하면서도 영웅적으로 이끄는 장치가 되어 그가 설화와 역사를 넘어 신화의 인물로 이끄는 계기가 된 것은 아니었을까.

신영복은 "현명한 사람은 자기를 세상에 잘 맞추는 사람인 반면, 어리석은 사람은 그야말로 어리석게도 세상을 자기에게 맞추려고 하는 사람"이라고 했다. 그러나 역설적이게도 세상은 이런 어리석은 사람들의 우직함으로 인해 조금씩 나은 방향으로 변화해간다는 사실을 강조한다. 아마도 온달이 그러했을 것이다.

시류와 이익에 흔들이지 않는 우직함과 꿋꿋함이 온달을 세상 밖으로 솟아오르게 한 이유였을 것이다. 그래서일까. 온달의 우직함과 꿋꿋함이 오늘을 사는 우리에게도 작지 않은 울림으로 다가온다. 어떻게 살 것인가. 스스로 되묻게 됨은 어쩌면 당연한 일이다. 저 멀리 산성을 에둘러 흐르는 남한강의 물길마저도 우직하고 또 꿋꿋하다.

흐르되 흐르지 않는 강물처럼

여주 여강길 제1코스 옛나루터길

○ 낙엽을 위한 헌사

가끔은 하염없이 떨어지는 낙엽들을 보노라면 그들의 순수함에 가슴이 먹먹해질 때가 있다. 엄밀히 말하면 떠날 때를 아는 그들의 '순수한 긍정'에 느꺼운 마음이 일었다고 할 수 있겠다. 시간의 흐름에 순응하는, 갈 때를 알고 미련 없이 떠나는, 그렇게 '오고 가는' 순환의 질서를 인정하고 흔쾌히 수용하는 그들에게서 그들만의 삶의 질서와 비장미를 보았다.

떨어짐이 곧 사라짐을 의미함에도 그들은 축제날의 꽃가루처럼 분분하였고, 왈츠 춤을 추는 그들처럼 가벼우면서도 장중했으며, 또 경쾌했다. 욕심내지 않음으로써 구차해지지도 않았고, 가볍게 던짐으로써 차라리 아름다운 길을 가고 있었기 때문이다.

사실 살면서 '때를 안다'는 말만큼 어려우면서도 중요한 말은 없을 듯싶다. 때를 안다는 것은 자족(自足)할 수 있음을 의미하기 때문이다. '만족' 말이다. 흔히들 욕심의 반대말이 만족이라고들 하질 않던가. 만족은 깊은 성찰의 결과이며, 이해와 긍정이라는 반석 위에 서 있는 깨달음이면서, 진정한 자기애(自己愛)의 발현이기도 하다. 그렇게 만족은 스스로를 사랑하는 방법임에도 우리는 종종 그 사실을 잊은 채로 살아가고 있는 중인지도 모른다.

만족할 줄 아는 그들을, 여주 여강길에서 만났다. 사태라고 해도 좋을 만큼 지천으로 널린 낙엽들을 헤치며 길을 걷는 행운을 만난 것이다. 여주 여강길은 남한강을 에둘러 이어놓은 둘레길이다. 제1코스 옛나루터길(15.3km), 제2코스 세물머리길(19.7km), 제3코스 바위늪구비길(14km), 제4코스 5일장터길(12.4km)로 이루어져 있다.

○ 기대를 저버린 길과의 화해를 위하여

여주터미널을 벗어난 길은 1킬로미터 남짓 도심을 따라 이어지다가 영월루(迎月樓)로 향한다. 달을 맞이하는 누각이다. 영월루엘 오르면 저 멀리 낙조의 붉음이 어둠 속으로 사라지는 그 순간, 뽀얀 빛깔의 보름달이 지평선 너머에서 솟아오를 듯도 싶다. 그렇게 여주 시내가 한 눈에 내려다보이는 곳에 영월루가 자리하고 있다.

영월루를 벗어난 길은 이내 남한강변으로 이어진다. 그런데 그 길이 자전거길의 더부살이 길이었다. 아! 자전거 길이라. 일전에 양평의 물소리길에서 겪었던 아름답지 않은 기억이 되살아나는지라 일순 당황스러워진다. 또 자전거랑 동행해야 한단 말인가. 아니길 바랐다. 하지만 불행한 예감은 틀린 적이 없었으니, 어쩌랴.

남한강변은 4대강 사업의 풍랑이 거세게 훑고 지나간 곳이다. 그래서인지 이곳저곳 휑한 모습의 풍경들이 드물지 않다. 한가롭기 그지없는 드넓은 고수부지와 공원들, 캠핑장, 그리고 아직도 땅이 파헤쳐진 채로 방치되어 있는 곳도 여럿이다. 조금 더 시간이 필요한 것인지도 모른다. 문제는 여강길도 이러한 풍경의 부분이면서 그 한가운데를 지나고 있다는 점이다.

그런데 가도 가도 아스팔트길이다. 아스팔트길이야 서울에도 널려 있고 내가 사는 곳의 지척인 안양천을 걸어도 충분한 걸 굳이 여주까지 와서도 포장길을 걸어야 할 줄이야. 나의 무대책과 조사 부족이 그렇게 아쉬울 수가 없었다. 문제는 지나온 길이 벌써 수 킬로미터이고 포기하려고 해도 돌아갈 방법조차 없다는 사실 앞에서는 그저 망연자실할 따름이다. 그렇게 걷고 걸어 4대강 사업의 16개 보(洑) 중 하나인 강천보를 지났다. 강천보 주변에는 한강문화관과 전망대가 있었지만, 굳이 전망대까지 올라가서 봐야 할 만큼의 풍경도 아니었고 그럴 기분도 아니었다. 가을이라고는 하지만 아직은 햇살이 뜨거웠던지라, 그늘 한 점 없는 길을 걷는 고통도 적지 않았던 탓이다.

강천보를 지나자 마을이 보인다. 마을 이곳저곳을 기웃대며 더이상 걸어야 할 이유를 찾지 못해 여주 시내로 돌아갈 방법을 찾는 와중에 마을 삼거리 담벼락에 여강길을 알리는 이정표가 보인다. 별다른 기대도 없이 빨리 택시나 버스가 오가는 큰 길이 보이기를 기대하며 또 발걸음을 옮겼다. 이정표가 안내하는 길이란 게 담과 담 사이 겨우 한 사람이 빠져나갈 수 있을 만큼의 폭이었다.

○ **반전의 미학, 그래도 계속 가야 한다**

한숨을 쉬며 그 틈을 비집고 지나자 아스팔트길이 아니다. 강도 보이고 갑자기 어디서 낙엽을 끌어모아 길 위에 뿌려놓은 것처럼 발밑에서 바스락대는 낙엽 소리도 들린다. 이제껏 걸었던 길과는 판이한 모습의 길이었다. 갑작스런 길의 변화에 차라리 당황스러워진다. 게다가 길이 산으로 향한다. 혹시 강을 따라 흐르고, 나루터를 에둘러 간다는 그 길이 이 길이더란 말인가. 순간 안도의 한숨과 기대가 동시에 터져 나온다.

낙엽들이 발밑에서 바스락대며 스러진다. 가을날에 길을 걷는 즐거움이 바로 이런 것이 아니던가. 갑자기 시인인 구르몽(Rémy de Gourmont)이 내 이름을 부르며 "너는 좋으냐 낙엽 밟는 발자국 소리가" 하고 물어올 것만 같았다.

낙엽더미인지 길인지조차도 헷갈리는 길을 걷는 즐거움을, 드디어 누리게 된 것이다. 긴장했던 마음이 풀리고, 차라리 다리에 맥이 빠지는 느낌이다. 다행인지 불행인지 길에는 오가는 이 하나 없어 온전히 내 차지라도 되는 양 뿌듯하다. 오목한 길에는 낙엽의 더미가 발목이 빠질 정도로 깊다. '그래도 계속 가라'는 충고가 옳았다.

얼마 걷지 않아 만난 수백 년의 세월을 살아냈음직한 은행나무 한 그루는 제가 서 있는 사방을 온통 노란빛으로 물들이고 있었다. 그야말로 은행잎 사태다. 아직도 미련을 버리지 못하고 나무에 매달려 있는 은행잎은 그들대로 빛살을 담아 하늘을 온통 노랗게 물들이고 있었다. 불과 30분 만에 이루어진 변화라고는 믿기지 않는다. 실로 극적인 반전이 아닐 수 없었다. 투덜대며 걸었던 지난 두어 시간이 도리어 아쉽고 미안해질 지경이다.

길모퉁이를 돌자 여기가 '부라우 나루터'였음을 알리는 이정표가 보인다. 나루의 흔적은 온데간데없고 다만 이정표만 남아 여기가 나루터였음을 증언한다. 부라우 나루는 원래 여주읍 단현리와 강 건너의 강천면 가야리 지역을 연결했다고 한다. 두 지역을 오가는 나룻배의 길이는 약 15미터 내외, 거기에 40명 정도가 승선할 수 있었다고 하니, 생각보다는 큰 배가 오고간 나루였던 셈이다. 하지만 지금의 나루 흔적으로 봐서는 그 정도 크기의 배가 정박했던 공간이 어디쯤이었을지 가늠이 되질 않는다. 아마도 당시에는 나루를 형성하는 부속 구조물들이 있지 않았을까 싶다.

여주시의 자료에 따르면, 나룻배는 마을 주민들이 공동으로 갹출하여 만들었다고 하는데, 1967년 배를 새로 건조할 당시 배를 건조하는 목수에게는 하루 세끼의 식사와 일당으로 쌀 한 말을 주었다고 한다. 이렇게 건조된 나룻배를 타고 강천면 주민들은 여주장엘 가고 단현리 주민들은 땔나무를 구하기 위해 남한강을 건넜다. 여주 사람들은 남한강을 '여강'이라 불렀고, 그래서 지금 걷는 이 길의 이름마저도 '여강길'이 되었다.

○ 낙엽이 길을 가려도

비스듬히 번지는 오후의 햇살에 길이 눈을 뜬다. 길 위로 숲을 뚫고 내려앉은 빛살이 환하고, 빛을 머금은 낙엽들은 꽃이라도 되는 양 피어난다. 단풍은 나무 위에만 있는 것 아니라 길 위에서도 흐드러지게 피어나고 있었다. 낙엽이 땅 위에서 꽃이 되는 풍경 앞에서 쉬이 걸음을 옮기지 못하는 여행자는 풍경이 아까워 연신 카메라 셔터를 눌러보지만, 눈이 본 길과 낙엽을 카메라는 담아내질 못한다.

그렇게 낙엽을 헤집으며 걷다 보면 낙엽 아래의 땅이 길인지 허방인지 한눈에 알아보는 안목도 생긴다. 그래봤자 원래부터 있던 길 위에서 길을 잃지 않는 것이 무슨 큰일이라도 되는 양 호들갑이냐고 할지도 모르겠지만, 걷다 보면 길을 잃지 않고 제대로 가는 것만으로도 큰 위로이자 힘이 될 때도 있는 법이다.

물론 길이 땅 위에만 있는 것은 아닐 것이다. 산티아고 순례길(El Camino de Santiago)의 어느 대피소 벽에 쓰여 있다는, "순례자여, 당신이 곧 길이다. 당신의 발걸음, 그것이 카미노(순례길)다"라는 말처럼 우리 스스로가 또 하나의 길임을 깨달아야 할 필요도 충분해 보인다. 우리들 각자는 길 위의 순례자이면서, 개척자다. 우리의 삶이 길이다. 그러니 길을 잃어서야 되겠는가. 길 위에서건 인생사건, 길을 잃지 않는 것은 길을 새로이 찾거나 만드는 것만큼이나 중요한 일이다.

○ 흐르되 흐르지 않는 장중함

여강(驪江)이라는 이름은 강이 거무스름해 보여 붙여진 이름이라고 한다. 실로 멀리서 바라보는 남한강은 먹빛이다. 태백산맥에서 발원해 정선·평창·영월·제천·단양의 거친 산야를 달려온 강은 이곳 여주에 이르러 한강의 본류다운 폭과 규모를 가지게 된다. 그렇게 강은 강원도, 충청도, 그리고 경기도에 이르는 삼도(三道)의 지천(支川)을 품었으니, 그 빛깔마저도 깊고 무거워졌으리라.

큰 강은 흐르되 흐르지 않는 장중함이 있다. 결코 서두르지 않으면서도 제 갈 길을 가는 멋과 여유 역시 큰 강이 가지는 품격이다. 그런 이유로 강은 차갑고 또 무겁다. 그리고 깊다. 깊으니 강의 빛깔은 먹빛을 띠게 된다.

길은 남한강을 따라 흘러간다. 아무런 움직임도 소리도 없는 고요가 강을 따라 흐르고 있었다. 아니 어쩌면 그렇게 멈춰 서 있었는지도 모른다. 마치 호수가 되어버린 양, 강도 세상도 그저 적요(寂寥)할 따름이다. 새삼 강둑길의 모퉁이에서 만난 한가로운 강태공의 여유가 부럽다. 그는 정적인 강에서 동적인 움직임을 낚아채는 재주가 있는 사람이기 때문이다.

강을 따라 무심히 걷다가 수확이 끝난 밭 군데군데에 점을 찍어 놓은 듯 붉음이 눈에 띈다. 고추밭이다. 갈색이 지천인 늦가을에 빛살을 제대로 머금은 붉음이 반갑다. 못난 놈이라 추수의 날에도 선택을 받지 못한, 그래서 밭 주인의 외면이 못내 서러울 법도 한데 빛깔만큼은 생기발랄, 그 자체다. 추수가 끝난 빈들을 지키는 나름의 서러움이나 외로움보다는 체념에서 우러난 달관과 관조의 모습이 보이는 듯도 싶다.

누가 알아봐주지 않더라도 스스로 빛날 수 있는 능력이야말로 살아있는 존재들이 가져야 할 필수 자질이 아니던가. 절망보다는 희망이 정답이다. 제 살아온 목적인 김장의 양념이 되진 못했지만, 저 홀로 빛나다 땅으로 돌아가는 일도 그다지 나쁜 일은 아닐 것이다. 또 이렇게 지나는 여행자의 눈에 띄어 사진으로나마 남았으니 그 또한 보람이라면 보람이다.

○ **우만리 나루터와 느티나무**

저 멀리 느티나무가 유아독존이면서 독야황황(獨也黃黃)이다. 노랗게 물든 채로 강가의 평지를 장악하고 있는 모양새가 가히 압도적이다. 긴 세월의 온갖 풍상에도 꿋꿋이 이겨낸 자만이 가진다는 기품이 오롯하다. 하필이면 바람 많은 강가에 자리를 잡아 300년이라는 긴 세월 동안 물과 바람에 시달린 그 애환이야 오죽 파란만장했으랴.

가까이 다가가자 장승이 느티나무의 그늘 아래에서 쉼을 쉬고 있다. 이곳이 우만리 나루터였던 것이다. 우만리 나루터는 여주읍 우만리와 강천면 가야리를 연결했던 나루터다. 느티나무 뒤로 보이는 남한강교가 놓이기 전 우만리 나루는 여주장과 장호원장을 오가는 사람들, 친지를 만나러 가는 사람들, 땔감을 구하러 가는 사람들로 북적거렸으리라. 오고가는 길목에서 나루는 사람들을 이어주는 연결점이었고, 힘 좋은 뱃사공은 노를 저어 강의 이편과 저편을 이어주는 물길을 매일같이 열었을 것이다.

아쉽게도 우만리 나루터는 1972년 홍수로 흔적도 없이 사라지고, 지금은 이렇게 수백 년을 한결같이 지켜온 느티나무만 남아서 그날을 기억하고 있다. 홍수로 나루가 없어지기 전까지 이곳 우만리 나루에는 20명이 탈 수 있는 나룻배와 최대 10명까지 승선할 수 있는 거룻배가 각각 1척씩 있었다고 한다. 이 배는 소 장수들의 소까지 실어 날랐다고 하니, 나룻배의 흔들림에 소들은 얼마나 놀랐을꼬.

당시 뱃삯은 얼마였을까. 우만리 나루의 마지막 사공은 나룻배를 자주 이용하는 주민들에게서 매번 뱃삯을 받은 게 아니라 년 단위로 1년에 겉보리 1말과 벼 1말을 뱃삯으로 거두었다고 한다. 어차피 나루를 이용하는 사람들이야 가까운 마을의 주민들인지라 추수철이 끝나면 가마니를 지고 다니면서 뱃삯을 받았다고 하니, 수고스러움도 적지 않았을 것이다.

산등성이를 따라 이어진 길 너머에 강천섬이 조용히 엎디어 있다. 깊은 물살을 제 양편으로 흘려보내며 섬은 그저 묵묵하기만 하다.

○ **길의 끝에서**

숲의 장막 저편에서 노을이 붉다. 늦은 오후의 거무스름한 미명 아래에서 남한강은 검은 벨벳을 깔아놓은 양 고요하고 광활하다. 갈대밭을 지날 즈음에는 이방인의 출현에 놀란 청둥오리 떼들이 푸드득 날개를 휘저으며 하늘로 솟구쳐 오른다. 휴식을 방해받은 것이 몹시 억울하다는 듯 꽥애액 소리조차 요란하다. 오래지 않아 오리 떼는 앞서거니 뒤서거니 차례로 강 위에 내려앉고, 강 위에서 그들은 그제야 평화로워진다.

흔암리 나루터가 가까워질 무렵, 남아 있는 나의 여정일랑은 관심사가 아닌 듯 어둠은 점령군처럼 산을 넘고 이내 강 위로 퍼져난다. 어쩌랴. 완주의 꿈은 애당초 불가능한 것이었지만, 그래도 조금은 아쉬운 마음이 든다. 잡풀과 갈대가 뒤섞여있는 풀숲 너머에 흔암리 나루터가 있다. 이곳 역시 나루터의 흔적은 어디에서도 찾을 길이 없다.

스며든 어둠에 갇혀버린 길은 어느새 자취를 감추고야 말았다. 오늘의 여정 중에 아홉사리 과거길이 남아 있었지만 도무지 방법이 없어 보인다. 여강길 제1코스의 백미인 경상도, 전라도, 충청도에서 과거시험을 보러 가기 위해 넘었다던 '아홉사리 과거길'은 미완의 숙제로 남게 된 것이다. 문경새재를 넘어온 그들이 이 길을 거쳐 한양으로 향했다고 한다.

길을 벗어나기에 앞서 눈을 들어 강을 돌아본다. 더불어 오늘 여정이 파노라마처럼 펼쳐진다. 15킬로미터에 이르는 전 구간을 다 답사하지 못한 아쉬움이야 크지만, 그래도 좋은 길을 만난 즐거움은 스스로를 뿌듯하게 한다.

가다 보면 이런 길 저런 길을 만나게도 되고, 어느 길이건 길 자체의 문제라기보다는 결국 걷는 사람의 마음에 달린 문제였음을 어렴풋하게나마 깨닫는 계기가 된 것 같기도 하다. 욕심내지 않으면 된다. 《느긋하게 걸어라》에서 조이스 럽은 "무엇이든 귀한 것일수록 움켜쥐지 말고, 그것을 든 손을 감사함으로 펴라. 그럴 때 삶은 훨씬 순탄해진다"고 하질 않았던가. 언젠가 또 이 길과 만나는 날이 올 것이다. 그때를 위해 남겨 놓았다고 생각하면 될 일이다.

천년 숲의 숨결을 느끼다

함양 상림

○ 시대의 선각자 최치원

가을바람에 괴로이 읊조리나, (秋風唯苦吟)

세상에 알아주는 이 없네. (世路少知音)

창밖엔 밤 깊도록 비만 내리는데 (窓外三更雨)

등불 앞에 마음은 만 리 밖을 내닫네. (燈前萬里心)

통일신라시대가 저물어가는 어느 가을밤, 최치원은 등불 아래에서 외로이 서책을 뒤적이다 창밖의 빗소리에 온갖 상념에 젖어든다. 12살의 어린 나이에 중국 유학길에 오르고, 28살의 나이에 조국에 헌신하기 위해 돌아온 지 어언 20여 년, 육두품이라는 자신의 신분의 벽에 갇혀 살아온 세월이었다. 그렇게 지방 수령 자리만 맡아 외지를 떠돈 게 또 얼마이던가. 그러한 최치원의 회한과 안타까움이 고스란히 담겨있는 시가 위의 시, 〈추야우중(秋夜雨中)〉이다.

마음과 뜻은 만 리(萬里) 밖 큰 꿈을 향해 내달리는데, 현실은 넘을 수 없는 벽 앞에서 좌절하던 시대의 선각자. 그가 최치원이었다. 그렇게 지방 수령 자리를 떠돌다 마지막으로 닿은 곳은 천령(天嶺), 지금의 함양이다. 최치원이 함양에 부임했을 당시 함양의 당면한 가장 큰 위협은 함양 읍내를 가로지르는 위천(渭川)의 범람으로 인한 홍수였다. 이 문제를 해결하기 위해 최치원은 위천의 가장자리에 둑을 쌓게 하고 둑 위에는 활엽수를 심게 했는데, 이 활엽수들이 자라 숲을 이루었으니 함양 상림(上林)의 시초다. 상림 숲은 호안림(護岸林, 제방 보호를 위한 숲)이었다.

○ 오래된 추억, 상림운동장

흐린 날만큼이나 스산한 바람이 불던 날에 상림(上林)을 걸었다. 상림에 들어서면 먼저 함화루(咸化樓)가 여행자를 맞는다. 함화루는 원래 조선시대 함양읍성의 남문(南門)이었다. 처음의 이름은 '멀리 지리산(智異山)이 보인다'는 뜻의 망악루(望岳樓)였으나, 1932년 지금의 위치로 옮겨지면서 이름도 함화루(咸化樓)로 바뀌었다. 본래 함양읍성의 동쪽에는 제운루(齊雲樓), 서쪽에는 청상루(淸商樓), 남쪽에는 망악루(望岳樓) 등 세 개의 문이 있었지만, 지금은 망악루만 이렇게 상림으로 옮겨져 함화루라는 이름으로 보존돼 있다.

오래전 함화루 앞의 너른 뜰은 운동장이었다. 언제부터인지는 모르지만 숲의 일부를 헐어 운동장으로 사용했던 것이다. 함양 사람들에게 이 운동장은 오랫동안 함양군의 대표 행사였던 천령문화제를 비롯하여 군

단위의 모든 체육대회와 다양한 문화행사가 펼쳐지던 여느 도시의 공설 운동장과 같은 역할을 하던 곳이다. 그러니 놀이 문화가 부족했던 당시의 상림은 축제의 장소였다. 시골의 무료한 삶 속에서 상림운동장에서 펼쳐지던 커다란 규모의 이런저런 행사는 그야말로 축제였고, 벽촌의 사람들에게는 오랜만의 읍내 나들이를 위한 핑계이자 기회이기도 했었다.

행사가 있는 날이면 산골 아이들도 읍내 나들이를 하느라 분주하긴 마찬가지였다. 어머니를 조르고 졸라 몇 푼의 용돈을 쥐고는 하루에 몇 번 오지도 않는 완행버스를 타고 읍내를 향할 때의 그 들떴던 마음은 아직도 생생하고 은근한 미소까지 머금게 한다. 행사장에서 어린 친구들의 관심사는 뭐니 뭐니 해도 먹거리였다. 솜사탕이며 핫도그, 뽑기 같은 군것질거리는 평소에는 접하기 어려웠던 물건들이었으니, 오죽 먹고 싶었을 것인가. 하지만 먹고 싶다고 다 먹을 수 있는 것은 아니었다.

'이거 얼마라예? 저거는예?' 가벼운 주머니에 맞춤한 먹거릴 찾는 것도 일이었다. 그러니 경쟁업체 간의 시장조사는 어쩌면 당연한 것이었다. 몇 원이라도 싼 곳을 찾으면 그마저도 횡재라도 한 양 참으로 즐거웠었다. 결국에는 집으로 돌아갈 50원의 버스비까지 털어 뱃속에다 넣는 결단을 내리고는 그래도 좋다고 헤벌쭉 웃으며 친구들과 어울려 시오리가 넘는 길을 걸어서 돌아오곤 했으니, 그때는 비록 넉넉하진 않았지만 그래도 행복했었다.

◦ 상림을 걷다

숲은 천년의 숨결을 품고 있는지라 깊으면서도 그윽하다. 먼 길 떠난 자식의 귀향 소식에 마을 어귀까지 마중 나가는 등 굽은 어머니의 뒷모습처럼 처연하면서도 깊은, 그래서 푸근하고 따스해지는 아릿함이 배여 있다. 원래 '오래된 것'에는 그 깊이를 알 수 없는 저마다의 색깔과 향기가 스며 있는 법이 아니던가. 그래서일까. 숲에 들어서자 저절로 가슴이 펴지고 숨이 깊어진다.

상림을 걸으면 하늘을 뒤덮어버릴 듯한 나무들의 가없는 행렬에 자못 경이로움을 느끼게 된다. 산이 아닌 평지에 펼쳐진 숲치고는 그 규모가 방대하고 풍성하기 때문이다. 나무들의 면면을 보면, 천년의 사연을 간직한 나무들이야 어느새 세월의 뒤안길로 사라진 지 오래일 터이고, 지금의 나무들은 그 손자뻘이 아닐까 싶다. 그래도 천년의 세월 동안 농익은 숲의 수밀도는 깊고도 깊다.

숲에는 갈참나무, 졸참나무 등 참나무류와 개서어나무류가 주를 이루며, 은행나무, 노간주나무, 생강나무, 백동백나무, 비목나무, 개암나무, 물오리나무, 서어나무 등 2만여 그루의 나무가 자라고 있다고 한다. 그리고 숲의 하층에는 왕머루와 칡 등이 얽히어 마치 깊은 산속 숲의 자연 식생을 연상시킬 정도로 116종에 이르는 다양한 나무와 식물들이 군락을 이루고 있으니 식물 박물관이나 다름이 없다.

가을날에 상림을 건노라면 졸참나무나 상수리나무가 많은 탓에 낙하하는 도토리 세례를 받는 일은 다반사다. 어이쿠! 머리 위로 떨어지는 도토리에 놀라기도 여러 번. 그렇게 먹거리가 풍부하니 청설모며 다람쥐들이야 오라지 않아도 원래부터 그들의 삶터였던 양 도토리를 물고 이리저리 뛰는 모습을 어렵지 않게 볼 수 있는 곳이 상림이다.

상림은 예전에는 대관림(大館林)이라는 이름으로 불리었다. 그러던 것

이 큰 홍수로 숲의 가운데 부분이 무너져 버렸고, 그 무너진 부분을 경계로 숲은 위아래로 나뉘는데 위쪽은 지금 이름 그대로 상림(上林)이 되고, 아래쪽은 하림(下林)이 되었다고 한다. 이후 오랜 세월이 흐르며 하림은 마을이 조성되는 등의 이유로 훼손돼, 현재는 상림만이 온전히 보존되어 오늘에 이르고 있다.

상림은 우리나라 최초의 대규모 인공림(人工林)이라는 역사적 가치는 물론이고, 치수(治水)의 교본이라는 문화적 가치뿐만 아니라 남부 낙엽활엽수림의 극상(極相)을 이루고 있는 학술상 가치 또한 매우 높은 숲이다. 그런 이유로 상림은 천연기념물 154호로 지정돼 보호되고 있다.

○ **고운을 그리워하다**

숲을 헤치고 나아가다 만나는 정자 하나, 사운정(思雲亭)이다. 고운(孤雲) 최치원을 추모하기 위해 세워진 정자다. 글자 그대로 고운(孤雲) 선생을 그리며(思) 지은 정자가 사운정이다. 1906년 건립 당시에는 모현정이라는 이름이었으나, 이후 사운정으로 개칭되어 오늘에 이르고 있다고 한다.

고운 최치원(857~?)은 뛰어난 학문적 성취와 능력에도 불구하고, 신분제의 벽에 가로막혀 불운한 삶을 살아야 했던 사람이다. 하지만 그때의 불운이 최치원을 오늘날까지 살아 있게 했으니, 역사는 참으로 모를 일이다. 그의 기나긴 상념의 시간들은 그의 학문과 문학적 성취로 남아 오늘에까지 전해지고 있으니 말이다. 《계원필경》을 위시한 수많은 서책과 문집이 그를 영원히 살게 한 이유다.

사운정의 날아갈 듯한 처마 끝으로 살며시 부드러운 바람이 인다. 마치 어루만지듯이…. 최치원이 조성한 그 숲의 바람이, 그 이파리가 그를 추모하기 위해 세워진 정자를 쓰다듬으며 그의 지난한 여정을 반추하고 있었다.

물끄러미 사운정을 바라보노라니 오롯이 살아나는 추억이 하나 있다. 초·중학교 시절 군 단위 글짓기 대회가 열린 주요한 장소 중 하나가 이곳 사운정이었다. 그때 어린 문학 소년이었던 나 역시 학교 대표로 나서 이곳에서 여러 번 글을 짓고 썼던 것이다. 그러다 말석의 입선이라도 하는 날에는 사운정 누각의 시상대에 올라 상장과 사전류의 상품을 받고는 득의양양했으니…. 그마저도 오래된 일이 되고 말았다. 그럼에도 다시금 사운정 앞에 서니 어제의 일인 양 그저 아련할 따름이다.

○ 따로 또 같이, 연리목

숲에서 길을 잃은 바람이 덫에 갇힌 짐승처럼 잠시 허둥대다, 이내 길을 찾아 휑하니 달아나 버린다. 바람조차도 길을 잃는 상림은 그 길이가 1.6킬로미터쯤 된다. 오래전에는 3킬로미터나 되었으나, 아쉽게도 상림과 하림으로 나뉜 후 하림이 사라져 버렸으니 어쩔 수 없는 일이기도 하다. 하지만 남아 있는 숲만으로도 오래된 숲의 풍미를 느끼기에는 결코 부족하지 않다. 그리고 비록 인공숲이었다고는 하나 지금의 상림에서 인공숲의 흔적은 어디에서도 찾아 볼 수가 없다. 그만큼 푸르고 깊기 때문이다. 천년 세월의 힘은 '스스로 그러하다'라는 자연(自然)의 의미를 이곳 상림에다 오롯이 펼쳐놓았다.

상림의 나무들은 서로에게 기대며 바람을 맞고 비를 맞으며 소멸과 탄생이라는 긴 거듭남의 시간을 통해 제 스스로 숲이 되고, 또 그렇게 자연이 되었다. 대부분 낙엽활엽수로 이뤄진 110여 종 2만여 그루의 고목들은 20만 8,000여 제곱미터의 상림을 가득 채우고 있다.

상림은 오래된 숲이니 만큼 나무들의 모습도 다양하다. 그중 눈에 띄는 것이 연리목(連理木)이다. 두 나무가 만나 한 몸을 이루었으니, 축복받은 나무들인 셈이다. 보통 가지가 연결되어 있으면 연리지(連理枝), 뿌리나 줄기가 붙어 있으면 연리목이라고 한다. 상림에는 이렇게 축복받은 사랑 나무들이 여러 그루다. 참고로 연리목보다는 연리지가 훨씬 드물다고 한다.

보통 연리지나 연리목은 한 나무 분량의 영양분과 햇볕을 두고 두 나무가 싸우다가 친해져 한 몸이 되고, 또 그렇게 서로 공생의 길을 찾은 경우라고 한다. 싸우다가 정든다더니 꼭 그랬다. 더욱 신기한 것은 두 그루의 나무가 합쳐졌을 때 홀로 존재했을 때보다도 더 강해진다고 한다. 게다가 한 몸이 되었다고 해서 자신의 것을 강요하기보다 서로의 장점을 살리면서 각자의 성격이나 기질을 그대로 유지한다고 하니, 결혼생활로 비유하자면 서로의 독립성을 존중하며 생활하는 가장 이상적인 형태라 할 만하다.

따로 자라는 것 같지만 결국은 한 몸으로 더불어 자라는, 그래서 사랑나무라고 불리는 연리목. "둘이 만나 홀로 서는 게 아니라 홀로 선 둘이가 만나는 것"이 홀로서기라고 정의한 시인도 있었지만, 가끔은 누군가에게 기댄 채로 또 안긴 채로 살아갈 이유도 있는 법이다. 둘이 만나 하나가 되고자 하는 많은 우리에게 연리목이 전하는 메시지는 그래서 귀하고 소중하다.

숲을 소요하듯 걷다 문득 떠오르는 기억 하나. 예로부터 상림에는 뱀, 지네 등과 같은 미물이 살지 않는다는 전설이 있었다. 새삼 확인하고픈 욕망이 스멀스멀 밀려든다. 대충 둘러본 숲에는 개미도 보이질 않는다.

그런데 전설 속에서 뱀이나 지네 같은 미물들을 몰아낸 이는 다름 아닌 최치원이었다.

어느 날 최치원의 어머니가 상림을 걷다가 뱀을 만나 크게 놀란 적이 있다고 한다. 이 이야기를 들은 최치원은 상림으로 달려가 "모든 미물은 상림에서 물러가라!"하고 외치니 그다음부터는 뱀이며 여타의 미물이 상림에서 자취를 감추었다고 한다. 믿거나 말거나 전설일 뿐이지만 많은 함양 사람들은 아직도 그렇게 믿고 있는 모양이다. 나 역시, 내 눈으로 못 봤으니 없는 것이라고 우기고 싶은 '어리석은 백성' 중 한 명인지라, 그 전설이 사실이었으면 하는 바람이 있다. 혹여 상림을 방문하는 이들은 뱀 같은 미물이 정말 없는지 눈을 크게 뜨고 살펴볼 일이다.

○ 갔으면 갔제 제가 설마나 갈소냐

상림의 끝자락에는 물레방아가 저 홀로 돌고 돈다. 근래에 만들어 놓은 물건이라 깊은 맛이야 없지만 아이들에게는 좋은 구경거리이면서 교육 교재로는 충분해 보인다. 내가 어릴 적에는 상림을 가로지르는 개울의 중간쯤에 실제로 물레방아가 있었다. 긴 세월을 돌고 돌아 연륜만 남은 물레방아는 물이끼에 거무스름한 모습이었지만, 끼이익 거리며 힘들게 제 몸을 돌리던 역전의 노장이었다.

그렇게 물살이 좋은 곳을 지키며 이 땅의 수많은 노장의 물레방아들은 힘겹게 돌고 돌아 날곡식들이 쌀이 되고 보리가 되는 과정을 지켜보았을 것이다. 그 과정은 같은 세월을 동고동락한 농부에게는 성취와 보람의 시간이었음은 당연지사였다. 그러니 이 즐거운 때를 어찌 축하하지 않으리

오. 축하의 자리는 잔치가 되고 잔치는 무릇 노랫가락 속에서 익어가기 마련이었을 테다.

함양 사람들도 노랫가락에 덩실덩실 어깨춤을 추었으니, 그 노랫가락 중 하나가 '질꼬내기'다. 질꼬내기는 논매기를 끝내고 부르는 농요(農謠)를 말하는데, 전라도 지방에서는 '길꼬내기'라 한다. 하지만 경상도 사람들에게는 '길'마저도 '질'이라 발음되는지라 '질꼬내기'다. 경상도 일부 지역에서는 이 같은 농요를 '칭칭이'라고도 하는데, '칭칭'은 꽹과리 소리를 흉내 낸 말이다.

오르랑 내리랑 잔기침 소리는
자다가 들어도 우리 님 소리라(후렴)
얼시구 갔으면 갔제 제가 설마나 갈소냐
용추 폭포야 네 잘있거라
명년 춘삼월 또다시 만나자
임의 생각을 안할랴 해도
저 달이 밝으니 저절로 나노라…

공연히 덩달아 어깨를 들썩이며 상림의 가장자리를 에둘러 돌아가는 길에서 만나는 코스모스의 장관. 수천 평의 농지가 온통 코스모스 꽃밭이다. 바람에 살랑대는 폼이 좀 놀아본 솜씨가 분명해 보인다. 긴 다리로 살랑대며 꽃받침을 은근슬쩍 흔드니 무심한 행락객인들 넘어가지 않을 도리가 없다. 그렇게 어울리며 사진을 찍고 웃음을 토해내며 추억을 만들고, 꽃들의 장관이 만들어준 추억에 다음에 또 오마 약속까지 해버리고 만다.

여행이란 무엇인가

백화산 둘레길

○ 사람이 사는 데 있어 반드시 필요한 것

가끔 길을 걷다 보면 어렴풋하게나마 깨달아지는 무언가가 있다. 살아가는 데 많은 것들이 필요한 건 아닐지도 모른다는 생각이 그것이다. 무소유(無所有)의 거창한 뜻을 이야기하자는 게 아니다. 그저 우리가 잘 살아야 한다는 막연한 두려움 때문에 마음속에다 책정해 놓은 물질의 무게가 조금은 과한 게 아닌가 하는 생각을 하게 되더라는 말이다. 오로지 튼튼한 두 발만을 움직여 도보 여행이라는 걸 하면서도 충분히 즐거웠고, 또 가슴이 뛰는 경험마저도 차고 넘치도록 많았기에 하는 말이다.

사람이 사는 데 있어 반드시 필요한 것, 없으면 큰일이 난다고 믿고 있는 것들마저도 어쩌면 미디어에 의해 막연하게 조장된 공포에 굴복한 결과일지도 모른다는 생각을 하게 된다. 우리는 금으로 만든 테이블 위에서만 춤출 수 있는 호두까기 인형이 아닌 까닭이다.

물론 살아가는 방법은 너무나도 다양하다. 정답 같은 것이 있을 리도 없다. 다만 물질적 풍요만을 최고의 선인 양 우르르 몰려가는 형태만은 바람직해 보이지 않는다. 비록 세상은 더 많이 소비하고, 그래서 더 많이 소유해야 하며, 그러기 위해서는 수단과 방법을 가리지 않고 이겨야 한다고 윽박지르고는 있지만, 굳이 잘 사는 것이 목적이라면 다른 방법도 충분히 많이 있기 때문이다.

그런 이유로 세상이 강권하고 있는 잘 사는 법이라는 것에 대한 근본적인 의구심은 필요해 보인다. 최소한 길 위에서는 그랬다. 그렇게 걷는 동안만큼은 윽박지르는 세상과 멀어질 수도 있었다.

○ 징검다리 위에서 찾은 동심

백화산(白華山) 둘레길을 걸었다. 충북 영동군에서는 천년 옛길이라고 하고, 경북 상주에서는 호국의 길이라고 부르는 바로 그 길이다. 백화산 둘레길은 경북 상주시와 충북 영동군의 경계에 있는 백화산(933m)을 중심으로 상주 옥동서원(玉洞書院)에서 영동의 고찰인 반야사(般若寺)까지 이어지는 길이다. 길은 6.6킬로미터 남짓의 호젓한 둘레길로, 속리산에서 발원한 물줄기가 금강으로 흘러드는 구수천(龜水川)의 여덟 개 여울(八灘)을 따라 흐른다.

옥동서원을 떠난 길은 백옥정(白玉亭) 아래로 흐르는 구수천에 이른다, 구수천에는 징검다리가 있다. 구수천이 아직은 상류라서 징검다리만으로도 내를 건너는 데 큰 무리가 없기 때문이다. 사람들이 조심조심 징검다리를 건넌다. 나이를 잊은 그들이 즐거운 듯 징검다리를 깡충거리며 왔다

갔다 한다. 징검다리를 오고가는 그들의 얼굴에서 동심의 시절이 보인다. 정작 즐거움을 위해 필요한 것은 어쩌면 작은 경험만으로도 충분한 것인지도 모를 일이다.

어쩌면 나이가 들수록 무시로 소환되는 추억에 사람들은 애틋해진다. 대개 추억은 아스라하고 더러는 눅눅한 슬픔이나 아픔 같은 것이 배어있기도 하지만, 다행인 것은 우리가 살아낸 세월이라는 물살은 뾰족하던 상처의 날카로운 끝을 무뎌지게도 하고 간혹 한두 가닥의 고운 덧칠도 더해지기 마련이다. 그러니 추억은 웬만하면 즐겁고 아름다운 것으로 변해 가는 것이다. 즐거우면 충분한 것이다. 무엇을 더 바랄 것인가.

징검다리를 건너면, 본격적인 백화산 둘레길의 시작이다. 천년 옛길이라는 이름이 괜히 지은 이름이 아님을 증명이라도 하듯, 길은 껑충 자란 키 큰 나무들 사이로 아득히 이어진다. 그 오랜 세월 동안 얼마나 많은 사람들이 이 길을 걸어서 오고 갔을 것인가. 그들이 흩뿌려놓은 삶의 향내를 오롯이 맡을 수야 없겠지만, 길이 품고 있는 깊고 오래된 정취만큼은 가슴으로 느껴진다.

○ 천년 옛길이면서, 호국의 길인 이유

이 길이 천년 옛길이면서 호국의 길인 이유는 백화산(933m) 정상부에 위치한 금돌산성(今突山城) 때문이다. 금돌산성은 총길이가 약 7킬로미터에 달하는 석성(石城)으로, 낙동강과 금강을 양편으로 거느린 지역적 특수성과 높고 험한 산세 덕분에 백제와 끊임없이 대치하던 신라군의 전략적 요충지였다고 한다. 특히 성곽 내부에 존재하는 대궐터는 태종무열왕이 황산벌에서의 마지막 일전을 위해 전장으로 떠나는 김유신을 환송하던 곳이었다고 전한다. 그래서 천년 옛길이다.

또한 금돌산성은 1254년 10월, 몽고가 고려를 침략했을 당시 상주 백성들이 황령사 승려인 홍지(洪之)의 지휘 아래 자랄타이(車羅大)가 이끄는 몽고군을 크게 물리친 곳이라고 한다. 거기에서 유래된 지명으로 저승골이 있는데, 이곳에서 수많은 몽고군이 죽음을 맞이했다고 해서 붙여진 이름이다. 게다가 임진왜란 당시에도 수많은 상주 지역의 의병들이 은신처로 삼아 활약한 곳이 바로 이곳 백화산이었다니, 그래서 호국의 길이다.

길은 구수천을 따라 흐르며 잔잔한 물결만큼이나 더없이 고요하다. 물결이 잔잔해지면 구수천은 산 그림자를 품는데 물에 빠진 산과 원래의 산은 데칼코마니를 이룬다. 그런 이유로 계곡을 지나는 물길임에도 그저 여유롭다.

빛살이 내려앉아 그윽하고 아늑하던 구수천에 잔바람이 불면 물 위에 떠가던 빛살은 튕기듯 흩어지고, 그러다 바람이 잠잠해지면 윤슬은 물 위에서 일렁이고 또 아롱댄다. 강과 계곡의 중간쯤의 물길임에도 징검다리를 통해 강의 이편과 저편을 오갈 수 있을 정도로 구수천은 얕고 소박하다. 물길이 그러하니 길 역시 푸근하고 아늑하다. 아마도 이곳에 터를 잡고 천년 세월을 살아온 이 땅의 사람들도 그러하리라. 게다가 백화산이 만들어내는 절벽이 든든하니 그 사이를 흐르는 구수천은 이름만큼이나 구수하고 또 평화로웠다.

그래서인지 문득, 언젠가 시골살이의 꿈을 이룰 그날이 온다면, 이곳에다 터전을 잡아도 되지 않을까 하는 생각을 하게 된다. 구수천 어느 한 자락을 얻어 싸리나무로 울타리를 두르고, 마당에는 평상을 놓아 별빛이 좋은 날에는 그저 드러누워 그 별빛에 한없이 취해도 좋을 것이다. 마당 한 귀퉁이에는 얼기설기 지은 정자도 하나쯤 있으면 안성맞춤이 아닐까 싶다.

어쩌다 먼 곳에서 정다운 친구라도 찾아오는 날이면, 낚싯대며 족대를 들고 구수천에 나가 피라미며 송사리를 잡아 어탕을 끓여먹어도 좋을 것이다. 밤하늘의 별빛만큼이나 많은 오래된 정담들이 도란도란 쏟아져 나오지 않을까. 지금이야 한여름밤의 꿈일지언정, 머지 않은 때에 산 좋고 물 좋은 곳에서 시골살이의 꿈을 이룰 수 있기를 바라는 마음은 언제나 현재진행형이다.

○ 여행이란 무엇인가

구수천 4탄 지점에 이르면 구수천은 몸집을 키워 어느새 작은 강의 모습으로 변모한다. 그래서 강의 이편과 저편을 이어주는 출렁다리가 생각 외로 높고 길다. 출렁다리 위에서 바라보는 구수천은 산과 산 사이를 가르며 나아가는 전사의 모습이다. 백두대간 봉황산(741m) 자락에서 발원한 이 물은 경북 상주시 화서면, 화동면, 모동면을 거쳐 충북 영동군 황간면 원촌리에 이르러 초강천(송천)과 합류한다. 이어 초강천은 영동군 심천면에서 금강과 몸을 섞는다. 그러다 어느 때에는 바다로 흘러 더 너른 세상과 만나 구수천에서의 옛일을 그리워하기도 할 것이다.

문득 물길이 내닿는 대로 금강까지 내처 걸어가고픈 마음 가득이나, 더 이상 욕심낼 일은 아닐 것이다. 그저 길이 허락하는 만큼이면 그것만으로도 충분하다. 산에 오면 산이 되고 물에 오면 물이 되는 것이 무아(無我)

다. 굳이 자신의 모습을 고집하지 않고 만나는 모든 상대와 상황과 하나가 되는 것, 그것이 무아가 아니던가. 풍경과 가만히 어우러지면 될 것이다. 이리도 부드럽고 따스한 햇살을 어디에서 또 만난단 말인가.

오래전 아이와 단둘이 여행을 떠난 적이 있었다. 중학생이던 아이와 단둘이 떠나는 여행이라 나름 기대에 부푼 나머지 출발한 지 얼마 지나지 않아서 그만 사고를 치고 말았다. 무슨 생각이었는지 딴에는 '여행은 말이야'로 시작되는 꼰대스러운 강의 아닌 강의를 하고 만 것이다. 고백하노니 결단코 잔소리가 아닌 선의로 시작한 대화였다.

아마도 내용은 여행의 의미니, 가치니, 뭐 그렇고 그런 류의 이야기가 아니었을까 싶다. 그런데 분위기가 싸한 것이 무언가 잘못됐다는 것을 깨닫는 데는 그리 오랜 시간이 필요하지 않았다. 얼마 지나지 않아 아이는 이어폰을 꾹 눌러 끼더니 목적지에 도착하기까지의 서너 시간 동안 한 마디의 말도 하지 않았다.

나중에 물었다. 왜 그러냐고? 아이가 그런다. 여행은 놀러 가는 것이고, 놀러 가는 데 무슨 의미가 있으며, 찾긴 뭘 찾느냐는 것이었다. 게다가 왜 자꾸 부담을 주느냐면서 '내가 이러려고 따라나섰나?' 하는 표정으로 힐난 아닌 힐난을 하는 것이 아닌가. 이런…, 내가 읽은 교과서가 틀렸나 보다. 일견, 아이의 말이 옳다. 그것이 '논다'는 표현으로 단순화할 수야 없겠지만, 여행은 즐길 수 있는 그 무엇이 되어야 함은 분명했던 것이다. 그렇게 즐기다가 무언가가 느껴져 오면 그때 열린 마음으로 수용하면 될 터였다.

여행을 통해 얻어진 무엇이 있다면, 그것이 뭔지는 몰라도 그것은 얻기

위해 노력해서 얻어진 것이 아니라, 저절로 부지불식간에 얻어지는 것이 대부분이기 때문이다. 그랬으니 아이와의 여행에서 무언가 의미를 부여해야 하고, 그래야만 할 것 같은 꼰대스러운 강박이 된서리를 맞게 된 것은 어쩌면 당연한 일이었다. 그렇게 의미를 찾자는 어설픈 먹물이자 걱정 많은 아비의 조바심이 결국 일을 그르치고 말았다. 아비를 '따라와 준' 그 마음도 모르고 욕심을 낸 것이다.

구수천을 따라 걸으며 깨닫는 바도, 이와 다르지 않다. 그냥 걸으면 된다. 그 어떤 의미를 부여한다는 것이 얼마나 부질없는 짓인가. 또 걷는다는 것에 그 무슨 이유가 있을 것인가. 그저 자연이 내어준 만큼만 보고 느끼면 된다. 이마저도 여행일 뿐이다. 여행은 단지 다니면서 보고 듣는 것이기 때문이다. 그다음은 그다음의 일이다.

○ 바위투성이 길도 길이다

물길을 좇아 산굽이 하나를 돌자, 저 멀리 돌다리가 보인다. 이름은 특이하게도 '잇단 돌다리'다. 나무 사이로 보이는 다리와 산과 강, 그리고 사람들이 만들어내는 풍경은 한 폭의 그림처럼 고즈넉하다. 이제껏 구수천의 물길을 가로질러 마을과 마을을 이어주던 징검다리는 하류로 내려갈수록 강폭이 넓어지는 까닭에 그 넓고 깊음을 감당하지 못해 돌다리에게 그만 역할을 넘겨주고 말았다.

돌다리를 지난 지 얼마 되지 않아, 갑자기 길이 끊어지기라도 한 양 바윗덩이들이 널브러진 채로 길을 막아선다. 그런데 이마저도 길이란다. 너덜겅 비탈길로, 산사태의 흔적이다. 너덜겅이란 '돌이 많이 흩어져 깔려 있는 비탈'이니 이름 그대로 길은 바위투성이다. 그런 이유로 울퉁불퉁 바위들을 건너는 발걸음은 조심스럽다. 이 너덜겅 비탈은 '반야사 호랑이'라고도 불리는데, 산 저편 반야사의 뜰에서 이 비탈을 바라보면 바위로 뒤덮인 산사태의 흔적들이 호랑이가 웅크리고 앉아 있는 모습을 닮았다 하여 지어진 이름이라고 한다.

또 하나의 돌다리를 건너자 반야사가 모습을 드러낸다. 반야사는 신라시대 당대 최고의 고승들인 원효나 의상이 세웠다는 창건 설화가 여럿 있으나, 지금의 반야사는 한국전쟁 당시 소실된 것을 터를 옮겨 중건하고 있는 중이라 옛 모습을 찾을 길은 없다. 다만 이곳으로 옮긴 고려시대에 제작된 것으로 추정되는 삼층석탑만이 고찰의 면모를 전할 뿐이다.

그나마 반야사 옆 산등성이 위에 석가모니 부처님의 진신사리가 모셔져 있다는 문수전(文殊殿)이 있어 대찰(大刹)로서의 지위를 짐작케 한다. 문수전을 오르는 것은 가파른 작은 산을 오르는 것이라 나름 땀깨나 흘려야 한다. 하지만 문수전을 오르면 올라온 보람 정도는 문수전 회랑에 걸터앉아 맞는 백화산을 넘어오는 바람 한 줌만으로도 충분하다. 혹여 그 바람이 궁금하거든 가서 직접 맞아 보시라. 산 아래로 굽이쳐 흐르는 구수천이며 아름다운 풍경은 그야말로 덤이다. 게다가 부처님의 가피(加被)까지 얻는다면 그건 정말로 금상첨화가 아니겠는가.

○ 월류정에 머문 달빛

안동의 옥동서원을 출발한 길은 이곳 영동의 반야사에서 끝이 난다. 하지만 끝났다고 끝난 것이 아니다. 반야사에서 멀지 않은 곳에 월류봉이 있기 때문이다. 달도 머물다 간다는 월류봉(月留峰)은 407미터의 야트막한 봉우리로, 월류봉이란 이름은 달이 능선을 따라 물 흐르듯 기우는 모습에서 유래했다고 한다. 그 월류봉 봉우리 꼭대기에 천하제일의 정자라 우겨도 괜찮을 월류정(月留亭)이 날아갈 듯 앉아 있다.

월류봉은 오래된 수묵화에서 봤음직한 그대로의 모습으로 여행자를 맞는다. 만약 산 위로 보름달이라도 뜬다면 산과 달과 정자는 가히 최고의 절경을 이루는 하모니를 연출하지 않을까 싶다. 깎아 세운 듯 가파른 층층의 절벽은 아스라이 하늘을 향해 치솟아 있고, 일부러 해자를 파 암벽을 감싸기라도 한 양 물길은 월류봉을 에둘러 하염없이 돌아나간다. 그 가운데 봉우리에 날개를 펴고 앉은 한 마리 학처럼 사뿐히 내려앉은 월류정이 있다.

월류정의 이름처럼 과함도 모자람도 없는 은은한 달빛이 정자에 머무는 모습은 생각만으로도 충분히 아찔하다. 그러니 그저 먹먹한 마음으로 가슴 가득 밀려드는 흥분과 감동에 스스로를 가만히 내버려두면 될 일이다. 하지만 달 대신 해다. 늦은 오후의 햇살이 비끼는 월류정을 보노라니 그마저도 절경이다. 붉은 노을이 비끼는 월류정은 나무꾼이 숨겨둔 선녀의 날개옷처럼 고혹하고 날렵한 것이 금방이라도 승천의 꿈을 이루기라도 하려는 양, 해거름녘의 하늘을 무심히 떠가고 있었다.

바다, 등대, 그리고 목이 메는 그리움

영덕 블루로드 B코스

○ 그리운 이가 있거든 등대로 가라

오래 전, 도회지로 돈 벌러 간 우리네 누이들이 명절이라고 고향으로 돌아오는 날이면, 어린 동생들은 신작로에 나가 누이가 타고 올 버스를 기약 없이 기다리곤 했다. 하매 올까 목을 빼며 기다린 것이 누이가 가져올 한아름의 선물꾸러미였는지, 아니면 누이가 보고파서였는지는 가물가물하지만 그 기다림은 절박하기까지 했었다. 그렇게 기다림이 저물어 갈 무렵 비포장도로의 하얀 먼지 구름을 앞세운 버스에서 누이가 내리면, 한달음에 달려가 누이 품에 안겼다. 가만히 머리를 쓰다듬는 누이의 손길에 괜스레 눈꺼풀이 뜨거워지기도 했더랬다.

오래전 누군가는 그리운 이가 있거든 등대로 가라고, 그래서 등대의 마음을 배워오라고 했다. 그리고 소설 《등대지기》의 주인공은 '바다는 대지의 끄트머리까지 밀려난 인간이 마지막으로 자유를 느끼는 곳'이라고도

했다. 그 마지막 자유의 공간, 그 끄트머리에서 등대는 하염없이 불을 밝히며 누군가를 기다리고 있었다. '기다릴 수 있는 자에게 기다리는 모든 것은 언젠가는 돌아온다'는 사실을 등대는 알고 있었나 보다.

그날, 푸른 여명의 시간에 등대만이 돌아올 탕아의 귀환을 기다리고 있던 것은 아니다. 등대의 시간이 마무리될 무렵, 많은 사람들 역시 새벽의 시간을 지나 바다를 건너올 해돋이를 기다리고 있었다. 여명이 밝아오자 매서운 바닷바람에도 아랑곳하지 않던 그들이 술렁댄다. 수평선 너머로 구름이 가득했기 때문이다. '아이고야' 가벼운 탄식이 쏟아진다.

"날씨 찾아봉께 구름이 있을끼라카더만 진짜 그렇다아이가. 우야노… 오늘은 고마 배리뿟따."

하지만 많은 사람들은 그래도 혹시나 하며 어쩌지 못하는 희망에 발을 동동거리며 자리를 뜨지 못한다. 해맞이공원 아래 갯바위에 앉아 해돋이를 기다리는 동안 기다림의 크기만큼 시간은 더디게 흐르고, 먼 바다에서 달려온 파도만이 냅다 제 몸을 절벽에 부딪는다. 철썩, 갯바위를 넘어온 파도가 터지듯 덮치자 어이쿠, 깜짝 놀란 해맞이객들이 파도를 피해 허둥대던 그 순간, 수평선 너머의 하늘이 붉게 물들기 시작한다. 하지만 햇살은 구름 저편에서 서서히 번지기만 할 뿐 결국 구름을 넘어서지 못한다.

○ 바다와 하늘이 함께 걷는 길

해맞이의 여정이 끝나자, 먼 길을 달려온 그들은 영덕에 온 이유를 그제야 깨닫는다. 해맞이는 덤이었을 뿐, 정작 영덕을 찾은 이유는 도보 여행이었기 때문이다. 걸어야 할 길은 바로 영덕 '블루로드 B코스'(해파랑길 21

코스). 영덕 해맞이 공원에서 죽도산과 축산항까지 이어지는 15.5킬로미터 남짓의 해안길이다.

영덕 블루로드는 부산에서 강원도 고성에 이르는 688킬로미터의 해파랑길의 일부로, 영덕 대게공원을 출발하여 축산항을 거쳐 고래불해수욕장에까지 이르는 약 64.6킬로미터의 해안길이다. 총 4개 코스로 이루어져 있으며, A코스는 '빛과 바람의 길', B코스는 '푸른 대게의 길', C코스는 '목은 사색의 길', D코스는 '쪽빛 파도의 길'이라는 이름을 지니고 있다.

영덕 블루로드의 여러 코스 중 가장 방문객이 많다는 블루로드 B코스는 '환상의 바닷길'이자, '바다와 하늘이 함께 걷는 길'이라는 타이틀을 가지고 있는 길이기도 하다. 하지만 길은 바다를 에둘러 이어져 있는 해안길이라, 거칠고 또 투박하다. 바닷가로 내려서면 수억 년의 세월 동안 땅과 바다가 만나 요모조모 빚어 놓은 갯바위의 거칠면서도 위압적인 위용이 걷는 이를 압도한다.

갯바위 절벽을 따라 이어진 길은 아슬아슬하다. 그래서 사람들의 걸음은 조심스럽고 더디다. 그러니 굳이 찾지 않아도 바다는 지천이다. 망망대해가 그저 대처에 널려 있다.

동해의 바다는 늦은 봄날 분분히 낙하하는 꽃잎들처럼 깊이를 헤아릴 수 없을 정도의 해구(海溝)로 꺼지듯 내려앉는 구조로 되어 있다고 한다. 그래서 가장 깊은 곳은 4,000미터에 이른다. 그러니 해변은 짧고, 서해나 남해에서처럼 오밀조밀 표표히 떠다니는 섬은 아무리 찾아보려고 해도 찾을 수가 없다. 그래서 동해의 바다에 서면 그저 아득하다는 말 말고는 달리 할 말도 없다. 지향점조차 없는 망망한 대양의 바다가 동해이기 때

문이다. 그래서일까. 동해 바다는 아득해서 두려웠고, 목이 메듯 깊은 그리움이 있었으며, 그래서 조금은 슬프기도 한 그런 바다였다.

○ 과메기다!

무심코 바라본 저 멀리에서 노물리 방파제의 빨간 등대가 아는 체를 한다. 방파제가 감싸고 있는 바다는 고요하다. 그리고 이른 아침의 햇살이 비끼는 바다는 붉다. 그 바다 위에 조업을 마친 배 한척이 한가로이 늦잠이라도 즐기는 양 한가롭기만 하다.

그런데 저건 뭐지? 방파제 옆 너른 백사장에 빨래를 널어놓은 듯 거뭇거뭇한 생선들이 아침 햇살을 받으며 장대 끝에 줄지어 매달려 있는 것이 아닌가. 혹시, 저것이 과메기? 그랬다. 과메기를 먹어 보기만 했지 익어가는 모습을 처음 보는 일행들은 느닷없는 과메기와의 조우에 반색을 한다. 공장에서 대량으로 과메기를 손질하고 말리는 모습을 본 적은 있지만, 자연 상태에서 빛과 바람을 먹고 과메기로 익어가는 모습은 낯설었기 때문이다.

뼈와 내장을 내어주고 살만 남은 청어가 아침 햇살을 받으며 무심한 표정으로 말라가고 있었다. 그런데 그 모습이 참으로 처연했다. 아무런 의지도 없이 바람이 흔드는 대로 흔들리는 모습이 한편으로는 안타까웠다.

원래 청어는 동해(특히 포항 인근)에서 가장 많이 잡히는 흔하디흔한 물고기였다고 한다. 배고프던 시절, 이 고을의 사람들은 이 흔한 생선을 오랫동안 두고 먹어야 했는데 그 저장 방법이 난망했던 것이다. 그러다가 우연히 부엌 살창(대나무나 나뭇가지를 세워 만든 창문) 옆에 걸어둔 청어가

창을 넘나드는 바람과 부엌의 연기에 꼬들꼬들하게 말라버린 게 아닌가. 먹어도 되나? 호기심 많은 누군가가 버리기 아까운 마음에 먹어보니, 어라? 맛도 좋고 저장성도 좋은 것이 아닌가. 그래서 이 지방의 사람들은 너나 할 것 없이 청어를 말려서 두고두고 먹게 되었다는 것이 과메기의 탄생 비화다.

그러다가 동해 앞바다에서 제일 흔하던 청어가 60년대 이후 드물어지면서 꽁치가 그 자리를 물려받았다고 한다. 마침 어민들 입장에서는 꽁치를 과메기로 만드는 것이 여러모로 편리했으니, 청어에 비해 살집이 적은 꽁치는 맛은 비슷하면서도 건조 기간이 짧아 제조가 쉬웠기 때문이다.

그렇게 점차 말리는 청어의 양이 늘자, 빨랫줄 같은 장대에 청어를 효율적으로 줄줄이 매다는 방법으로 청어의 눈을 뚫어 엮는 방법을 주로 애용했다고 한다. 이때부터 눈이 뚫린 물고기라 해서 '관목어(貫目魚)'라는 나름 고급스러운 이름으로 불리게 되었으나, 애석하게도 시간이 흐르면서 경상도 사람들의 구강 구조상 '관목어'라는 이름은 그 어려운 발음 탓에 부르기 쉬운 '과메기'로 발음이 점차 변형되기에 이르렀고, 이것이 널리 알려지게 됨으로써 말린 청어를 과메기로 부르게 되었다는 것이다.

다른 대부분의 발효식품이 그렇듯 과메기도 본래의 자연재료 상태보다 발효됐을 때 감칠맛과 영양 등이 훨씬 높아진다. 게다가 적당히 말린 생선 본연의 고들고들한 식감은 어떠하며, 사람들이 부담스러워 하는 제 몸의 비린내는 더러는 해풍에, 더러는 제 있던 바닷가에 슬쩍 흘리는 그 눈치 빠름은 또 어떠한가. 미워하려고 해도 미워할 수가 없는 먹거리가 과메기다. 그러니 찬바람이 부는 겨울날이면 우리는 과메기 안주를 놓고 정다운 술친구들을 부르지 않을 도리가 없는 것이다. 미끈미끈하면서도 오

톨도톨한 물미역에 김과 과메기를 얹고, 쪽파며 풋고추며 마늘까지 곁들여 초고추장에 찍으면, 대여섯 순배의 소주잔은 마파람에 게눈 감추듯 하기 마련이다.

나야 산골 촌놈이라 삭힌 홍어가 그랬듯 과메기도 안면을 튼 지는 얼마 되지 않으나, 늦정이 무섭다고 언제부터인가 때가 되고 철이 되면 과메기의 유혹에 마음을 너무도 쉽게 여는지라, 덩달아 부지런을 떨어야 하는 애꿎은 소주잔이 고생이다.

그런데 노물리의 바닷가에서는 청어만이 '날 잡아 잡수' 하고 매달려 있는 것이 아니었다. 주둥이가 몸의 반인 아귀조차도 제 뱃속을 훤히 드러낸 채로 찬 겨울의 바닷바람에 이리저리 흔들리고 있었던 것이다. 아! 그 난감함이라니…. 청어나 꽁치가 제 몸의 수분을 내어주고 기름진 몸으로 다시 태어난다면, 아귀는 아귀찜의 담백한 살맛이 그러하듯 담백하면서도 구수한 아귀포가 된다. 어느 포구의 좌판에서 시식용으로 내어놓은 아귀포를 두어 개 맛보았더니, 과연 쥐포보다도 먹태보다도 부드러웠고 감칠맛과 풍미가 남달랐다.

○ 해안 경계초소에 대한 단상

노물리를 지난 길은 석리(石里) 마을로 이어진다. 멀리서 바라보는 길은 긴 세월 바다가 벗겨낸 육지의 속살을 따라 무심히 이어지고 있었다. 그런 이유로 길은 험하고 고단하다. 하지만 이곳에다 기어이 길을 연 그들의 위험천만한 생각이 이 순간에는 감동스럽고 또 고맙다. 이 길 위에서의 호젓한 걸음걸음은 바다와 마을을 잇고, 마을의 사람들과 또 그들의 삶을 이어주고 있었기 때문이다. 그 덕분에 그들과 만나는 여행자는 또한 뼘만큼 세상으로 향하는 눈이 넓어질 것이다. 지금의 나 역시 기대하는 바다.

바다가 훤히 내려다보이는 전망 좋은 곳에 해안 초소가 보인다. 가까이 다가가서 본 해안 초소는 그 쓰임새가 다했음인지 폐가처럼 을씨년스럽다. 오랜 세월 동안 바다는 경계 철책 너머에 있었다. 다가가 안을 수 없는 경계의 저쪽이 바다였다. 바다는 그렇게 철조망으로 둘러쳐져서 철조망의 틈새만큼씩 조각난 채로 육지와 연결되어 있었다. 특히나 1996년, 이곳에서 멀리 않은 강릉 해안에 북한의 잠수정이 침투한 사건 이후에는 그 삼엄함이 더 엄혹했던 세월이었다.

해안 초소의 작은 공간에서 많은 젊은 청춘들은 바닷바람에 떨며 삼킬 듯 달려드는 파도에 짓눌리며 그들의 알토란같은 시간들을 보냈을 것이다. 이제나마 그들이 이 추운 바닷가에서 서성이지 않아도 된다는 사실 하나만으로도 다행이고, 그만큼 평화를 향해 나아가는 세상의 변화가 반가울 따름이다. 사실 우리가 걷고 있는 블루로드 B코스의 바다를 에둘러 이어진 길들 역시 경계를 서기 위해 초병들이 개척하고 그들이 매일같이 다니던 해안 초소길을 다듬은 것이다. 젊은 청년들이 찬바람 맞으며 걷던 그 길이 우리에게로 와서 둘레길이 된 것이다.

○ 대게, 그리고 물가자미

영덕은 대게의 고장이다. 오죽했으면 대게라는 보통명사 앞에 영덕이라는 지명이 붙어 영덕대게라는 고유명사가 되었겠는가. 영덕을 상징하는 캐릭터 역시 대게 일색이다. 하지만 아쉽게도 그 유명한 대게의 고장에 왔지만 대게를 맛보지는 못했다. 이미 귀한 몸이 되어버린 지 오래라, 그저 점심 식사를 위해 들른 식당 앞 어항에서 겨우 일면식만 나눌 수 있었을 뿐이다.

다만 죽도산을 바라보며 걸어가던 도중에 만난 건조대에 걸려 있는 수천에 이르는 오징어들이야 마음만 먹으면 일면식보다 더한 것도 할 수 있었지만, 그들은 당장 어떻게 할 수 있는 게 아니었다.

경상도 말로 반쯤 건조된 오징어를 '피데기'라고 부른다. 그들의 최종적인 운명이야 피데기로 끝날지 아니면 마른 오징어가 될지는 말리는 주인장의 뜻에 달린 문제이겠으나, 아마도 오래지 않아 어느 시장 좌판에서 그들과 또 만날 날이 있을 것이다.

멀게만 느껴졌던 죽도산이 어느새 코앞이다. 죽도산을 가기 위해서는 '블루로드 다리'를 건너가야 한다. 다리는 흔들흔들 제 마음대로다. 출렁다리를 건너자 왁자지껄하다. 특히나 더욱 분주하고 소란스러운 곳은 리어카를 개조한 수산물 좌판 근처다. 좌판 위에는 다양한 건어물들이 빼곡하다. 그런데 리어카 앞에 세워져 있는 신문지 크기의 네모반듯한 대형 생선포가 눈에 들어온다. 수십 마리의 생선들이 얼기설기 포개져 하나의 포가 된 것이다. 홍정에 바쁜 주인장에게 물어본즉슨, 물가자미란다.

영덕하면 대게거니 했는데, 의외로 물가자미도 이곳의 내로라하는 특산물이라고 한다. 작고 부드러워 뼈째 먹는 물가자미회는 이 지역에서나 맛볼 수 있는 일미라고 한다. 아쉽게도 물가자미는 4월에서 6월 사이가 제철이라니, 찬바람 부는 시기에는 그저 말린 물가자미포가 제격이다.

○ 죽도산은 섬이었다

죽도산은 지금이야 섬이라는 그 이름이 무색하게도 육지와 연결되어 있지만, 조선시대까지만 하더라도 죽도(竹島)라는 이름의 섬이었다고 한다. 섬이 드문 동해이니만큼 나름 의미 있는 섬이었으나, 일제강점기 시절 일제의 필요에 의해 육지와 연결되었다고 하니 그저 아쉬울 따름이다.

게다가 고려 말에는 이곳이 왜구들의 소굴이었다고 한다. 일본과 지리적으로 가깝다는 이유로 이곳 죽도는 일본 사람들에 의해 적잖이 상처를 받은 곳이었다. 섬이라는 지역적 특수성과 전략적 필요에 의해 죽도는 일본에 의해 유린되고, 동해에서는 보기 드문 섬이라는 특별한 지위까지 잃게 되었다.

죽도산의 정상은 해발 80미터밖에 되지 않는다. 하지만 정상 전망대에 서면 정면으로는 한없이 펼쳐진 동해 바다가 푸른빛으로 넘실대고, 서쪽으로는 말미산이, 그 옆으로는 축산항이 가만히 엎디어 있는 모습이 한눈에 내려다보인다. 그리고 남쪽 끝에는 풍력단지의 풍차들이 바람과 어우러져 제 할 일을 하느라 부지런히 돌고 또 돈다.

죽도산 전망대에서 바라보는 바다는 아득하고 또 깊다. 그래서인지 우수가 깃들어 있는 듯도 보이고, 저 망망대해의 건너 어디쯤에는 누군가의 그리운 노스탤지어가 숨어 있을 것만 같기도 하다. 그렇게 바다에 서면 아득한 그리움만 가득이다. 그래서 사람들은 저 바다를 건너 수평선 너머로 나아가는 꿈을 꾸는 것인지도 모른다.

이어령 선생은 "기다린다는 것은 아름답고도 슬픈 것이고, 그것은 하나의 부조리"라고 했다. 희망과 절망, 권태와 기대가 교차하는 기다림. 막막한 바다를 바라보고 있노라면, 무수한 그리움과 그리움이 잉태하는 기다림을 생각하게 된다. 아마도 그 속에는 나를 위한 삶도, 그리운 사람도 더불어 있을 것이다. 동해의 바닷가에서 그렇게 또 삶을 기다린다.

제 3 장

흔들면 흔들려야 안전하다

자유는 자기라는 이유로 걸어가는 것

양평 대부산

○ 오리무중의 길

산으로 가는 길녘의 강은 희뿌연 오리무중(五里霧中)이었다. 강은 연신 안개를 피어올리고 있었고, 안개에 둘러싸인 나루터는 그저 고즈넉하니 강언저리에 드러누워 또 다른 무진(霧津, 안개나루)을 그려내고 있었다.

김승옥의 소설 〈무진기행(霧津紀行)〉의 무진이 안개 저편에 끈적끈적한 욕망을 숨기고 있었다면, 북한강의 무진은 그저 평온했고, 또 수수했다. 오래전 맞선 자리에 나선 수줍음 많은 처자가 차마 홍조 띤 얼굴을 드러내지 못한 채 하얀 손수건으로 살포시 얼굴을 가리고 있기라도 하는 양, 강도, 산도, 세상 모두가 언뜻번뜻 회색빛 장막 저편에서 아슴아슴하니 숨죽이고 있었다.

그래서일까? 가고는 있지만 산은 더욱 아득하게만 느껴졌었다. 하지만 가고자 했던 양평의 대부산(貸附山)은 미처 강이 채 끝나기도 전에, 그리

멀지 않은 지척에서 여행자를 기다리고 있었다. 애당초 안개는 강을 건너지도 벗어나지도 못했던지라, 각자 서로의 영역 안에서 각자의 길을 가고 있었다. 그렇게 달려 오래지 않아 닿은 곳은 대부산으로 향하는 길목인 배너미재(600m)였다.

대부산(743m)은 경기도 가평군과 양평군의 경계에 있는 산이다. 산이라고는 하지만 웬만한 지도에는 이름조차 없는 산이다. 다만 계곡을 사이에 두고 유명산을 마주보고 있는 봉우리라 유명산(有名山, 864m)과 더불어 회자되는 산이다. 그래서인지 유명산과 대부산은 실제 구별조차 쉽지 않다. 대부산의 억새평원을 걷는가 싶어 보면 그곳이 유명산의 억새평원이었던 이유다. 두 봉우리 사이에 억새평원이 광활하게 펼쳐져 있다.

그리고 대부산의 맞은편에는 어비산(漁飛山)이 있다. 아주 오래전 옛날, 홍수 때가 되면 물고기들이 산을 넘는다고 해서 어비산이 되었다고 한다. 그래서 이 산에 배너미재라는 지명이 존재하는 것이다. 배너미재는 '배가 넘어 다니던 고개'란 의미를 담고 있다. 이 산에 무슨 물이 있고 배가 있어 배너미재인가 하겠지만, 우리나라의 여러 산중에는 배너미재란 이름을 달고 있는 고개가 여럿이다. 그 속내에는 큰물이 났던 그 옛날 어느 시절에는 이곳이 호수였다는 설화 하나쯤을 품고 있는 셈이다.

○ 가도 가도 억새밭

배너미재에서 시작된 길은 널찍한 임도(林道)다. 하지만 시작은 늘 그러하듯 걸음은 무겁고, 더디기 마련이다. 게다가 길이 품은 풍경마저도 늦가을의 잿빛인지라 길도, 산도, 사람도 고요하다. 그렇게 자신을 감싸던 풍성한 옷을 벗어던져버린 채 가난한 몸을 한 나무 사이로 길은 뻗어 있었고, 이른 아침의 한기를 느끼며 그 길을 따라 산을 오르는 도보 여행자들 역시 고요하긴 마찬가지였다.

아니나 다를까, 산으로 가는 길 가장자리의 마른 풀이며, 낙엽들이 시퍼렇게 얼어 있다. 아직은 이르다 싶었지만, 겨울의 전령인 서리가 야심한 밤을 틈타 기어이 풀잎에 내려앉고 말았다. 그저 가는 세월이 야속하기만 한 사람들은 침묵으로 산을 오른다. 발밑에서 스러지는 낙엽들의 바스락대는 소리가 제법 크다. 땅 위로 떨어져 제 몸을 쉬고 있던 시간들이 제법 되었다는 의미일 게다. 계절은 어느새 또 바뀌고 있었다.

길이 1킬로미터쯤 이어질 무렵, 아! 그랬구나. 우리가 여기에 있는 이유는 바로 이 풍경과 마주하기 위함이었음을 깨닫는다. 무심했던 길은 어느 순간, 사람들을 억새의 평원에 풀어놓는다. 아! 이곳이 억새의 낙원이었구나.

산마루가 온통 억새밭이다. 억새로 유명한 명성산의 그 억새가 차분하고 가지런한, 잘 가꿔진 정원의 억새에 비유할 수 있다면, 대부산의 억새는 거친 야생의 억새였다. 게다가 명성산의 억새밭이 오목한 정상 부근에 오롯이 모여 있는 모양새라면, 대부산의 억새는 온 산을 뒤덮고 있었다. 그러니 규모부터가 다르다. 너른 대부산 자락이 온통 억새밭이었다.

그야말로 가도 가도 억새밭이었고, 억새들의 무리는 산을 넘어온 바람에 서걱서걱 울고 있었다. 아니 어쩌면 제 스스로 추는 춤사위에 흥이 겨워 소리 죽여 웃고 있었는지도 모른다. 그래, 아마도 그랬을 것이다. 그들은 웃고 있었을 것이다. 억새들의 땅에서 그들이 울어야 할 하등의 이유가 없었기 때문이다.

단풍마저 사라진 이 산에서 그들은 왕이었다. 그 누구도 범접하지 못할 위세에 산마저도 잔뜩 웅크리고 있었고, 그들을 보러 온 여행자들의 가벼운 탄성조차도 오래가지 못했다. 그저 멍하니 바라만 볼뿐이었다. 흔들려서 갈대고 억새라더니 그들은 그렇게 흔들리며 산을 오르고 있었다. 손에 손을 맞잡고, 어깨를 걸고, 그 어떤 어려움이나 난관마저도 거뜬히 돌파할 것처럼 굳은 스크럼을 짜고, 그들은 맹렬히 산을 점령하고 있었다.

1960년대 들어 화전민들이 떠난 후 이 땅은 한동안 고랭지 채소의 차지가 되었다가 20여 년 전 그들마저 떠나자, 기회를 엿보던 억새들이 어느 틈엔가 산을 점령하고 말았다. 산을 타고 올라갔던 것인지, 아니면 산 정상에서 아래로 쏟아져 내려왔던 것인지는 알 수 없으나, 산은 억새들의 차지였다. 억새들의 군무(群舞)를 보며 그들이 존재할 수 있었던 이유는 역시나 그들만의 연대(連帶)였음을 깨닫게 된다. 결국 더불어 갈 때 그들은 멀리 갈 수 있었고, 기어이 산도 점령할 수 있었던 것이다.

억새를 보며 뒤늦게 마음에 담아두었던 '천하무인(天下無人)'의 의미를 떠올린다. '세상에 남이란 없다'는 그 말이다. 결국 '남이 없다'는 말은 '너'나 '내'가 아닌 '우리'라는 울타리 안에서 '더불어' 존재한다는 말이기도 하다. 세상사를 살아가는 어느 누구도 남에게 의지하지 않고는 단 하루도 살 수 없는 것이 우리네 삶의 본질이라는 가르침이기도 하다.

먹고 마시는 생존의 근간부터, 생활의 이런저런 편리함까지 그런 것들이 다 어디에서 왔단 말인가. 그 모든 것들은 결국 누군가의 노력 위에서 가능했던 것들임에도 불구하고 나는 이 사실을 아무렇지도 않은 듯 잊은 채로, 그저 내가 잘나서 잘 먹고, 또 잘산다고 착각하며 살고 있지는 않았던가.

우리는 일상적으로 '나'라는 존재를 중심에 두고, '나'와의 거리를 따지면서, '나'와 '너(타인)'로 구분하며 선을 긋고, 서로를 나눈다. 결국에는 '나' 아닌 누군가를 기어이 선 밖으로 밀어내고야 만다. '내'가 아닌 모든 것은 그저 남일 뿐. 아무것도 아니었던 것이다. 그저 '내 가족', '내 것', '내 편'. 그렇게 '내'자가 붙은 것들만이 유일한 관심사요, 사랑의 대상이었다.

세상의 모든 사람들은 같은 하늘을 이고, 함께 햇빛을 나누고, 또 더불어 비를 맞으며 살아가고 있다는 사실을, 우리는 애써 외면한 채로 살아가고 있는 것은 아닌지…. '나의 아픔이 세상 수많은 아픔의 한 조각임을 깨닫고, 나의 기쁨이 누군가의 기쁨이 되기를 바라는 마음이 우리네 삶을 더욱 아름답게 만들어준다'던 현인의 충고를 우리는 너무나도 쉽게, 또 아무렇지도 않게 잊고 있었다. 더불어 삶을 도모하는 억새들이 일러주는 삶의 지혜도 이와 별반 다르지는 않을 것이다.

○ 유명산? 아니 마유산

가도 가도 억새밭은 쉬이 제 끝을 보여줄 기색조차 없다. 가도 가도 억새밭의 바다에서는 차라리 억새의 평원을 오르는 사람들이 단풍이요, 꽃이다. 울긋불긋한 그들의 복장은 단조로운 회색의 억새 바다에서 단연 눈에 띄는 무늬이자 색조였다. 억새가 스크럼을 풀고 내어준 길 위로 사람들이 각각의 색을 흩뿌리며 가고 또 간다.

억새밭을 벗어난 길은 산을 에둘러 흐르고, 사람들은 그제야 억새의 바다에서 빠져나와 가만히 바라볼 여유를 가진다. 자박자박 산책하듯 걷는 걸음 속에서 억새들을 음미하고, 잔바람에도 휘청대는 그들의 흔들림에 무심히 빠져들어도 좋을 것만 같은 기분을 느낀다. 바람이 불자, 억새들의 은빛 춤사위에 눈이 부시다.

계곡을 건너면 유명산 자락이다. 유명산이 유명산이라는 이름으로 불리고 있는 데에는 나름의 사연이 있다. 1970년대의 언젠가 이 산을 오르던 등반대는 이 산에 이름이 없다는 사실을 알게 된다. 이토록 아름다운 산에 이름이 없다니…. 애석해하던 등반대는 당시 유일한 여성 대원의 이름을 따서 산의 이름을 지었으니, 그 대원의 이름이 유명(有名)이었다. 대체로 사람이 산 적이 없는 땅을 개척하거나 힘겹게 고봉(高峰)을 정복한 이에게 헌사의 의미로 이름을 붙이는 경우는 있으나, 유명산의 경우는 달라도 너무 다른 경로로 이름을 얻게 된 것이다.

하지만 행인지 불행인지 유명산은 이후 양평읍지 등 여러 고문헌을 통해 자신의 이름을 찾게 되는데, 이 산의 본명은 마유산(馬遊山)이었다. 마유산은 이름 그대로 말들이 뛰놀던 산이었다고 한다. 지금이야 억새로 뒤덮인 평원이지만, 조선시대에는 이곳에서 말들이 뛰놀며 전장으로 달려나갈 준비를 하고 있었을 것이다. 새삼 '마걸(馬傑)은 간 데 없고, 산천도 의구하지' 않음이 세월의 무상함을 느끼게 한다.

○ 자유는 자기의 이유로 걸어가는 것

유명산 정상으로 향하는 길은 억새의 덤불을 헤치며 나아가는 여정이다. 길과 억새밭의 경계마저 모호한지라, 억새 덤불 사이에 숨어 있던 작은

나뭇가지들이 앞사람의 옷섶에 걸려 뒤따르는 이의 볼기짝을 후려친다. 어이쿠! 뒷사람의 비명에 앞서가는 이는 그저 미안하고 또 미안해진다.

걸음을 옮겨놓을수록 하늘을 나는 이의 모습이 선명해진다. 유명산 정상의 활공장을 벗어난 패러글라이더가 가을 하늘을 수놓고 있었다. 파란 하늘을 배경으로 유유히 떠가는 그들의 모습은 한 폭의 그림이 된다. 패러글라이더에 몸을 맡기고 아무렇지도 않게 훌쩍 땅을 박차고 창공으로 날아오를 결심을 한 그들의 용기가 부러워진다. 아득히 떠가는 그들에게서 새삼 새들의 자유를 발견한다.

신영복은 '자유(自由)는 자기(自己)의 이유(理由)로 걸어가는 것'이라 했다. 그렇다면 공중을 나는 그들도, 억새밭을 헤치며 나아가는 나도 도긴개긴 충분히 자유롭긴 마찬가지라는 생각에 적잖이 위로가 되기는 하지만, 차지하고 있는 공간의 차이는 분명해 보인다. 다만 천천히 걸으며, 걷는 수고로움을 기꺼이 마다하지 않는 나를 깨닫고, 길이 몸을 통해 전해오는 이야기를 들으며, 눈으로는 자연의 풍광을 맘껏 담을 수 있으니 이만하면 충분히 자유로운 것이 아닐까.

유명산의 정상이자, 활공장에서 바라보는 남한강이 저 멀리에 아득하다. 저 물은 얼마 가지 않아 양수리의 두물머리에서 북한강과 만날 것이다. 사람들의 사랑이 그러하듯 둘이 만나 하나가 되는 여정은 시간의 문제일 뿐, 어쩌면 예정된 운명이다. 만남과 헤어짐의 반복 속에서 사람은 성장하고, 물은 덩치를 키워 바다와 가까워진다.

강 저편에는 여러 봉우리들이 첩첩의 산 너머 산의 파노라마를 형성한다. 좌측으로는 이 근동에서는 가장 높다는 안테나를 머리에 얹은 용문산

(1,157m)이 우뚝 솟아 있고, 그 곁으로 나란히 장군봉(1,045m)이며 여러 봉우리들이 앞서거니 뒤서거니 순서를 다툰다.

○ 바람직한 이별의 모습

활공장을 벗어난 길은 하산(下山)길로 접어든다. 내려가는 황톳길은 영화 〈서편제〉에서 유봉(김명곤 분)과 송화(오정해 분)가 노래 부르며 걷던 그 길마냥 널찍하고 편안하다. 게다가 전망 좋은 길 가장자리에는 소나무 두 그루가 도도하게 서 있으니 운치 또한 그만이다.

이곳에서 영화〈왕의 남자〉를 찍었던 어느 영화감독은 이곳을 들어 '동성끼리 있으면 동성애가 생기고, 이성끼리 있으면 이성애가 생길 만한 곳이다'라고 했다던데…. 글쎄, 누군가와 더불어 노을이 지는 그때에 저 멀리 남한강이 물드는 모습을 바라본다면, 가슴 가득 무언가 뜨거운 것이 밀려들 것 같기는 하다.

산과 산 사이에 가로놓인 넓은 강은 석양의 그때에는 얼마나 황홀한 반사판이 될 것인가. 그 순간만큼은 강이 불길에 휩싸이기라도 한 듯 붉게 타오를 것이다. 그 불꽃 속에 스러진다면 정 깊고 마음 여린 이는 눈물이라도 흘리지 않으려나.

내려가는 길에도 억새는 지천이다. 하산을 서두르다 무심코 뒤돌아본 대부산은 마치 대나무로 엮어 만든 소쿠리를 엎어놓은 듯 편안한 모습이다. 모나지 않은 완만한 둥근 산의 편안함이 깃들어 있다. 어쩌면 그 편안함이 차라리 이별의 모습으로는 적당해 보인다. 보내는 이도 가는 이도 서로 부담스럽지 않을 테니 말이다.

어느새 하늘의 언저리가 붉다. 사람들의 발걸음도 바빠진다. 이별의 시간이 다가온 것이다. 대부산의 봉우리가 그렇듯, 그 산의 억새들도 무심하리라 짐작했건만 이별의 순간이 오자 어라…, 억새들은 저마다 제 몸을 한껏 흔들며 살갑고도 긴 배웅을 하는 것이 아닌가. 때마침 노을을 따라 산을 넘어오던 바람이 가는 이에게 손이라도 한 번 더 흔들어주라고, 무심한 억새의 등을 슬며시 떼밀기라도 했나 보다. 산을 다 내려갈 때까지도 억새는 지치지도 않는지, 질긴 그리움을 매단 채로 그렇게 하염없이 손을 흔들고 있었다.

가을 산, 붉음에 취하다

태백 함백산 종주기

○ 단풍, 나무들의 가슴앓이

산은 검붉게 타오르는 화염 덩어리였다. 10월도 막바지로 향하는 강원도의 산은, 그 산에 뿌리박고 사는 나무의 이파리들은 제 가야 할 시간이 머지않았음을, 그 시간들이 지척에서 손짓하고 있음을 알고 있었다. 그래서 가는 시간들이 못내 아쉬운 그들은 제 속에 담겨진 마지막 뜨거움을 붉게, 또는 노랗게 토해내며 하염없이 가슴앓이를 하고 있었다.

누구에게나 마지막은 비장한 것임을 그들인들 어찌 모를까. 어쩌면 단풍이라는 현상은 그렇게 가야 할 때를 아는 어느 곧은 생명이, 거역할 수 없는 순리 앞에서 차마 떨어지지 않는 발걸음을 떼며 자꾸만 뒤돌아보며 흘리는 눈물이며, 또 제 스스로를 불태우는 다비식(荼毘式)인지도 모른다. 그래서 그 붉음은 비장했고, 또 장엄했다.

10월의 어느 날, 태백의 함백산(咸白山)으로 가는 길이 그러했다. '크고 밝은 뫼'란 뜻으로 대박산(大朴山)으로 불리기도 했던 함백산(1,572.9m)은 5대 적멸보궁(寂滅寶宮) 중 하나인 정암사(淨巖寺)를 품고 있으며, 지하에는 무진장의 석탄을 간직한 남한에서 여섯 번째로 높은 산이다.

○ 산 너머의 산, 그 산 너머의 산

함백산 가는 길은 만항재에서 시작된다. 만항재는 강원도 정선군 고한읍과 태백시 사이에 있는 고개로, 그 높이가 무려 1,330미터에 달해 우리나라에서 차를 타고 갈 수 있는 가장 높은 고개이기도 하다. 만항재는 야생화 공원으로도 유명하다. 하지만 10월의 만항재는 어느새 짙은 가을로 접어든 기색이라, 야생화보다는 단풍이 먼저 아는 체를 한다. 낙엽들은 바스락대며 발밑에서 스러지고, 처연하게 물들어가는 단풍에 탄성이 절로 난다. 아직 산행은 시작도 하지 않았는데, 만항재에 찾아온 가을은 쉬이 여행자의 발걸음을 놓아주질 않는다.

만항재에서 함백산 정상까지는 3킬로미터 남짓. 하지만 태백선수촌 삼거리에서 산행을 시작해 1킬로미터만 열심히 걸으면 어느새 정상이다. 표고상으로는 고작 250미터만 올라가면 정상에 닿을 수 있는 것이다. 길을 걸은 지 오래지 않아 두 갈래의 길은 둘레길과 산 정상으로 가는 길을 두고 선택을 강요한다. 우리나라에서 여섯 번째로 높은 산을 오르는 여정이건만, 사람들의 마음은 가벼워도 너무 가벼워 보인다. 한편으론 이 정도의 수고스러움만으로 정상을 밟아도 되는 건지 미안한 마음마저 든다.

그렇다고 코웃음 치진 마시라. 정상으로 향하는 길에 접어드는 순간, 산은 곧바로 30도 남짓의 오르막을 강요한다. 무수히 이어진 돌계단의 행렬 앞에서 일부 등산객들은 이내 거친 숨소리를 토해내고, 발걸음은 자꾸만 더뎌진다. 그들은 어쩌면 생애에서 가장 긴 1킬로미터와 만났는지도 모른다. 영상 10도 남짓의 서늘한 날씨에 추위를 걱정했던 나 역시 한 바가지의 땀을 쏟고야 말았다. 하지만 이 정도의 품삯으로 정상에 오를 수만 있다면야, 그야말로 헐값이다. 그러니 오르막을 탓할 일도 아니다.

그렇게 힘겹게 산을 오르다 어느 중턱에서 한숨을 돌리며 바라보는 첩첩의 산들. 어느 산을 오르든 흔히 볼 수 있는 풍경이건만 중첩된 산맥들의 웅장한 질주는 언제나 가슴을 뛰게 한다. 그 속에서 수억 년의 세월이 함축된 엉킴과 풀림을 만나고, 끝없이 이어진 저 너머의 근원을 향해 질주하는 억세고 질기면서 고집까지 센 어느 근육질 전사(戰士)의 모습을 발견한다.

산 너머의 산, 그 산 너머의 산은, 산에 가는 이들이 가야 할 길이자 미지의 꿈이다. 어쩌면 정작 중요한 것은 산맥이라는 파노라마의 끝이 아니라, 오를 대상으로서의 다음, 바로 눈앞에 산이 존재한다는 사실인지도 모른다. 그럼에도 멀리서 바라본 저 산맥의 끝이 지금 이 순간 바로 앞의 땅을 딛고 나아가게 하는 원동력임에는 틀림없어 보인다. 멀리 보이는 그곳으로 가기 위해, 지금 바로 이 순간의 한 걸음에 집중해야 하기 때문이다.

○ 정상에 대한 예의

정상이 눈앞이다. 하지만 살짝 민망해지는 정상 정복이다. 1,572.9미터에 이르는 함백산을 이렇게 어물쩍 오르는 건 왠지 산에 대한 예의가 아닐지도 모른다는, 다소 건방진 생각이 든 것이다. 그럼에도 정상은 정상이다.

멀리 풍력발전기가 산등성이를 따라 긴 행렬을 이룬다. 함백산에도 바람의 길목을 막아선 풍력발전기는 바람과 어우러져 그렇게 맴을 돌고, 또 돌고 있었다.

정상은 정상부에서 20미터 정도 높이로 불쑥 솟은 바윗덩어리로, 만추의 추억을 쌓으러 온 등산객이 많은 탓에 입추의 여지가 없다. 게다가 인증샷을 남기려는 사람들은 좁은 정상 표지석 앞을 가득 메우고, 줄을 서서 차례를 기다린다. 결국 남는 것은 사진뿐이던가. 추억을 간직하기 위한 그들의 노력을 탓할 수는 없는 노릇이라 그저 묵묵히 기다릴 뿐이다. 찍는 이와 찍히는 이는 서로 짝을 이뤄 분주하다.

산 정상에서 바라보는 산들의 파노라마는 그야말로 아득하다. 가슴이 열리면서 거친 세상살이의 여정에서 묻었던 숱한 티끌들이 훌훌 털어지는 느낌이다. 이 맛, 이 기분 때문에 기어이 정상을 오르려고 그토록 애를 쓰고 있는 것이리라. 굳이 호연지기(浩然之氣)를 논할 계제는 아니지만, 광활한 자연의 품 안에서 내가 누군가와 더불어 이곳에 있다는 사실을 깨닫는 것만으로도 산에 온 이유로는 충분해 보인다. 그러다 어디선가 들려오는 목소리.

"자! 갑시다."

이런, 내가 이곳에 온 이유는 정상 정복이 아니었던 것이다. 정상은 그저 시작일 뿐…. 정상 등정에 취해 작은 성취를 논하며 들떠 있기에는 아직도 가야 할 길이 멀었다. 앞으로 가야 할 길에 비하면 정상 등정이야 그야말로 시작일 뿐. 눈앞에 펼쳐진 저 광활한 능선이 진정 우리가 가야 할 길이고, 또 여기에 온 이유였다.

정상을 넘어서자, 끝없이 이어지는 능선의 질주. 설사 가는 곳이 멀더라도, 눈앞의 풍경은 그저 바라보는 것만으로도 가슴이 열리고, 눈이 맑아진다. 새삼 함백산을 오른 이유는 이 능선을 걷기 위한 것임을 다시금 깨닫게 된다. 바로 이 순간, 가슴 뛰는 풍경과 마주하기 위해 내가 이곳에 있어야 했던 것이다. 좌우로 백두대간의 산맥을 거느리고 걷는 경험을 어느 때에 또 할 수 있더란 말이냐. 왠지 그대로 멈춰 서서 바라보기만 해도 충분할 것 같은 기분마저 든다.

숲속에서는 숲이 보이지 않듯, 능선의 어느 틈으로 스며드는 순간 능선을 잃을 것 같은 마음에 좀체 발걸음이 떨어지질 않는다.

○ 주목, 살아서 천 년 죽어서 천 년

능선길로 접어들자 키 작은 관목들이 점령한 능선 곳곳에 그나마 키 큰 나무 몇 그루가 드문드문 서 있다. 주목(朱木)이다. 살아서 천 년, 죽어서 천 년을 산다는 주목. 사실은 그냥 오래 사는 나무이겠거니 했다. 천 년을 넘게 산다는 게 말이 되냐면서…. 그런데, 내가 어리석었다.

함백산을 마주보고 있는 두위봉(1,466m)에서 서식하는 주목(천연기념물 제433호)은 수령이 1,400년 남짓이라고 한다. 인간의 세월로는 감히 범접할 수조차 없는 세월을 살고 있었던 것이다. 두위봉의 주목이 산에 뿌리를 내릴 때가 서기 600년 즈음, 고구려, 신라, 백제가 마지막 쟁투를 벌이던 그때였다.

고구려, 백제, 신라라…. 한 생명이 감당하기에는 너무나도 긴 시간이다. 주목은 그 어마어마한 시간을 어떻게 다 감당했더란 말인가. 비록 그것이 그들의 숙명일지라도, 숙명이 어쩌면 너무나도 가혹한 것은 아니었을까 하는 생각마저 든다. 그들이 그 긴 세월을 견디기 위해서는 유치환이 바위를 바라보며 느꼈던 그 마음처럼, "비와 바람에 깎이는 대로, 안으로 안으로만 채찍질하여, 드디어 생명도 망각(忘却)"한 채로 살아야 했을 것이기 때문이다. 그렇지 않다면 그 긴 세월의 풍파를 어찌 견딜 것이며, 그 많은 삶의 기억들은 또 어쩌란 말인가.

그래서일까. 주목들은 그들의 삶 속에서 결코 서두르지 않는다고 한다. 그들은 빛과 물을 탐하여 주변의 나무들과 경쟁하지도 않으며, 그랬기에 더 빨리, 더 크게 자라야 한다는 욕심 또한 덜하다고 한다. 그래서 그들은 천 년을 살 수가 있었던 것이다. 그렇게 천 년을 살면서도 굳이 큰 몸집을 고집하지 않았으니 그 속이야 오죽 단단할 것인가. 그러니 죽어서도 천 년을 견딜 수 있는 것이다. 비록 느릴지라도 서두르지 않고, 서두르지 않으니 욕심낼 일도 없는 그들의 삶이 우리에게 전하는 울림이, 그래서 가볍지가 않다.

○ 길 위에서, 길에 취하다

함백산은 크게 상함백산(지금의 은대봉), 중함백산(본적산), 하함백산(지금의 함백산)으로 이루어져 있다. 그러니 함백산을 오른다는 것은 이 세 봉우리를 차례로 올라야 한다는 것을 의미한다. 그렇다고 여러 봉우리를 오르는 일이 대단한 노력을 요구하는 것은 아니다. 크게 고도차가 없기 때문에 조금의 오르막만 감당하면 충분하다. 내리막이 있었으니 오르막이 있겠거니 하면 된다.

길은 은대봉(銀臺峰, 1,442m)으로 향하며, 처연하게 산의 등줄기를 따라 이어지고 있었다. 능선을 벗어난 길은 능선 안으로 접어든다. 가을이 내려앉은 길은 오밀조밀 풍경을 달리하며 그들만의 깊이와 멋을 간직한 채로 사람들과 동행하며 그렇게 흘러가고 있었다.

하지만 산은 겉보기와는 달랐다. 멀리서 바라보는 산의 모습은 부드럽고 너그러웠으나 산이 품고 있는 길은 그렇게 순박하지만은 않았다. 때로는 여행자의 눈을 호강시켜줄 요량으로 낙엽에 점령당한 길 위로 색색의 단풍을 펼쳐놓아 탄성을 자아내게도 하지만, 가끔 오르막이라도 오를라치면 돌투성이의 거친 길들로 여행자의 인내심을 시험하기도 하는 까닭이다. 어쩌면 그 순하지 않음이 다양한 길을 품을 수 있는 이유인지도 모른다. 그래서 함백산은 기운차고, 또 유려하고, 그래서 아름답고 다양한 길을 간직할 수 있었을 것이다.

○ 석탄과 함백산 사람들

멀리 산 아래 사람 사는 마을이 보인다. 강원도 정선군의 고한읍이다. 석탄 탄광으로 유명한 그 고을이다. 사북읍이 고한읍으로 분리되기 전인 1980년, 흔히 사북사태(舍北事態)로 일컬어지는 석탄 탄광 노동자들의 노동항쟁이 일어났던 곳이기도 하다.

사북 사건은 1980년 4월 21일부터 24일까지 국내 최대의 민영 탄광인 동원탄좌 사북영업소에서 어용노조와 저임금, 열악한 작업환경 등에 항의해 광부들이 일으킨 노동항쟁으로, 1980년대 노동운동의 본격적인 출발점이 되는 상징적인 사건이기도 하다. 사건 이후 노동항쟁에 참여했던 노동자들은 폭동을 일으킨 폭도로 오랫동안 매도돼왔으나, 지난 2005년,

사건의 주역인 이원갑 씨가 민주화운동 관련자로 인정받음으로써 사북사태는 민주화운동으로 공식적인 인정을 받게 된다.

지금 우리가 딛고 선 이 함백산이 품은 석탄들로 인해 빚어진 일들이다. 이 석탄들은 2000년대 들어 연료로서의 주요한 위치를 상실하고 역사의 뒤안길로 물러나고 있는 중이다. 학창시절 이문동의 서글픈 자취방을 데워주던 연탄도, 연탄재를 함부로 차지 말라고 타이르던 시인의 꾸지람도 이제는 먼 옛이야기로 흘러가고 있다.

○ 길의 끝에서 다음 길을 그리다

묵묵한 길은 그저 또 흘러간다. 길에 취해, 단풍에 취해 무심히 걷다 닿은 곳. 은대봉(銀臺峰)이다. 한 봉우리를 넘으면 또 다른 봉우리가 기다리는 순례의 길…. 삶과 길이 닮아 있음을 문득 깨닫는다.

은대령을 넘어서자, 아뿔싸! 저 멀리 금대봉(金臺峰)이 유혹의 손짓을 한다. 바로 지척이라 뛰어가면 금방일 것만 같은데… 하지만 어쩌랴! 짧은 여정은 긴 산행을 감당하지 못한다. 시들어가는 야생화 너머로 금대봉이 아득하다. 은대봉을 넘어선 길은 두문동재로 급전직하, 내리막으로 치닫는다. 오늘 여정의 종착지다.

마지막을 떠올리자 왠지 모를 아쉬움이 인다. 아직 몸과 마음은 백두대간의 허리를 박차고 내달릴 수도 있을 것만 같은데, 저물어가는 날이 이를 허락하지 않는다. 아무래도 강원도의 산을 서울에서 새벽을 달려온 당일치기로 충분히 걷고 누리기에는 조금 부족했다. 여러 날을 머물러 이 산 저 산을 걷고 싶은 마음이야 굴뚝같았으나, 그저 마음뿐이다.

산이 낮아지자, 단풍은 더욱 화사해지고, 마침내는 화사한 단풍터널을 이룬다. 그 사이로 오늘 길 위의 도반이었던 그들이 간다. 함백산이 준비해둔 자연의 성찬에 발걸음마저 가벼워 보인다. 어쩌면 여러 날 동안 오늘의 성찬을 조금씩 꺼내먹으며 가을을 곱씹을 수도 있으리라. 오늘 함백산을 걸은 그들과 나는, 일상이라는 쳇바퀴에서 벗어나 제대로 된 쉼표 하나를 찍었던 것이고, 그 쉼표는 산을 내려가도 두고두고 또 다른 삶의 자양분이 될 것이다.

아! 지리산

지리산 둘레길 제3코스 ①

○ 아! 지리산

지리산은 이름만 들어도 마음이 설레고 왠지 모를 먹먹함이 있다. 지리산 자락에서 유년 시절을 보낸 감회 때문인지, 아니면 우리나라 명산 중 하나라는 대표성 때문인지, 그것도 아니면 산이 품고 있는 해방공간에서의 그 처절한 역사 때문인지는 알 수 없으나, 그저 지리산이라는 이름을 떠올리는 것만으로도 아득하고 가슴이 뛴다.

삼 대째 적선한 사람만이 볼 수 있다는 천왕봉 일출이며, 노고단의 운해며, 반야봉의 저녁노을이 그러하고, 세석평전의 불타오르는 철쭉꽃 같이 붉은 생을 살다간 반란의 그들이 흘린 피와 눈물 역시 특별하기 때문이다.

그럼에도 지리산이 특별한 것은 내 20대의 다양한 추억들이 깃들어 있기 때문이 아닐까도 싶다. 소싯적에는 나고 자란 곳이 지리산을 품고 있는 지역이었던지라, 친구들과 어울려 소풍 가듯 지리산을 오르내렸다. 친구가 두셋만 모이면, 또 어느 군대 간 친구가 휴가라도 나오는 날이면 지리산 등반을 모의했기 때문이다. 당시 지리산은 우리에게는 성취의 대상이었고, 야외에서 어울려 놀고 잘 수 있는 특별한 공간이기도 했다.

어느 때엔 사고도 있었다. 20대 초반의 어느 여름날에도 고향의 친구들과 어울려 지리산에 오르는 계획을 세웠다. 코스는 대원사를 기점으로 무재치기 폭포를 지나 천왕봉을 오르는 코스. 우리는 날씨가 더웠던 탓에 무재치기 폭포에서 미역을 감기로 했다. 무재치기 폭포는 계단형 폭포라, 폭포의 중간에 적당한 깊이의 못이 있다. 그곳이 지나는 사람들의 시야에서도 자유롭고 물까지 깊으니 응당 그곳으로 가야만 했다. 젊었으니 객기도 있었을 것이다. 문제는 못으로 접근하는 진입로가 좁아 조심조심 난간 같은 바위벽을 타고 건너가야 했다는 점. 그런데, 아뿔싸! 조심성 없는 발걸음이 물이끼를 밟고 말았다. 몸이 바위벽을 안은 채로 스르륵 미끄러졌다. 아래는 수십 미터의 폭포이면서 낭떠러지. 순간, 아! 끝이구나. 절망을 느꼈던 것 같다.

길어야 5초 남짓의 사투. 일순간 바위를 타고 미끄러지고 있음을 느꼈고, 딴에는 발버둥을 쳤을 것이다. 그렇게 미끄러지던 어느 찰나, 발에 걸리는 무언가가 느껴졌다. 하늘이 도왔음인지 그것이 나무뿌리였는지, 아니면 돌부리였는지…. 그곳에 발이 닿았다. 아! 살았구나. 친구들이 몰려와서 힘겹게 나를 끌어올렸고, 이내 평지로 옮겨졌지만 살았다는 안도감을 느낄 새도 없이 그저 사시나무 떨듯 떨어야만 했다. 서 있을 힘조차 없었고, 도대체가 진정이 되질 않았다. 막상 맞닥뜨린 죽음의 공포는 상상 초월이었다.

게다가 덜덜 떨며 바라본 손에는 피까지 흐르고 있었다. 손바닥이 까지고, 손톱도 몇 개는 부러지고 또 몇 개는 뒤집어져 있었다. 기억에도 없던 그 순간, 미끄러지던 그 짧은 순간에도 살아야 한다는 필사적인 노력은 무언가라도 잡으려는 본능으로 이어졌을 것이고, 그러니 수없이 바위를 손톱으로 쪼고, 또 긁었을 것이다. 그런데도 아픈 줄도 몰랐다. 그랬으니 어찌 그 산을, 그 지리산을 잊을 수가 있으며, 특별하지 않을 것인가.

게다가 국방의 의무조차 고향에서 진 탓에, 당시 진지 구축을 위해 지리산의 벽소령이며 세석평전을 오르내린 것도 여러 번. 철쭉꽃 가득한 어느 날에 진지 구축을 목적으로 세석평전의 철쭉 군락지를 파헤치고 또 파헤쳤으니, 그마저도 오래된 이야기이다. 그때 무심한 삽질에 뽑혀나가던 붉은 철쭉이 지금도 아련한 아픔으로 다가온다. 당시 군용 텐트를 치고 여러 날을 세석평전에서 머무는 동안, 5월이었음에도 지리산의 밤은 겨울이었고, 텐트 안에서 밝힌 촛불 하나가 난방이 된다는 사실을 그때 처음 알았다.

그로부터 어언 30여 년, 지금은 지리산 종주라는 꿈을 끌어안고 산다. 하지만 언제나 현실은 궁색한 핑계와 변명 앞에서 우물쭈물하기 마련이라, 결론은 타협이다. 타협의 결과가 바로 지리산 둘레길이었다. 지리산 둘레길 22개 코스 중 선택한 코스는 지리산 둘레길 3코스. 이유는 일단 거리(약 20km)가 적당했고, 지리산 둘레길 중 가장 많이 알려진 코스라 지리산 둘레길에 과문한 나를 잘 인도해주리라 믿었기 때문이다.

지리산 둘레길은 말 그대로 지리산을 빙 둘러 이어진 도보길이다. 전체 길이는 274킬로미터로, 전북 남원 구간(46km), 구례 구간(77km), 그리고 경남 함양 구간(23km), 산청 구간(60km), 하동 구간(68km) 이렇게 다섯 고을을 둥글게 잇는 길이다. 원래 길이란 마을과 마을을 잇는 연결선인지라, 지리산 둘레길 역시 120여 개의 마을을 품고 그들과 더불어 나아간다. 사람이 없으면 길도 없기 때문이다.

○ 지리산 마을에 찾아온 변화

지금껏 나의 둘레길 답사 여행은 대부분 혼자만의 시간이었다. 하지만 이번 지리산 둘레길을 걷는 동안에는 동행이 있었다. 어린 시절부터 지금까지 한결같은 모습으로 나를 지지해주고 응원해주는 고향 친구가 그 주인공이다. 우리는 먼저 3코스의 종점인 금계마을에 차를 두고 택시를 타고 출발지인 인월(引月)로 넘어가기로 했다.

택시 기사님은 유쾌했고, 이동하는 내내 이런저런 이야기를 나누었다. 투박한 경상도 사투리 너머로 지리산 둘레길이 생기면서 이 지역에 찾아온 변화라든가 여러 이야기가 오고 갔다. 그중에서도 특히 관심이 가는 이야기는 지리산 둘레길을 경험한 많은 외지인들이 이곳에다 땅을 구입하면서 이곳의 부동산 가격이 폭등했다는 것이다. 들으니 계곡이나 물가의 좋은 땅은 웬만한 중소도시의 부동산 가격 못지않다고 한다. 오지라면 오지랄 수도 있는 이곳에도 부동산 광풍이 몰아닥친 것이다. 그에 대해 옳고 그름을 논할 수는 없으나, 여하튼 변화는 이곳에도 들이닥치고 있었다. 다만 이런 변화가 지리산의 평화를 헤치는 방향은 아니었으면 하는 바람이다.

지리산 둘레길 3코스의 시작점인 인월을 떠난 길은 산길로 가는 관문격인 중군마을을 지난다. 고려시대 당시 왜구 토벌 부대인 중군(中軍)이 머물면서 중군으로 이름까지 바뀌었다는 이 마을은 1948년 여순반란사건 당시 패퇴하던 반란군들이 지리산으로 들어가던 길목이었다고 한다.

마을을 지나면 길은 드디어 둘레길로서의 면모를 갖추고 숲의 저편으로 나아간다. 숲이 깊어질수록 계곡도 더불어 깊어지고, 길은 물소리의 반주에 실려 저절로 흘러가는 듯 부드럽다.

길 위에 서면 길과 시간은 정비례의 법칙에 철저하다는 사실을 새삼 깨닫게 된다. 길 위에서는 투여된 시간만큼만 나아갈 수 있기 때문이다. 두 발이 묵묵히 감당한 만큼이 걷는 이가 경험할 수 있는 최대치다. 그래서 두 발은 나의 존재를 증명하는 수단이 된다. 사르트르도 '인간은 걷는 만큼만 존재하다'고 하지 않았던가.

○ 길 위에서 깨닫는 친구의 의미

나는 한동안 홀로 걷는 여정을 좋아했다. 굳이 혼자 걸은 이유를 찾자면 적당한 동행을 만나지 못한 탓이 크겠지만, 상대방을 배려해야 한다는 마음 때문에 길과 걸음에 집중할 수 없다는 점도 이유라면 이유였다. 게다가 산을 오르든 길을 걷든 보행의 속도가 서로 맞지 않을 때의 불편함 역시 무시하지 못할 요소 중 하나였다. 게다가 무엇보다 중요한 것은 천지간에 홀로 걷는다는 즐거움이 컸기 때문이다. 무한한 고독이 주는 막막함도 나름 중독성이 있었다.

하지만 오랜 친구의 경우는 조금 다르다. 40년 지기인 친구는 나의 속도와 목적마저도 이해해줄뿐더러, 굳이 배려라는 단어를 떠올리며 챙기

지 않아도 서로가 서운하지 않을 만큼의 공감대가 형성되어 있기 때문이다. 그러니 그저 제각기 열심히 걷기만 하면 되는 일이다.

친구란 이미 수많은 화학반응을 거쳐 새로운 관계로 변화된 상태의 인간관계가 아니던가. 물질과 물질이 화합, 분해, 치환 등의 복잡다단한 화학반응을 통해 새로운 물질을 만들어내듯, 친구라는 특별한 인간관계 역시 이런저런 사연 많은 과정을 겪은 연후에라야 단지 '아는' 사람에서 친구로 변화하기 때문이다.

흔히들 의미 있는 삶이란 다양한 친구들과 어울리는 '블렌딩(Blending)' 과정에서 만들어진다고 말한다. 지지고 볶고, 섞이면서, 커피가 그렇고, 칵테일이 그렇고, 또 세상의 모든 요리가 그러하듯 삶도 마찬가지라는 말이다. 그렇게 서로 어우러지고 또 어우러져 삶은 행복과 성취를 만들어낸다. 티베트 속담에 "앞에 놓인 삶에 미소 지어보라. 미소의 절반은 당신의 얼굴에 나타나고, 나머지 절반은 친구들의 얼굴에 나타난다"는 말이 있다. 친구는 또 다른 나의 모습이었던 셈이다.

○ 길과 시간의 동행

길을 나선 지 1시간여, 길을 막아선 작은 계곡이 있다. 수성대(守城臺)다. 그런데 이곳에 웬 천막 지붕을 얹은 평상이람? 무심코 바라본 기둥에 푯말이 하나 붙어 있다. '식혜, 막걸리 한 잔, 2,000원'. 무인판매대였다. 막걸리 한 잔에 입은 둘. 마셨다기보다 시음을 했다. 시음 결과는 좋았다. 가다 보면 또 이런 무인판매대가 있을지 모르겠지만, 만약에 없다면 일찍 만난 것이 아쉬울 정도였다. 막걸리도, 안주인 김치도….

수성대를 지나자, 길은 숲으로 이어진다. 본격적인 지리산 자락을 걷는 여정이 시작된 것이다. 언덕배기를 오르고, 고갯마루에 이르자, 이정표는 이곳이 배너미재임을 알려준다. 지리산 어느 자락에도 배가 넘나들던 고개란 뜻을 품고 있는 배너미재가 있었다. 이 배너미재를 따라 산줄기를 거슬러 올라가다 보면 지리산 봉우리 중 하나인 바래봉(1,165m)에 이르게 된다. 지금쯤 바래봉에는 철쭉이 마치 불이라도 난 듯 산등성이 이곳 저곳을 붉게 물들이고 있을 것이다.

배너미재를 넘으면 길은 내리막이다. 미끄러지듯 내닫는 걸음 속에서 문득, 어느 순간에는 시간이 멈춰버린 듯 길도 걸음도 스르륵 멈출 때가 있음을 깨닫는다. 초록이 가없이 늘어서 일렁대는 숲길을 걸을 때가 그렇다. 그렇게 사방이 푸른 벽으로 둘러싸인 고요의 강에 풍덩 빠져버릴 때, 길은 나아가질 못하고 시간만 흐르기 마련이다. 어찌 그런 풍경을 두고 걸음을 서두를 수가 있단 말인가. 발걸음이 쉬이 떨어지지 않는 풍경을 만난다는 것은 늘 행운이다. 그 순간만큼은 스스로와 더욱 가까워져 진정한 자신을 만날 수도 있지 않을까.

○ 묵답, 떠나가는 농촌의 아픈 풍경

모내기를 앞둔 마을의 논에는 물이 그득하고, 써레질을 하는 경운기의 밭은 숨소리가 논두렁을 넘어 마을 가득 울려 퍼진다. 새삼 아궁이의 부지깽이도 나서서 도와야 한다는 농번기가 지척임을 깨닫는다.

내가 초중학교를 다니던 시절, 농촌의 학교에서는 일 년에 한두 번 3~4일 남짓한 농번기 방학이라는 게 있었다. 워낙 일손이 바쁜 시절이라 아이들도 논밭에 나가 일을 도와야 했기 때문이다. 그러면 아이들은 논에 나가 마늘이며 양파 수확을 도와야 했고, 모내기 철이면 모를 나르고 못줄도 잡아야 했다. 못줄은 모를 일정한 간격으로 띄어서 심기 위하여 일정한 거리마다 붉은 표시를 해놓은 줄로, 두 명이 서로 맞은편에 서서 줄을 팽팽히 당기면 되는 그나마 쉬운 일이라 아이들이 맡는 경우가 많았다. 지금이야 대부분 이양기로 모를 심으니 수십 명의 사람들이 한 줄로 늘어서 모를 심던 모습도 오래된 풍경이 되고 말았지만 말이다.

마을의 포장된 길에는 고사리며 이런저런 말려야 하는 농산물들이 길을 반나마 차지하고 있었다. 저 많은 고사리는 다 어디서 채취했을꼬. 부지런한 어느 아낙의 솜씨일 것이다. 마을을 지난 길은 이내 산으로 향한다. 그러다 산에서 만나는 소나무향 그윽한 내음에 숨이 저절로 깊어진다. 길마저도 푸근하다.

그런데 울창한 전나무 숲길을 지나다 만나는 느닷없는 석축(石築)들. 이 산중에 웬 석축이람? 여기가 성터였나? 성곽이라고 하기에는 규모가 작고, 그럼에도 적지 않은 품이 들어간 노력의 흔적이 역력하다. 문득 다랑이논의 석축을 많이 닮았다는 생각을 하는데…. 아니나 다를까, 묵답이었다. 묵답은 말 그대로, 묵은 논(畓)으로, 오랫동안 방치되어 제 기능을 상실한 논을 말한다. 그렇게 농부의 손길에서 벗어난 논은 아무도 모르는 사이 원래 자신의 모습이었을 숲으로 돌아가고 있는 중이었다.

묵답을 바라보며 홀로 감상에 젖어 있는 동안, 친구는 그저 제 발길만을 재촉한다. 내 여행의 목적 중 하나가 취재와 충분한 사진 자료 획득을 포함하는지라, 지체는 어쩌면 당연한 것이었다. 하지만 친구는 내 걷는 능력을 과대평가하고 있었기에, 내가 사진을 찍든 말든 친구는 제 갈 길에만 충실할 뿐이다. 그러니 나는 그런 친구를 따라잡느라 걷다 뛰다를 반복해야만 했다.

그렇게 헉헉대며 걷는 와중에 저 멀리 주막이 보인다. 주막 입구 가득 쌓아놓은 빈 막걸리병들이 호객꾼이다. 갈증이 밀려들 즈음 손을 뻗으면 닿을 수 있는 거리에 있는 막걸리라…. 유혹은 강하고 우리의 인내란 가벼웠으니, 어쩔 수 없는 노릇이었다.

주막의 주모는 당연히 이 지역 분일 것으로 생각했으나, 아니었다. 수도권 지역에서 사시다가 몇 년 전 이주했다고 한다. 여기서 지낼 만하시냐는 물음에 "어디건 사는 건 마찬가지지요" 한다. 다만 지리산 둘레길이 열린 이래 최근 들어 도보 여행자들이 줄어드는 것 같아 아쉽다는 말을 보태신다. 전보다 손님이 줄었다는 말일 게다. 걸을 사람은 웬만하면 다 걸었기 때문일까? 막걸리 한 잔에도 몸이 노곤해지는 느낌이다. 어쩌랴. 주저앉을 수 없으면 또 가는 수밖에.

○ 다랑이논, 고단한 삶의 증거

마을을 지나자, 길은 다시 오르막이다. 그런데 길만 오르막이 아니다. 모내기를 준비하는 논들이 계단처럼 차례로 산으로 올라간다. 다랑이논이었다. 산을 넘을 기세로 오르는 논들의 행렬에 보는 것만으로도 숨이 차다. 마을 촌부의 표현을 빌리자면, '징헌(징글징글한)' 노동의 결과가 파노라마처럼 펼쳐져 있었던 것이다. 다랑이논은 기계의 힘이라고는 상상조차 할 수 없었던 그 옛날, 오로지 인간의 손으로만 만든 천지개벽의 현장이다. 저 논들은 얼마나 고단한 노동을 잡아먹고 저렇게 자리하고 있더란 말인가. 오면서 만났던 묵답은 그 예고편이었다.

지리산에서 살았던 이성부 시인은 그의 시, 〈피아골 다랑이논〉에서 "가슴 가득히 불덩이를 안고 피와 땀을 뒤섞이게 하는 그것이 눈물겨워 나도 고개 숙인다"고 다랑이논을 노래했다. "빈 골짜기로 올라와 질긴 목숨을 끌어갔던 그 짐승 같은 노동"이 못내 아팠던 것이다.

지리산에는 피아골뿐만이 아니라 어느 곳이든 다랑이논이 넘쳐난다. 아니 이 땅의 수많은 산야에는 지리산과 마찬가지로 다랑이논이 없는 곳이 없다. 시인의 표현대로, 산촌마을에서는 다랑이논이 '피와 땀을 뒤섞어' 만든 생존을 위한 최소한이었기 때문이다. 이 땅에는 그러한 생존의 몸부림들이야 원래 차고 넘치지 않았던가.

고작 몇 평 남짓한 다랑이논 하나를 일구기 위해 농부는 여러 달 동안 돌과 흙을 수천 번 져 날라야 했다고 한다. 비탈을 허물어 돌을 캐내고, 그 돌들로 축대를 쌓고, 땅을 평평하게 만든 다음, 바닥에는 자갈을 깔아야 했다. 그 위에 다시 찰진 흙을 채워 물을 가둘 수 있게 하고, 또 그 위에 흙을 돋워 작물이 자랄 수 있는 터를 닦아야 했다. 거기에다 다시 논 가장자리를 둘러 수로까지 만들면 그제야 작은 경작지 하나가 만들어졌다.

얼마 전 제주도의 길을 걸으며, 수없이 만난 제주도의 돌담들을 보면서도 비슷한 생각을 한 적이 있었다. 2만여 킬로미터에 달하는 제주도의 돌담 역시 다랑이논과 비슷한 이유로 생겨난 것이기 때문이다. 제주도 돌담의 상당 부분은 밭을 에둘러 있다. 그 돌들이 어디에서 왔겠는가? 그 역시도 징글징글한 노동의 결과였다. 화산섬의 거친 돌밭을 개간할 때 나온

돌들이 돌담이 되어 그 피눈물 나는 노동을 증거하고 있는 것이다. 제주도의 돌담과 지리산 다랑이논은 다 같이 우리네 선조들의 고통과 아픔이자, 생존을 위한 자연과의 분투 과정의 증거였던 것이다.

다랑이논과 관련한 이름 중에는 어딘지 슬픈 웃음을 짓게 하는 이름도 여러 가지다. 대표적인 이름이 '삿갓배미'다. 어느 농부가 자신의 다랑이논 개수를 세는데 아무리 세어봐도 한 개가 부족하더란다. 그런데 이리저리 아무리 찾아도 없던 다랑이논 하나가 논두렁에 벗어놓은 삿갓을 집어드니 거기에 떡하니 있더라는 서글픈 이야기가 삿갓배미의 유래다. 그만큼 작은 논이라는 이야기다. 그리고 '공중배미'라는 말도 있는데, 석축이 마치 높은 벼랑의 모양이라 뒤에서 보면 공중에 떠 있는 것처럼 보인다 해서 붙여진 이름이 공중배미다.

공중배미라는 이름을 탄생하게 한 다랑이논의 석축을 보면, 대체로 직각에 가깝다. 왜 그랬을까? 보기에도 아슬아슬한데 굳이 위험한 직각으로 석축을 쌓은 까닭이 무엇이란 말인가. 비스듬히 석축을 올렸을 때는 안정적이고 튼튼하지만, 그 기울기만큼 농지가 줄어든다는 문제가 있었다. 그러니 위험하고 난이도도 높지만, 아래의 논과 위의 논을 침범하지 않으면서도 농지를 최대한으로 넓힐 수 있는 방법이 바로 직각 석축이었다. 쌀 한 톨이라도 더 얻기 위한 우리네 조상들의 분투는 그야말로 눈물겹다. 그리고 그 흔적들은 다랑이논의 구석구석에 배어 있다.

○ '농업혁명은 역사상 최대의 사기'

새삼 유발 하라리가 그의 책 《사피엔스》에서 언급했던 '농업혁명은 역사상 최대의 사기'라는 지적을 떠올리지 않을 수가 없다. 유발 하라리가 농업혁명을 사기라고 말하는 이유는, 약 1만 년 전의 농업혁명이 수렵채집으로 생활하던 그때보다 더 나은 식사를 보장하지도, 경제적 안정을 제공하지도 않았기 때문이다. 농업혁명을 선택한 인간을 기다리고 있던 것은 감당하기 힘들만큼의 고된 노동과 이주의 제한, 지배층과 피지배층의 분화, 공동체 생활로 인한 전염병 등이었다.

사냥과 채집을 하면서 살고 있던 인간들은 어느 순간 밀(아시아권에서는 쌀)을 재배하는 데 점점 더 많은 시간을 투자하게 되고, 그로부터 채 2천 년도 지나지 않아 인간들은 하루종일 밀(또는 쌀)을 돌보는 것 외에는 거의 아무 일도 할 수 없는 지경에 이르고 만 것이다. '인간이 밀을 길들인 것이 아니라, 밀이 인간을 길들이는' 상황으로 내몰리게 되었다는 것이 그의 주장이다.

슬프게도 부지런한 농부들의 삶은 그렇게 힘들여 열심히 일했음에도 불구하고 거의 나아지지 않았다. 농업혁명 이후 모든 인간의 역사에서 90퍼센트의 농부는 직접 생산 활동을 하지 않는 10퍼센트의 지배자와 엘리트에게 희생하는 삶을 살아야 하는 운명에 처해지고 만 것이다. 그야말로 농업혁명의 역설이다.

새삼 지리산의 다랑이논을 보며, 이 땅에서 생존을 위해 고군분투해야 했던 선조들의 절망과 그 절망을 이겨내기 위한 초인적인 노력에 저절로 고개가 숙여진다. 이 간난신고(艱難辛苦)의 산물 중 남해 가천마을의 다랑이논은 문화유산(대한민국의 명승 제15호)이 되었으니, 선조들의 피와 땀의 결실을 조금 더 오래 보존할 수 있게 된 것만도 다행이라면 다행이다. 하지만, 앞으로 계속될 농촌의 고령화는 이마저도 담보할 수 없는 상황이라고 한다. 앞서 묵답의 사례에서 보듯, 다랑이논은 지속적으로 농경 행위가 유지될 때에만 보존될 수 있는 문화유산이기 때문이다.

등구재 쉼터가 보인다. 계속 이어지는 오르막인지라, 숨이 가빠지고 땀이 등줄기를 타고 흐른다. 등구재는 경상도와 전라도를 잇는 고개인데, 생각보다는 야트막하다. 저 고개만 넘으면 내 고향 함양 땅이다.

아! 빨치산

지리산 둘레길 제3코스 ②

○ 등구재, 경상도와 전라도를 잇는 접점

눈앞에 등구재(650m)가 올라올 테면 올라와보라는 자세로 도보 여행자를 굽어본다. 생각보다 높지는 않다. 경상도와 전라도를 '가르는 경계'이자, 동시에 '만나는 접점'으로 유명한 등구재는 전라북도 남원시 산내면과 경상남도 함양군 마천면 사이에 놓여 있는 그저 그런 야트막한 언덕배기일 뿐이다. 사부작사부작 이삼백여 보만 열심히 걸으면 넘을 수 있는 작은 언덕이 등구재다.

엄천강을 따라 이어지는 60번 지방도가 놓이기 전에는 경상도인 마천의 마을 주민들은 유일한 교통로였던 이 등구재를 넘어 이 근동에서 가장 큰 시장이었던 전라도의 인월장으로 오고 가야 했다. 팔 물건을 이고 지고 가서, 산 물건을 또 이고 지고 넘어오던 고개가 이 등구재였다. 등구재 외에도 경상도와 전라도를 연결하는 고개로는 오도재, 지안재, 팔량치(八

良峙) 등이 있다.

하지만 전라도와 경상도 간에 지난 몇십 년 동안 지속되어온 정치적 반목을 고려해보면, 두 지역을 가르는 경계는 낮아도 너무 낮다. 특히 경상도와 충청도의 경계인 문경새재와 비교하자면 그야말로 '새발의 피'다. 경계의 높낮이로만 보면 문경새재가 가로막은 경상도와 충청도는 벌써 딴 나라가 되어 있어도 이상하지 않을 정도의 차이다. 하지만 반목을 만든 경계와 차이는 산이나 고개의 높이에 영향을 받는 것은 아니었던 모양이다. 정작 문제는 위정자들의 감언이설과 혹세무민이었으니, 여기에 홀리고 속은 대중들의 책임이 컸다.

비록 높지도 길지도 않은 등구재를 오르는 일이건만, 지나온 여정에서 누적된 피로감 때문인지 아니면 날씨 탓이었는지, 이마저도 아니면 기분 탓이었는지…. 내딛는 발걸음이 무겁다. 이 고개를 넘으면 경상남도 함양 땅이다.

○ 아! 빨치산

1954년 1월, 지리산 빨치산의 마지막 생존자였던 남도부(본명 하준수)가 체포되어 형장의 이슬로 사라진다. 이로써 남한 내 빨치산은 마침내 역사의 유물이 되고 만다. 남도부는 일본 유학 중 태평양 전쟁에 참전할 학병으로 징집됐지만, 징집을 거부하고 덕유산으로 숨어들어 유격대를 조직했던 인물이다. 그의 고향이 함양이었다.

전쟁이 끝난 후에도 산에서 내려오지 못했던 그처럼, 지리산의 빨치산은 남과 북 어디에서도 환영받지 못하던 존재였다. 휴전 협정 상황에서도 빨치산인 조선인민유격대의 지위에 대한 언급은 없었다. 이는 김일성이 조선인민유격대를 버렸음을 의미하는 것이었다. 남한에서도 그들은 단지 '빨갱이' 이상도 이하도 아니었고, 심지어 그들과 피붙이였다는 이유만으로도 죽임을 당했으며, 살아남은 자에게는 연좌제란 이름의 평생 지워지지 않는 주홍글씨가 새겨졌다. 그랬기에 더욱 철저하게 잊어야만 했던 이름이자 금기어가 그들이었다.

그렇게 무시되고 잊혀진 이름으로 살았던 그들이었기에 수습되지 않은 그들의 육신과 고혼은 아직도 지리산을 떠나지 못하고 어느 산자락을 헤매고 있을지도 모른다. 그래서일까. 흐르는 계곡 물소리에서도, 산자락을 휘감는 바람 속에서도 그들의 절망적인 신음소리가 들려오는 듯하다. 그 당시 너무 많은 청춘들이 지리산에서, 또 다른 산에서 스러졌다. 전쟁이 원래 그런 것이라는 설명으로는 부족한, 감당할 수 없는 비참함 속에서 그들은 죽어 갔다. 그들은 바로 '지리산 유격대'로 알려진, 빨치산(partizan)이다. 전쟁 후에는 '남부군'으로 불리던 좌익 게릴라가 그들이다.

당시 소백산과 지리산 일대에서 토벌대와 빨치산 간의 교전 횟수는 무려 1만 회가 넘었다고 한다. 이러한 산발적인 소규모 게릴라 전투로 군경 토벌대는 6,000여 명 이상의 희생을 치러야 했으며, 빨치산의 희생자(정확한 기록은 없지만) 역시 엄청나 토벌대 희생자의 2배에 이르는 대략 1만 수천 명에 이를 것으로 추정한다. 이는 세계사적으로도 게릴라전 역사상 유례가 없는 규모다. 일례로 게릴라 혁명의 아이콘으로 여겨지는 체 게바라가 쿠바 혁명 기간 동안 치른 가장 큰 전투가 80명의 게릴라를 이끌고 60여 명의 정부군과 벌인 전투였다고 하니, 남한 빨치산이 감당한 유격

전의 규모는 가히 상상을 초월한다.

○ 길이 존재하는 이유

등구재를 넘자, 길이 호젓하다. 줄지어 늘어선 삼나무 숲길 특유의 활달함이 있다. 어디선가 피톤치드가 뿜어져 나오는 것만 같고, 길이 여유가 있으니 몸은 나른해진다.

무릇 길 위에서 걷는다는 것은 구조적으로만 보면 대지에 발을 딛고, 다시 그 발을 떼어 내딛는 행위의 반복일 뿐이다. 한 발 또 한 발…. 그렇게 내딛는 단순한 몸동작이 걷기의 본질이다. 중요한 것은 그 이유가 무엇이든 길 위를 걷고 있는 그들은 두 다리로 대표되는 몸이 느끼는 수고스러움을 통해 앞으로 나아가고 있다는 사실이다. 여름날의 거세지는 햇살을 받으며, 땀이 뚝뚝 떨어지는 오르막을 힘겹게 오르는 그 과정은 그가 걷는 이유와 무관하게 누구에게나 동일하기 때문이다.

그런 이유로 길을 걷는다는 행위에 동반하는 그 수고스러움을 견디며 나아가는 과정이 중요하다. 머리가 아닌 몸으로 하는 일이기 때문이다. 그리고 힘듦을 이겨낸 몸은 비로소 마음의 눈을 뜨게도 한다. 그리고 등줄기를 타고 흘러내리는 땀방울의 흐름을 느끼는 것 역시 살아있음을 깨닫게 하는 이유이면서, 걷는 이유이기도 하다.

○ 길은 사람과 사람, 마을과 마을을 이어주던 창구이자 통로

20대 초반의 어느 무렵, 군대에서 휴가를 나온 친구와 나는 그때도 지리산을 올랐다. 비박도, 산에서의 조리도 가능했던 시절이었기에 배낭에다 텐트며 쌀, 라면 등 먹을 것 일체와 코펠 등 이런저런 것들을 챙겨서 산으로 갔다. 그 짐을 지고, 그것도 지리산을 올랐으니 오죽 힘들었을까. 칠선계곡을 넘어 장터목으로 향하는 그 길은 까마득했더랬다. 그럼에도 당시 친구는 산을 날아다녔다. 쩔쩔매는 나를 위해 짐의 태반을 제 배낭에 옮겨 넣고도 절절매는 나를 끌며 산을 올랐다.

그러면서 유세는 얼마나 떨었던지…. 당시 나는 농담처럼 회자되던 UDT, 즉 '우리 동네 특공대'라고 불리기도 했던 방위병이었던지라, 방위병과 관련된 온갖 웃음거리의 희생양이 되어야 했으니 그마저도 어쩔 수 없는 노릇이었다. 그때 친구는 현역으로 입대해서 우수하게 군복무를 한 탓에 하사 계급장을 달고 있었다.

그랬던 친구인데…. 세월이 내 친구를 망가뜨렸나 보다. 바쁜 일상으로 인해 퇴보한 체력과 나이듦, 그리고 익숙하지 않음으로 인해 친구에게는 이 둘레길마저도 힘들었던지 땀범벅이다. 이제는 내가 물병이라도 들어줘야 할 판이다. 그래서인지 내 도보 여행에 자주 참여하겠다는 결심의 일단을 내비친다. 자주 걸어야 잘 걸을 수 있음을 안 것이다.

지금이야 걷는 사람이 많아지고, 길에 대해서도 이러쿵저러쿵 의미도 부여하고 말도 많지만, 지난 수천 년 동안 길의 존재 이유는 사람과 사람, 마을과 마을을 연결해주는 통로로서의 가치가 전부였다. 도보 여행의 붐이 일어 그들이 이 길에 나타나기 전까지 등구재를 포함하는 많은 지리산의 둘레길은 누군가의 삶과 생활의 한 부분, 그 이상도 이하도 아니었다. 통행의 목적을 빼면 존재 이유가 사라지는 그저 산야의 이름 없는 땅이었을 뿐이다.

그렇게 길은 사람과 사람, 마을과 마을을 이어주던 창구이자 통로였으며, 이 마을과 저 마을 사람들이 오고 간 흔적들의 집합이었다. 이 길을 지나 누군가는 꽃가마를 타고 시집을 갔고, 장을 보러 가거나 산나물을 뜯으러 갔고, 또 반가운 이를 만나기 위해서 이 길에서 저 길로 넘나들었다. 그 흔적들을 이어 놓은 것이 바로 지리산 둘레길이다.

지리산 둘레길을 걷다 보면, 마을이 있으니 많은 밭들이 있고, 그 밭에서 봄을 맞아 소생하는 적지 않은 농작물과도 만나게 된다. 그중 유독 우리 눈에 들어온 것은 두릅이다. 아니 우리는 두릅에 꽂히고 말았는지도 모른다. 작고 여린 가지에 돋은 새순이 보이면 다 두릅으로 보일 정도였다. 어설픈 두 촌놈은 두릅이네 아니네, 개두릅(엄나무 순)이네 어쩌네 하면서 꽤 여러 시간 동안 새순만 보이면 어쩌고저쩌고 했던 것 같다. 그중에서 정말 두릅처럼 보이는(최소한 개두릅처럼은 보이는) 새순을 만나 둘이서는 결론이 나지 않자 밭일 하시는 어느 할머니께 진실을 여쭈었다.

"할머니, 저 나무 이름이 뭐예요?"

"어떤 거? 저거? 네. 아! 그거 호두나무여…."

이런, 나름 촌놈이라 생각했는데, 호두나무도 몰라봤다. 새삼 작은 호두나무의 순을 보고 두릅이라고 우겼던 우리의 무지함 때문에 친구와 나는 즐거웠고, 한편으론 이 산 저 산의 두릅이 우리 도보 여행의 작은 이야깃거리였고 양념이었음을 깨달았다. 어쩌면 또다시 누군가와 더불어 걷는다면 이러한 즐거움이 동행의 의미이자, 이유가 될 것이다.

마을이 보인다. 창원마을이다. 조금만 더 여유가 있었다면 이런 마을에서 민박이라도 하면서 두런두런 마을 이야기며, 산촌의 거친 환경에서도 온화하게 살아가시는 어른들의 인생 이야기도 듣고 싶었지만, 그럴 참이 없어 아쉬울 따름이다. 이곳에도 둘레길 덕분인지 카페도 있고, 나름 활기가 느껴진다. 길 하나가 마을을, 지역을 변화시키고 있었다. 좁고 닫힌 세상이었을 이곳이 어느 날 갑자기 세상을 향해 열렸고, 그만큼 확 넓어졌다. 이곳 분들도 어쩌다가 우리 동네 같은 곳에 매일같이 외지 사람들이 들어오는지 참 신기하다고 말씀하실 정도다.

새삼 많은 사람들이 지리산 둘레길을 걷고 있다는 사실을 깨닫게 된다. 또 그만큼의 상업 시설도 눈에 많이 띈다. 오지라면 오지랄 수도 있는 이곳에 이토록 많은 시설들이 들어서 있는 이유는 오고 가는 이들이 그만큼 많다는 뜻일 게다. 둘레길 하나가 지역 경제에 도움이 된다면야 그야말로 금상첨화겠지만, 여기저기 공사현장을 보면서 무분별한 개발이 되지 않도록 민관이 함께 머리를 맞대야 할지도 모르겠다는 생각이 든다. 난개발이 자칫 지리산 둘레길이 가진 고유의 맛을 헤치지는 않을까 하는 염려가 기우이길 바라는 마음 때문이다.

또 다른 염려는 겨우 고개 하나를 넘어 오고 가는 만큼의 세상을 사시던 옛날의 그분들이 마을에 끊임없이 찾아드는 낯선 이방인들로 인해 불편하지 않을런지 하는 점이기도 한다.

마을로 들어서자, 집집마다 감나무 한 그루씩은 당연하다는 듯 품고 있다. 가을이면 마을은 홍시가 뿜어내는 붉음에 취해 한 폭의 그림이 될 것이다. 그런데 노인들만 사시는 이곳에서 나무 끝의 감은 누가 딸꼬? 그것도 걱정이다.

새삼 어린 시절 마당 가장자리에 있던 감나무의 감을 따겠다고 나무에 올랐다가 가지가 부러지는 바람에 2~3미터의 바닥으로 떨어졌던 기억이 아릿하다. 그런데 하필이면 떨어진 곳이 장독대였으니, 와장창 한두 개의 독이 깨어진 것은 당연지사. 그 깨어진 독이 하필이면 간장독이었다. 짠내 가득한 간장 냄새가 삽시간에 마당에 가득 번지고, 마침 무언가 깨지고 부서지는 소리에 내다보신 어머니의 그 황망한 표정이라니, 심장이 덜컹했더랬다.

스스로 각오는 했지만, 아니나 다를까 화살같은 꾸중이 나를 향해 비수처럼 꽂히고 말았다. 그 순간 나는 얼마나 서러웠던지 나무에서 떨어지고도 멀쩡한 내가 차라리 원망스러울 정도였다. 그래도 아들이 나무에서 떨어져 큰일이 날 수도 있었는데, 그깟 간장독이 깨졌다고 이리도 혼을 낸단 말인가. 눈물이 왈칵 쏟아지고 말았다. 그때는 가출이라도 해서 서러움을 알려야겠다는 생각이 들 정도였다. 하지만 가면 어디를 간단 말인가. 가난한 산골 마을의 소년에게는 애당초 어울리지 않는 일이었다.

이제 와서 돌이켜보면 그때의 일을 이해 못할 바도 아니다. 자식 다치고 아픈 것보다 더한 일이야 있겠느냐마는, 마침 무사한 자식을 다행으로 여기면서도 가난했던 시절에는 깨진 장독이며 겨우내 먹어야 했던 간장도 귀하고 소중했다. 그러니 안타까운 마음에 화를 내는 것이야 어쩌면 당연했을 것이다. 그 시절의 겨울은 특히 간장, 된장 말고는 달리 먹을 것도 변변찮은 시절이었기 때문이다. 이제는 어머니도 연로하셔서 기력이 많이 쇠하셨다. 차라리 큰소리치며 혼내시던 그 시절이 그리워진다.

마을을 벗어나자, 지리산 둘레길 이정표 너머 저 멀리 지리산의 고봉들이 줄지어 늘어서 있다. 천왕봉(1,915m)이 보이고 그 옆으론 토끼봉(1,538m), 제석봉(1,806m), 연하봉(1,730m)이 있고, 또 반야봉(1,732m)이 있다.

○ 길에서 삶을 듣다

마을을 지나고, 또 어느 다랑이논을 지나고, 그렇게 무심코 걷다 돌아본 지나온 길들이 꾸불꾸불 이어져 내게로 달려오는 것만 같다. 삶의 길이어서 그런지 느리고, 또 아득하다. 길은 아홉 번 꺾인 양의 창자처럼 이리저리 꼬부라지고 굽어 있다. 굽이굽이마다에 담겨 있을 삶의 애환들이 금방이라도 쏟아져 나올 것만 같다.

또 한편으로는 무심해진다. 지난 애환이나 아픔이야 기억은 해야겠지만 그렇다고 거기에 매여 살 수도 없지 않느냐는 목소리가 치고 올라오는 듯도 하다. 세상의 이치야 세월 따라 항상 변하는 것이니 무엇이 크게 다르겠냐는 질문도 담겨 있는 것 같다.

하기야 그 이유가 무엇이든 살아왔고, 또 이렇게 살아있음이 중요한 것이거늘 뭘 더 이야기할 필요가 있을 것인가. 결국 중요한 것은 지나온 날이 아니라 살아갈 날들이 아닌가. 세상도 변하고 가치도 변한다. 이 구불구불 오솔길이 명품길로 인정받을 줄이야 누가 알았겠는가. 시나브로 오늘의 여정도 끝이 지척이다. 저 멀리 산 아래로 오늘의 종착지인 금계(金鷄)마을이 보인다.

어두웠던, 그래서 아팠던 현대사의 굵직굵직한 사건들이 지리산이라는 특별한 공간을 배경으로 펼쳐졌다는 것. 그 원인이야 단 몇 가지로 정리

될 수 있는 것은 아니겠지만, 무엇보다 중요한 한 가지는 바로 전쟁 때문이었다는 사실이다. 전쟁 없는 평화로운 세상이야말로 무엇보다 우선시해야 하는 가치임을 다시금 인식하는 계기가 되었다. 전쟁이 끝난 지 67년의 세월이 흘렀건만 아직도 휴전 상태인 이 땅, 한반도에 완전한 전쟁 종식과 영원한 평화가 정착하기를 바라는 마음 가득이다.

제4장

무수한 오늘이 가라앉은 길 위에서

선비를 다시 생각하다

함양 선비문화 탐방로

○ 고향 비감

고향이란 유년 시절의 애틋하면서도 즐거웠던 추억들이 지천으로 널려있는 곳이다. 특히나 시골을 고향으로 둔 사람들에겐 고향을 떠난 지 수십 년이 흘렀어도 추억의 흔적들은 곳곳에서 아는 체를 한다. 하지만, 나이를 먹어가면서 깨닫게 되는 고향은 어느 시인(나태주)이 말했듯, '부엌에서, 뒤란에서 저녁 늦게 들려오는 어머니 목소리'가 있는 곳이라, 늘 마음 한끝이 아릿해지는 아픔 내지 슬픔이 공존하는 곳이기도 하다.

연로한 부모님과 마주하는 일이란 반가움이면서도 가슴 먹먹한 안타까움일 때가 많다. 그럼에도 멀고 바쁨을 핑계로 자주 찾아뵙지 못하는 처지라, 고향은 늘 스스로의 무심함에 죄스런 마음만 가득한 부채의 장소이기도 하다.

그래서 고향으로 향하는 마음은 설렘과 먹먹함이 공존한다. 그날도 그랬다. 내 부채의 장소는 경상남도 함양. 누군가는 산세가 좋아 살기 좋은 곳이라고도 하고, 또 누군가는 오지(奧地)라는 표현조차도 서슴지 않는 곳. 애써 좋은 방향으로 생각해보면, 나는 그 '살기 좋은 곳'에서 나고 자란 셈이다. 남쪽으로는 지리산이, 북쪽으로는 덕유산이 가로막고 있는 소백산맥의 고산준령의 틈바구니에 오목하니 자리 잡은 고을이 바로 함양이다.

산세가 좋고 계곡이 깊으니, 함양에는 걸을 수 있는 도보 여행길도 여럿이다. 지리산 둘레길이 있고, 덕유산 자락을 에둘러 흐르는 둘레길도 여럿이다. 그중에서도 더운 여름날에는 아무래도 맑은 계곡에 발을 담글 수도 있고, 시원하게 미역을 감아도 좋은 길이 적당하다. 덕유산 자락의 화림동계곡을 따라 이어진 선비문화 탐방로가 바로 그런 길이다.

예로부터 화림동 계곡은 8정(亭) 8담(潭)이라 불리던 계곡으로, 8개의 정자와 8곳의 소(沼)나 못이 있다고 해서 붙여진 이름이다. 이름에 걸맞게 계곡 곳곳에는 고풍스런 정자들이 고즈넉하게 앉아 있다. '선비문화 탐방로'라는 이름도 이곳의 정자와, 정자에서 유유자적하던 양반이자 선비였던 그들을 두고 지어진 이름일 것이다. 한편으로는 걸출한 유학자가 많이 배출되어 좌(左)안동 우(右)함양으로 불리던 지역으로서의 자부심이 배어 있는 이름이기도 하다.

○ 자연과 더불어 살고싶어라

길은 거연정(居然亭)에서 시작된다. 계곡을 향해 걸음을 내딛으면, 이내 그림 같은 풍경 속의 천연 암반 위에 정자 하나가 날개를 활짝 편 채 도약을 준비하는 학처럼 날아갈 듯 자리하고 있다. 계곡을 가로지르는 무지개

다리인 화림교를 건너면, 그곳에 거연정이 있다.

거연정은 이름 그대로 '자연(然)과 더불어 살고(居)' 싶은 뭇 사람들의 바람이 담겨 있는 정자다. 그래서인지 "자연에 내가 거(居)하고, 내가 자연에 거하니 길손들의 발길을 멈추게 하고 세상일을 잊게 하는 곳"이라는 설명조차도 그럴듯해 보인다. 거연정이란 이름은 '한가로이 내와 자연(개천과 돌)을 즐기다'라는 뜻을 지닌 주자의 〈거연아천석(居然我泉石)〉이라는 시구에서 따왔다고 한다.

보통의 정자들이 경치가 좋은 곳의 가장자리에 위치하면서 자연을 바라보는 형태인데 비해, 거연정은 풍경 한가운데에 자리하면서 자신도 풍경의 일부라도 되는 양 떡하니 앉아 있다는 것이 다른 정자와 구별되는 점이다. 계곡의 경관이 수려하지만, 비어 있는 듯한 풍경의 약한 부분을 정자가 보완하는 것이다.

○ 선비를 생각하다

거연정을 돌아 나오면, 선비문화 탐방로의 본격적인 시작이다. 길가에 자리한 탐방로 안내도에는 온통 정자 이름뿐이다. 거연정, 동호정, 군자정, 영귀정, 경모정, 람천정, 농월정, 구로정…. 선비문화라는 것이 정자에서 노닐던 풍류만을 의미하는 것이 아니라면 차라리 '정자문화 탐방로'가 맞을 듯싶다.

사실 선비는 조선시대에 학문(유학)을 닦던 사람을 높여 부르는 말이다. 선비라는 단어가 구체적으로 사용되던 시점으로는 세종 때 지어진 용비어천가에서 발견된 '션븨'이라는 단어를 그 시작으로 보는 견해가 일반

적이다. 그리고 일부는 선배(先輩)에서 선비의 어원을 찾기도 한다. 어떤 의미로든 선비는 유학을 공부하던 사람들을 일컫는 개념으로, 특히 주자학이라는 학문을 숭상하는 '어질고 지식이 있는 사람'을 일컫는 말이다. 그러다가 선비라는 단어가 본격적으로 쓰이기 시작한 때는 16세기로, 이때 우리 역사에 새로운 사상과 문화를 장착한 지식인 집단이 정치 전면에 나서게 되는데, 이들이 사림(士林)이다. 이들 사림이 등장한 이후 선비라는 단어가 널리 사용되기에 이른다.

흔히 신진사대부로 지칭되는 이들 사림은 선비의 개념에 이상적인 인간상을 투영하고 이를 실천하려고 한 세력이었다. 그들이 가장 중요시한 개념이자 세계관은 바로 수신제가치국평천하(修身齊家治國平天下). 즉 자신의 내면을 갈고닦아 국가와 사회에 이바지하는 것이었다. 그래서 선비에게 지조와 절개는 생명과도 같았으며, 청렴과 안빈낙도는 삶의 근간이었다.

하지만 선비로 일컬어지는 그들의 문제는, 오로지 한 가지 사상만을 신봉함으로써 다양한 사상이나 학문을 용납하지 않고 죄악시했던 폐쇄성에 있었다. 또한 그들이 최고의 가치라 여기는 성리학의 종주국인 송(宋)나라와 명나라 등 중국을 향한 사대주의가 지나쳐도 너무 지나치기도 했다. 그로 인한 해악은 나라의 안위를 무너뜨릴 만큼 지대했으니, 병자호란 등 적지 않은 환란의 원인이 되기도 했다.

○ 8정 8담을 품은 길

길이 품고 있는 풍경은 수려하다. 녹음이 한껏 드리워진 길은 나무 데크로 이어놓아 걷는 일이 가벼운 산책 수준이다. 길의 왼편으로는 길게 이어진 계곡이 흐르고, 물줄기는 때로는 부드럽게 때로는 사납게 강으로 바다로 줄달음치고 있었다.

이따금씩 계곡을 벗어난 길은 들을 향해 나아간다. 들에는 감자가 자라고, 들깨를 품은 깻잎 향도 그윽하다. 길옆의 감나무에서는 감꽃을 떨궈낸 감들이 제법 모양을 갖추어 자라고 있고, 머지않은 곳의 과수원에서는 사과가 익어가고 있었다. 시골길이 주는 선물 같은 풍경이다.

길은 몇 굽이의 농로를 따라 이어지다가, 이내 천생의 벗이었던 계곡을 따라 저도 물인 양 흘러간다. 한없이 덥던 여름날에는 왠지 물소리만 들려도 더위는 저만치 달아나는지라, 도보 여행자에게는 그야말로 바라던 바가 아닐 수 없다.

세차게 내처 달리던 계곡물이 어느 평평한 너럭바위 곁에서 잠시 쉬어갈 무렵, 부지런한 마을의 노인장께서 족대를 들고 이리저리 물고기를 쫓으며 천렵(川獵)을 하고 계신다. 무엇을 잡고 계시려나. 계곡의 저편에서 이리저리 물고기를 쫓느라 바빠 보이지만, 생각보다 물이 깊은 탓에 수확물은 그다지 풍성해 보이지 않는다. 다만 계곡의 맑은 물에서 유유자적 노닐던 물고기들은 느닷없는 그물질에 혼비백산 이리 뛰고 저리 뛰며 얼마나 놀랐을꼬. 공연한 상상이 놀라우면서도 웃음이 난다.

천렵하던 곳에서 머지않은 곳에 동호정(東湖停)이 있다. 동호정은 화림동 계곡의 정자 중에 규모가 가장 크고 화려하다. 특히 동호정 앞은 자연 암반의 우묵한 지형에 따라 세차게 흐르던 화림동의 계곡물이 쉬어가는 곳으로, 이 커다란 담소의 이름은 옥류담(玉旒潭)이고, 옥류담을 너른 품으로 안고 있는 암반의 이름은 차일암(遮日岩)이다.

자연을 벗삼아 묵향 흩날리며 일필휘지(一筆揮之) 시구를 적으며 노래하던 선인들의 흔적이야 온데간데 없지만, 정자에 앉아 화림동 계곡의 풍경을 바라보노라면 으레 시 한두 수는 저절로 읊어지지 않았을까 싶기도 하다. 아마도 그랬을 것이다. 하지만 세월은 풍류를 갉아먹어버렸고, 다만 일상의 한때를 즐기는 행락객만 오락가락할 따름이다. 한편으론 계곡을 들썩이게 하는 스피커에서 흘러나오는 유행가는 참으로 외람되고 거북하기 그지없다.

○ 좌안동 우함양

예로부터 함양은 많은 유학자를 배출한 탓에, 좌안동 우함양으로 불리던 곳이다. 이황의 안동과 필적할 만큼 여러 유학자들이 난 고장이라는 뜻이다. 함양이 배출한 대표적인 인물로는 조선 성종 때의 문신 정여창(1450~1504)이 있다.

정여창은 사림(士林)파의 중시조격인 김종직의 문하로, 연산군의 스승이었지만 무오사화(戊午士禍)에 연루되어 탄핵되고 유배지에서 죽었다. 하지만 중종반정(中宗反正) 후에 신원이 복권되어 동국도학(東國道學)의 종(宗)으로 숭상되고, 이후 1610년(광해 2년) 정몽주, 김굉필, 이언적, 조광조와 더불어 동방 5현(賢)으로 문묘에 종사된 유학자이기도 하다. 함양군 지곡면 개평마을에는 정여창이 나고 자란 일두(一蠹) 고택(古宅)이 옛날 모습 그대로 보존되어 있으며, 정여창을 배향한 서원인 남계서원(藍溪書院) 역시 잘 보존되어 있다. 남계서원은 흥선대원군의 서원철폐에도 존속한 47곳의 서원 중 하나로, 2019년 다른 9개의 서원과 더불어 세계문화유산에 등재되었다.

산천(山川)은 의구(依舊)하되 인걸(人傑)은 간데없는 것이 세상사의 이치인지라, 그때의 일을 아는지 모르는지 계곡물은 그저 고요할 따름이다. 계곡의 길에는 징검다리도 여럿이다. 더러는 물이 말라 제 목적을 잃어버린 채 덩그러니 놓여 있는 징검다리도 있고, 겨우 돌무더기 주제에 댐이라도 되는 양 물을 막고선 채로 저 홀로 당당한 징검다리도 보인다. 결국은 징검다리도 길이었으니, 그 길 너머로 솔숲이 보인다. 소나무들은 어쩌다가 이곳에 무리를 지어 뿌리를 내릴 생각을 했을까? 여행자는 다만 쉬어 갈 수 있는 토막의 짬을 솔숲으로부터 얻는다.

간간이 듣던 빗방울이 조금씩 흩뿌리기 시작한다. 우중산책(雨中散策)이라…. 걸음 사이에 살며시 솟아나던 땀방울이 이내 어디론가 사라지고, 땀방울이 흐르던 자리에 빗방울이 스며든다. 오가는 이 하나 없는 갯가에 우두커니 서 있으려니 갯가로 낙하하는 빗소리마저도 선율이 되고 음악이 된다.

문득 여유롭다는 건 갯가의 바위에 걸터앉아 물 위의 동심원들이 그려내는 빗소리를 들으며 상념에 젖을 수 있는 처지일지도 모른다는 생각을 한다. 천지간에 홀로 존재한다는 느낌이 아마도 이와 비슷할 것이다. 그 순간만큼은 그랬다. 사락사락 물 위로 듣는 빗소리마저도 고요와 정숙을 청하는 장엄한 음악인 양 소리로 들리지 않는다. 어떤 공간에서는 소리가 있어도 고요하다더니 그 순간이 그러했다.

○ 삶이란 유랑과 회귀의 반복

비를 맞으며 길을 걸을 때면, 어쩌면 길이라는 대상보다는 자신에게 더 집중하게 된다는 사실을 깨닫는다. 어쩌면 길도, 여행자도 비에 젖어 차분히 가라앉은 탓일 게다. 그래서 삶이 '유랑과 회귀의 반복'이라면 우중 산책의 여정에서는 왠지 '유랑'에 방점이 찍히고 만다. 그러니 유랑하는 스스로는 왠지 더 처연해지기 마련이고, 마음도 덩달아 조금은 더 자신에게로 향하고 있음을 깨닫는다. 그래서일까. 빗속을 걸을 때면 자기 자신에게 조금은 더 너그러워지곤 한다.

길은 비에 젖은 채로 흘러가다 또 다른 정자 앞에서 걸음을 멈춘다. 빗속에서 사색하는 또 하나의 정자는 람천정(藍川亭)이다. 이곳 화림동 계곡이 품고 있는 8정(亭) 중에서 람천정이 가장 소박하고, 또 안온해 보인다. 작은 규모 때문이기도 하겠지만, 스스로를 드러내지 않으려 애쓰면서 자연과 조화를 이루는 모습이 겸손하면서도 늠름하기 때문이다. 그래서 계곡물은 연신 떨어지는 빗물을 받아내느라 분주하지만, 정자는 이에 아랑곳하지 않은 채 홀로 고요하다.

자못 빗줄기가 굵어지는 터라 걸음을 서둘러야 할 것만 같다. 우산을 펼쳐 드니, 운수 좋은 행락객이 된 느낌이다. 이렇게 분위기 있고 운치 있는 걷기를 어딜 가서 경험해볼 수 있을 것인가. 돌아온 탕자인 내게 고향 땅이 주는 선물이 아닌가 싶기도 하다.

개울가의 느닷없는 장소에 잎사귀가 무성한 아름드리 나무가 빗줄기에 떨고 있다. 이런, 뽕나무다. 바닥에는 제풀에 겨워 떨어진 오디들이 지천이다. 그야말로 자연산 그대로의 유기농 오디들이 행인들의 무심한 발길에 채이고 뭉개지고 있었다. 멀쩡하게 생긴 놈 하나를 주워 얼른 입에 넣

었더니 달다.

문득 어린 시절 양은 주전자를 들고 오디를 따겠다고 이 산 저 산을 오르내리던 아릿한 기억에 새삼 가슴이 뜨거워진다.

먹을 것이 귀하던 70년대의 시골에서 오디는 어린 우리에게 더없이 좋은 먹거리였다. 그래서 초여름이면 오디를 따러 다니는 게 일 중에서도 큰일이자 즐거움이었다. 배고픈 줄도 모르고 하루 종일 뽕밭을 찾아 타고 넘은 산이 몇 개였던지. 그러다가 오디가 풍성한 뽕밭이라도 만나는 날에는 해지는 줄도 모르고 오디를 따 먹고, 주전자를 채우기 바빴다. 그렇게 오디로 물든 시커먼 입에는 헤벌쭉 웃음을 매달고 득의양양 집으로 향했다. 그때는 그랬다.

그런데 추억의 오디가 땅바닥에서 아무런 관심도 받지 못한 채 저 홀로 뭉개져가고 있었다. 새삼 세월의 무상함과 세월의 변화가 가져온 오디에 대한 무관심이 아쉽고 서운하다. 하지만 어쩌랴. 먹을 것이 지천에 널렸는데 오디쯤이야 뭔 대수겠는가.

○ 달을 희롱하다

길은 계곡과 들을 오가며 오솔길로 끝없이 이어진다. 길이 계곡의 하류를 향해 뻗어 있는지라, 중간중간 만나는 계곡의 폭도 그만큼 넓어진다. 하류로 내려올수록 가히 개천이라 부를 만하다. 1,000여 평의 암반으로 이루어진 계곡의 풍광 또한 수려해진다. 게다가 깊은 황석산(1,190m)에서 흘러온 물이 보태지니 물소리 또한 우렁차다. 너른 암반 위에 또 하나의 정자가 서 있으니, 농월정(弄月亭)이다.

'달을 희롱하는 정자'라…. 이름이나 정자가 품고 있는 계곡의 규모나 아름다움이 가히 화림동계곡의 대표 정자라 불러도 무방할 듯싶다. 하지만 조선 인조 때 예조 참판을 지낸 박명부가 고향으로 돌아와 지은 농월정은 아쉽게도 2003년 화재로 소실되고 말았다. 지금의 정자는 2015년에 복원된 정자로, 고풍스럽던 옛 모습을 찾을 길은 없다. 지나치게 선명하고 붉은 천정이며 서까래의 단청이 오히려 부담스러울 지경이다.

농월정(弄月亭)이라는 이름은 이태백의 시에서 따왔다고 한다. 그저 달을 희롱한다는 뜻인 줄만 알았는데, 그게 아니란다. 글자 농(弄)자의 모습이 옥(玉)을 두 손으로 떠받드는 모양이라 이에 착안해 달을 두 손으로 조심스럽게 받든다는 의미를 담고 있다고 하니 이태백의 혜안이 새삼 놀랍기만 하다.

농월정의 계곡은 너른 반석으로 이루어져 있다. 이 반석 위에 화림동계곡 최고의 절경이 펼쳐져 있다. 덕유산을 흘러 내려온 계곡물은 반석 사이의 틈으로, 너럭바위 위로 미끄럼이라도 타듯 세차게 흐른다. 그렇게 흐르던 물 중 일부는 이따금씩 한가로운 반석 위에 연못을 만들며 잠시 쉬어 가는데, 달 밝은 날이면 잔잔한 연못에도 달이 뜬다고 한다. 그래서 이름도 월연암(月淵岩)이다.

빗줄기가 굵어진다. 더 이상의 여정은 무리일 듯싶다. 한편으론 거연정에서 농월정까지의 여정이 선비문화 탐방로의 전부라 해도 과언이 아니기에 아쉬움은 덜하다. 돌아보는 농월정이 빗속에서 아득하다. 고향 땅이 내게 전해주는 선물이 아닐까 싶다.

무능한 리더, 절망하는 나라

남한산성 둘레길

○ 항복을 선언하던 그날

때는 병자(丙子)년이었다. 강화도로 파천(播遷)하려던 왕은 청(淸)나라 군사에 의해 길이 막히자, 송파나루를 건너 남한산성으로 발길을 돌린다. 엄동설한의 얼은 강을 건너 산성(山城)으로 가는 왕의 행차는 초라했고, 신산했다. 산성은 쫓겨 온 그들을 묵묵히 받아들였고, 일신의 안녕을 도모하는 왕과 함께 한 달 하고도 보름을 견뎠다. 하지만 거기까지였다.

왕은 고작 한 달 반 만에 산성을 나와 적장의 발아래 무릎을 꿇고 세 번 절하고 땅바닥에 아홉 번 이마를 찧어야 했다. 적의 예법인 삼배구고두례(三拜九叩頭禮)의 의식을 통한 항복 선언이었다. 이는 조선의 왕이 청나라 황제의 신하가 되었음을 만천하에 고하는 의례이면서 자신의 잘못을 뉘우치고 용서를 구하는 의식이기도 했다. 그제야 왕은 자신과 나라의 목숨을 보존할 수 있었다.

백제의 시조인 온조왕이 축성했다고 알려져 있기도 하고 통일신라시대의 주장성이 남한산성의 모태라고도 하는, 길게는 2000년이 넘는 역사를 품고 있는 남한산성이었지만, 산성이 세상과 역사에 제대로 이름을 알린 건 역사상 가장 무능한 왕 중 한 명으로 꼽히는 인조가 이곳으로 피신하면서부터다. 왕이 성에 머무른 날은 고작 47일. 하지만 아쉽게도 산성의 운명은 성이 살아낸 2000년이 아니라, 왕이 머무른 47일이라는 짧은 시간에 의해 규정되고 말았다. 수많은 외침을 당한 우리나라 전쟁 역사 중 가장 치욕적인 패배로 여겨지는 병자호란의 산증인이 되어버린 것이다.

○ 봄을 맞은 남한산성

남한산성을 걸으러 가던 날은 인조가 두려움에 떨며 도망가던 날의 몸서리쳐지게 춥던 동짓달의 그날과는 달랐다. 어느 틈엔가 다가온 3월의 봄날은 품었던 햇살을 산성 곳곳에다 수줍은 듯 풀어놓고 있었다. 그래서일까? 산성은 전쟁과는 아예 무관한 한가로운 문화유산이었던 양 유유자적했다. 그러니 산성을 찾은 사람들의 모습도 편안했고, 또 여유로웠다.

산성은 제 너른 품을 다섯 갈래의 길로 풀어놓고 있었다. 그 길은 산성을 에두르기도 하고, 가로질러 산성 곳곳으로 이어지기도 한다. 어느 길을 걸어도 좋다. 길은 널찍하고 편안했으며, 아무도 재촉하지 않으니 또 한가로웠다. 걷다가 땀이라도 맺히면 강을 건너온 바람이 그나마 흘린 땀 방울마저도 기척 없이 채어가고 만다. 그러니 딱히 힘들 틈도 없다. 천천히 소요하듯 걸으면 될 일이다.

남한산성 중앙주차장을 나와 좌측으로 걸음을 옮기면, 오래지 않아 북문(北門)에 닿는다. 남한산성의 성문은 산세와 지형의 영향으로 한쪽으로 치우친 형상을 하고 있으며, 동서남북 4개의 성문을 두고 있다. 그중 북문은 성곽 북쪽, 해발 365미터 지점에 위치하고 있는 성문이다. 병자호란 당시 이 북문을 통해 300여 명의 군사들이 청의 진지를 기습적으로 공격하였으나, 도리어 적의 매복 공격에 전멸당한 아픔이 서려 있는 곳이기도 하다. 정조 때에 무너진 북문을 개축하면서 '싸움에 패하지 않고 모두 승리한다'는 의미인 전승문(戰勝門)이란 이름을 얻어 오늘날까지 이르고 있다.

○ **아픈 기억을 품은 쉼터**

남한산성은 오랜 세월 동안 온갖 풍상(風霜)을 겪었음에도 불구하고 옛날의 모습을 대체로 간직하고 있는 몇 안 되는 성 중 하나다. 성의 전체 길이는 12킬로미터 남짓이고, 넓이는 2.3제곱킬로미터로, 내부가 평탄하고 수량이 풍부해 수만 명의 병력도 수용 가능할 정도로 규모가 크다. 남한산성은 1963년에 이르러 국가 사적 제57호로 지정되는데, 이후 체계적인 관리가 이루어지면서 현재의 모습을 갖추게 되었다. 그리고 2014년에는 문화적 가치를 인정받아 유네스코 세계문화유산으로 등재되기에 이른다.

북문을 지나자, 봄 햇살이 비치는 길은 고요했고, 평일 낮의 한가로움이 길 위에서 아지랑이처럼 퍼진다. 걷는 이들은 마실 나온 사람들처럼 한가롭고 여유롭다. 남한산성은 역사의 현장이자 역사의 민낯과 대면할 수 있는 도시 사람들의 쉼터였다.

길은 성벽을 따라 이어지고 있었다. 남한산성을 걷는다는 것은 오랜 세

월을 이겨낸 산성과 더불어, 산성의 영광과 아픔을 함께했던 그 시절의 나무들과도 함께 호흡하며 걷는다는 또 다른 즐거움이 있다. 산성의 버팀목이자 그늘막이 되어주는 소나무들은 그중 백미다. 역사의 산증인이 내뿜는 그윽하면서도 아픈 이의 물기 어린 향내가 솔향에 비끼어 흐르는 듯하고, 병자년에 몰려드는 적들을 향해 남부여대(男負女戴)하며 힘을 모아 대적하던 민초들의 피와 땀이 배어있는 듯도 하다. 소나무의 붉은 외피에는 칼날 같은 강바람에 손발 호호 불어가며 창검을 바투 쥐고 망루를 지키던 병사들의 여린 신음소리가 몸피 가득 저며 있는 듯도 하다.

적을 앞에 두고도 주전론(主戰論)이니 주화론(主和論)이니 벼슬아치들이 논쟁만을 일삼는 동안, 맨몸으로 수만에 이르는 적의 말발굽 소리에 맞서야 했던 그들의 막막한 두려움과 절망까지도 나무들은 오롯이 기억하고 있을 것만도 같다.

이끼가 자리 잡은 성벽의 돌들 위로는 지난 계절이 떨궈낸 솔잎들이 수북하다. 그 너머에 암문(暗門)이 있다. 본성인 남한산성과 연주봉 옹성을 연결하는 통로인 제5암문이다. 암문을 지나 연주봉 옹성에 오르면 광주와 하남, 서울의 송파가 한눈에 들어온다. 서울의 송파는 다름 아닌 병자호란이 겪은 굴욕을 상징하는 장소인 삼전도가 있는 곳이다. 삼전도는 송파구 삼전동으로 아직도 그 지명을 유지하고 있다. 그리고 그곳(현재는 잠실)에 삼전도의 굴욕이 기록되어 있는 삼전도청태종공덕비(三田渡淸太宗功德碑)라 불리는 삼전도비가 그날의 역사를 증언하고 있다.

길은 우익문(右翼門)이라 불리는 남한산성 서문(西門)에 다다른다. 성 안에서 살 길을 도모하다 실패한 인조가 적에게 항복을 하러 가기 위해 남한산성을 나서던 문이 바로 서문이다. 송파나루에서 진을 치고 있던 청의 황제 홍타이지는 인조를 그곳으로 불렀고, 인조는 그곳으로 가는 지름길인 서문을 통해 산성을 나왔다.

그런데 인조의 조선은 왜 그렇게 청나라에게 굴욕적으로 패배할 수밖에 없었을까? 한반도에 나라가 들어선 이래 끊임없이 중국 땅이 수(隋), 당(唐), 송(宋), 원(元) 등으로 주인을 바꿔가며 침략했지만, 이토록 허무한 패배는 일찍이 없었다.

시작은 이렇다. 1616년 만주의 여진족인 누르하치가 후금(後金)이라는 나라를 세우고, 명(明)나라와 대립한다. 이때가 광해군 시절이다. 광해군은 명이 쇠퇴하고 후금이 부흥하고 있음을 간파하고, 명과 후금 사이에서 일명 '등거리 외교'를 펼치며 명분보다는 실리를 챙기는 외교를 택한다. 하지만 광해군은 반정 세력에 의해 폐위되고, 인조를 앞세워 반정에 성공한 서인(西人) 정권이 들어선다. 인조반정(仁祖反正, 1623)이다. 이들은 기존의 외교정책을 뒤엎고 친명배금(親明背金)정책을 노골화하면서, 후금을 오랑캐라 칭하고 후금과의 적대 관계를 공식화한다.

그러자 명나라라는 중원을 도모해야 할 후금 입장에서는 그들의 후방에 속하는 조선은 군사전략적으로도 골치 아픈 존재였고, 드러내놓고 배금을 선언하고 적대시하니 그냥 두고 볼 수도 없는 노릇이었다. 그래서 일어난 전쟁이 정묘호란(丁卯胡亂, 1627)이다. 당시 조선을 겁주고 자신들의 능력을 과시하려는 목적만 있었던 후금은 조선을 침략한 지 두 달 만에 강화도로 도망간 인조와 화의를 맺고 전쟁을 휴전한다.

이후 국력이 커지고 자신감이 붙은 청나라의 2대 왕 홍타이지는 국호를 청(淸)으로 고치고 본격적인 명나라 정벌에 나서기에 앞서, 반청(反淸) 노선을 지속하는 조선에 대해 형제관계에서 군신관계로 양국관계를 재설정할 것을 요구하는 동시에, 적지 않은 공물과 수만의 군사를 요구한다. 하지만 오랑캐로 여기는 청나라를 상국(上國)으로 섬기라는 그들의 요구는 당시 집권세력에게는 도저히 받아들일 수 없는 굴욕적인 요구였다. 조선은 당연히 청의 요구 내지 협박을 거부한다. 신하들은 청의 요구에 주전론(主戰論)을 앞세웠고, 전쟁은 필연적이었다. 병자호란(丙子胡亂, 1636)이 일어난 것이다.

그런데 그렇게 전쟁을 외치던 조선의 왕과 신하들이 전쟁 발발 석 달 만에 엄동설한의 맨 땅에 머리를 찧으며 항복을 선언하고 만 것이다. 말 타고 달리던 그 시절에 어이없게도 고작 석 달 만에 전쟁이 끝나버렸다. 전쟁이라기보다는 일방적인 유린이었으며, 무참한 패배였다.

정묘호란이 일어난 지 10년 만이었지만, 당황스러운 것은 그토록 전쟁을 외치던 나라에서 10년 동안 아무런 준비가 없었다는 사실이다. 이것이 당시 인조가 다스리던 나라의 진면목이었다. 그들은 정묘호란의 패퇴 속에서도 아무런 교훈을 얻지 못했으며, 아무런 준비도 하지 않은 채 명분만을 쥐고 논쟁만 일삼고 있었다. 그러면서도 그들은 무책임하게도 전쟁을 당연시했다. 나라가 어찌 되든, 백성들이야 죽든 말든 왕과 벼슬아치들은 명나라를 섬겨야 한다는 의리와 명분만을 고집하면서 섶을 지고 전쟁이라는 불 속으로 뛰어든 불나방과 다를 것이 없었다. 비현실적인 맹목적 사대주의의 결과는 참혹했다.

○ **살기 위한 길, 항복 문서**

줄지어 늘어선 소나무 행렬 너머로 산성의 서문이 아스라하다. 성벽은 높았고 튼튼했다. 그날도 오늘처럼 산성에는 붉은 군령기가 나부꼈을 것이다. 성벽을 따라 이어지는 길은 성벽 안으로, 바깥으로 이어진다. 성벽 안의 길은 신작로처럼 널찍하다. 그래서 길을 걷는 재미는 아무래도 성벽 밖의 길이 나을지도 모른다. 성의 외벽은 산의 모양을 따라 쌓았으니 오르락내리락하며 걷는 즐거움이 있기 때문이다.

길은 그저 고즈넉하다. 성벽을 따라 이어지는 성 밖의 길 위로 겨울을 이겨낸 새들이 이따금씩 떨구고 가는 울음만이 고요를 깨는 불청객이다. 성벽 옆 오목한 길 가장자리에는 겨울바람에 쫓겨 달아나던 낙엽들이 성벽에 기대어 겨우내 버티던 모습 그대로 옹기종기 몰려 있었다. 무심히 떼어놓던 발걸음에 바스락대는 낙엽들이 자지러지듯 놀라고, 여행자도 덩달아 놀라 움찔한다. 그럼에도 계절은 시리고 매웠던 날을 지나 햇살이 따사로운 봄의 언덕을 향해 뚜벅뚜벅 걸어가고 있었다.

병자년의 그날, 남한산성에서 인조와 신하들이 농성하는 동안 민초들과 병사들은 추위와 굶주림에, 적의 창칼에 죽어 나갔다. 게다가 지원군과 군수물자가 오기만을 오매불망 기다리던 인조에게 전해지는 소식은 허망한 패배의 소식뿐이었다. 그나마 기대를 걸었던 북상중인 경상도 병력은 쌍령전투(雙嶺戰鬪)에서 수만에 이르는 군사력의 절대적인 우세에도 불구하고 수백의 적 기병에게 대패하였고, 요새 중의 요새라 믿었던 강화도마저 함락돼 피난 갔던 대군과 대신들이 적에게 붙잡혔다는 소식만이 남한산성의 성벽을 넘어왔다.

결국 더 이상 버틸 수 없었던 왕이 항복을 결정하고, 최명길이 항복 문서를 쓴다. 항복이 결정되자 '죽기를 각오하고 싸우자'며 주전론을 앞세웠던 김상헌은 항복 문서를 찢기도 하고 자살 시늉까지 하며 끝까지 항복에 반대한다. 하지만 나중에 주전론을 펼친 삼학사(홍익한, 윤집, 오달제)가 청나라에 끌려가 죽을 때에도 김상헌은 죽지 않았다. 오히려 인조가 항복하기 위해 삼전도로 향할 때, 그는 산성의 뒷문으로 나와 고향인 안동으로 도망치듯 낙향했다.

E.H 카는 그의 저작 《역사란 무엇인가?》에서 '역사로부터 과거에 비추어 현재를 배운다는 것은 또한 현재에 비추어 과거를 배우는 것'이라고 말했다. 역사란 현재와 과거 사이의 끊임없는 대화라는 말이다. 그러나 늘 그렇듯, 예외는 있는 법이다.

병자년의 수모를 당한 조선의 권력은 전쟁 이후에도 유지되었고, 그날 맹목적 사대주의를 울부짖었던 그들의 자손들 역시 오랫동안 권력의 중심에서 부귀영화를 누렸다. 마찬가지로 지난 일제의 식민시기에 국가와 민족을 배반했던 친일부역자와 협력자들 역시 해방된 나라에서 청산되지 않은 채, 오히려 그들이 건국의 주역인 양 자자손손 번성하고 있지 않은가. 자신들만의 이익을 좇는 그들에게 역사적 교훈 따위가 무슨 의미가 있었겠는가.

한편으로는 군부독재 시절, 정통성이 취약한 그들에게는 역사의 격랑 속에 숨어 있던 맹목적 애국주의를 발굴하고 장려함으로써 그들의 정권 유지에 이용한 측면도 무시할 수는 없을 것이다. 우리가 김상헌을 애국지사라 배우고, 그의 시 〈가노라 삼각산아〉를 외워야 했던 이유다.

인조는 더 이상 버틸 수 없는 그때 산에서 내려왔다. 머리를 땅에 찧고,

대군들과 신하, 그리고 수십만 명의 백성들을 청에 내어준 다음에야 그는 목숨을 부지하고, 밥을 목구멍에 넘길 수가 있었다. 그렇게 청나라에 끌려갔다 어렵사리 도망쳐 돌아온 백성들은 '호래자식(胡虜者)'이 되어야 했고 '화냥년(還鄕女)'이 되어 힘없는 나라의 백성이었다는 이유만으로 욕설의 대상이 되어야 했지만, 그들의 왕은 그 후로도 13년간 보위를 유지했다.

인조는 한 명의 어리석은 군주가 어떻게 나라를 망가뜨리고, 백성들을 사지로 내모는지를 여실히 보여주는 전범이라 할 수 있을 것이다. 한편으론 무능한 리더를 가진 백성들의 비극을 가장 극적으로 보여주는 사례라고도 할 수 있다.

○ 잊지 말아야 할 것

서문을 지나 수어장대(守禦將臺)로 가는 발걸음이 무겁다. 수어장대는 남한산성에 있는 5개의 장대 중 유일하게 현존하는 장대이며, 성 안에 있는 남은 건물 중 가장 화려하고 웅장하다. 원래는 단층으로 서장대라 불렸던 수어장대는 영조 때 2층으로 개축되었고, 2층 내부에 '무망루(無忘樓)'라는 편액을 걸었다.

'무망(無忘)', 잊지 말라는 말이다. 비록 무망의 대상이 인조에 이어 왕위를 계승한 효종이 북벌(北伐)을 완수하지 못하고 죽은 한을 잊지 말자는 것이었지만, 정작 잊지 말아야 할 것은 당시 세계 최정상의 국력을 가진 청나라를 정벌하자는 황당무계한 북벌 정책이 아니라, 나라를 온전히 유지하고 백성의 삶을 안전하게 도모하지 못한 오욕의 역사였어야 하지 않았을까.

신영복은 "역사란 과거로 떠나는 여행이 아니라, 현재의 과제로 돌아오는 귀환(歸還)"이라고 했다. '역사를 배우기보다, 역사에서 배워야 한다'는 말이다. 역사적 사실을 아는 것이 중요한 것이 아니라, 역사적 사실 너머에 숨어 있는 새로운 역사의 사실과 맥락을 이해하고, 그 속에 담겨 있는 교훈을 현재라는 시간과 삶 속에 온전히 녹여낼 수 있을 때라야 역사는 역사로서의 의미를 갖게 되는 것이기 때문이다. 그런 이유로 남한산성이 들려주는 역사 이야기는 어제의 이야기가 아니라, 오늘날까지 면면히 이어지는 오늘의 이야기이기도 한 것이다.

멀리 산성의 남문이 보인다. 재잘거리며 걷는 소풍 나온 아이들을 보면서 봄이 왔음을 실감한다. 아이들이 걸어가는 저 멀리에서는 아지랑이가 몽글몽글 꿈틀대고, 강을 건너온 바람마저도 지난 계절의 매서움을 잃어버린 지 오래다. 한때는 빼앗기고 능욕을 당했던 남한산성에도 봄은 여지없이 찾아왔다. 아마도 봄은 이곳 남한산성에서 오래토록 머물지 않을까 싶다.

파도에 씻기지 않는 흔적

강화 나들길 제2코스(호국돈대길)

○ 배 한 척 쉬고 있다

갈대가 넘실대는 저편, 바다가 열리고 검게 그을린 개펄 위에 등을 기댄 채 고단한 몸을 쉬고 있는 배 한 척이 있다. 강화도에 사는 어느 시인(함민복)이 노래하듯 "뻘밭 가른 물길 사이에 접속사처럼 배 한 척 쉬고" 있었다. 바다를 지척에 두고 사는 이들에게는 아무렇지 않던 친숙한 풍경이 시인을 만나 그림이 되고 의미가 되어, 사람들의 가슴에 수채화 한 폭을 그려놓는다.

길이란 대체로 사람들이 살아낸 흔적이며, 사람들이 어디론가 오고 간 움직임의 자취다. 사람이 사람에게로 나아가는 여정이 바로 길이다. 그렇게 길은 사람을 찾아, 사람의 마을을 향해 이어지지만, 길도 어쩌지 못하는 순간이 있다. 물을 만났을 때다.

물 앞에 서면 사람들은 단절의 황망함에 주저앉기도 하지만, 어느 순간

길 너머의 길은 그저 오랫동안 안타까움과 그리움, 막연한 동경의 대상이 되기도 하는 법이다. 그래서 그리움이 깊은 사람들은 기어이 배라는 이름의 또 다른 길을 끌어와 길과 길 사이에 가로놓인 물을 건너고, 종내는 길과 길을 이어놓는다. 단어와 단어를 이어주는 '접속사'처럼 배가 길과 길을 이어준다는 사실을 시인은 알고 있었던 것이다.

○ 강화나들길, 나들이 가듯 걷는 길

4월이 열리던 어느 날, 강화나들길을 걸었다. 강화나들길은 강화도 14개 코스(175km), 주변 섬인 교동도 2개 코스(33.3km), 석모도 2개 코스(26km), 주문도(11.3km), 볼음도(13.6km) 등 20개 코스를 품고 있는 길로, 총 연장이 310킬로미터에 이른다.

강화나들길은 섬이라는 지역 특성상 바다가 있고, 해양 생태계의 보고인 갯벌이 있으며, 성실한 섬사람들의 삶의 터전을 엿볼 수도 있는 길이다. 그리고 인천 앞바다에서 한양의 마포나루로 가기 위해서는 반드시 거쳐야 했던 관문이라는 이유로 겪어야 했던, 고난의 역사가 살아 숨 쉬는 길이기도 하다.

걸어야 할 길은 강화나들길 2코스인, 호국돈대길. 이 길의 이름이 호국돈대길인 이유는 길이 이어지는 곳곳에 성곽의 한 종류이면서, 전투를 위한 요새인 돈대(墩臺)가 유독 많이 있기 때문이다. 그리고 돈대가 많다는 사실은 적의 침탈이 많았던 전장이었음을 알려주는 증표이니, '호국(護國)' 역시 당연하다. 실제 강화도는 고려시대의 몽골 항쟁 이래, 정묘호란 등 누란의 시기에 여러 왕들이 몸을 의탁하던 피난처이자 전략적 요충지였으며, 근대에 들어서는 병인양요(1866년), 신미양요(1871년), 운요호 사건(1875년) 등 구한말에 있었던 제국주의의 침탈에 온몸으로 맞서야 했던 역사의 현장이기도 했다.

길은 강화역사관이 있는 갑곶돈대(甲串墩臺, 사적 제306호)에서 시작된다. 걸어야 할 여정은 초지진까지 이어지는 약 17킬로미터 남짓. 아쉽게도 봄날의 불청객을 맞은 하늘은 뿌옇다 못해 안개라도 낀 양 온통 회색빛이다. 나름 마음먹고 나선 길에 예기치 않은 복병을 만난 것이다. 하지만 어쩌랴. 길이란 이름의 '바탕'은 지금 내가 서 있는 자리이면서, 동시에 앞으로 나아가기 위해 '떠나야 하는 자리'가 아니던가. 그러니 유일한 방법은 그냥 가보는 것이다.

길은 바다와 나란히 이어진 채로 제 갈 길을 간다. 철길의 철로처럼 바다와 길은 서로 마주보기만 할 뿐 다가가 안을 수 없는 평행의 숙명을 수긍하며 끝없이 이어지고 있었다. 그래서 길은 무난하고 무료한 둑길이다.

길게 뻗어 있는 길을 홀로 걷다 보면 문득문득 자기 자신과 대면하는 순간이 찾아오기 마련이다. 특히나 살아온 날의 두께가 두꺼울수록 그 대면의 순간은 대체로 서늘한 아쉬움에서 오는 울음 같은 탄식일 때가 많다. 하지만 다행인 것은 무량한 길을 걸으며 사람들은 길 위에서 한바탕 울고 난 후 개운함을 느끼며 자기 자신과 친숙해지고, 걸어온 길과 걸어가야 할 길의 무게를 저울에 올려놓으며 안도하기도, 재촉하기도 한다는 사실이다.

우연이었을까. 상상조차 할 수 없었던 풍경 하나가 길 위에 펼쳐진다. 누군가가 버린 고장 난 저울 하나가 길 위를 우두커니 지키고 있었던 것이다. 하필이면 이곳에다 저울을 버린 마음이야 알 수는 없으나, 아마도 저울을 버린 이의 마음이나 길을 걷는 내 마음이나 조금은 통하는 점이 있기는 했던 모양이다. 걸으면서 스스로의 마음도 삶의 무게도 재보라는 누군가의 충고가 아니었을까. 그렇다고 믿고 싶어진다.

○ 봄바람의 흔들림이 갈대에게로 와서 춤이 되다

길은 용당돈대를 지나 짧은 산길로 이어지다가, 이내 바다의 높이로 낮아진다. 다시 화도돈대(花島墩臺)를 지나고, 또 오두돈대(鼇頭墩臺)를 지나면 길은 어느새 너른 갈대밭으로 향한다. 갈대밭은 자신들의 땅을 길로 내줬음에도 지나는 이들의 무심한 발길에 채이고 꺾인 것에 마음이 크게 상한 듯 지나는 여행자를 바라보는 모양새가 여간 삐딱한 게 아니다. 사나운 시선이 내심 이해가 된다. 사람들이 부주의한 탓이기 때문이다.

그래서 여행자는 조심스럽다. 풍경 좋은 길을 걷는다는 즐거움이 도리어 갈대에게는 그들의 터전을 위협하는 일일 수도 있기 때문이다. 그래도 풍성한 갈대들의 군무는 언제 보아도 아름답고 행복하다. 봄바람의 흔들림이 갈대에게로 와서 춤이 되는 마술은 그 자체만으로도 걷는 이에게는 더없이 황홀한 순간이고, 걷는 이유로도 충분하다. 서로의 몸을 부대끼며 달그락대는 그들의 소리와 서늘한 춤사위는 봄물이 나무의 생명에 온기를 불어넣듯 무심한 관객의 메마른 감성에도 마중물이 된다.

○ 광성보, 신미양요를 겪다

갈대숲을 떠난 길은 광성보(廣城堡, 사적 제227호)로 이어진다. 광성보는

1871년 미국의 아시아 함대에 맞서다 장렬히 산화한 신미양요(辛未洋擾)의 아픔이 고스란히 배어 있는 역사의 현장이다. 힘없는 나라의 백성들이 겪어내야 했던 절망과 고난의 현장이 광성보다.

강화도 내 7개의 보(堡) 중 하나인 광성보는 신미양요의 가장 처절한 전장이었다. 초지진에서 광성보에 이르는 강화해협은 인천 앞바다에서 마포나루까지 올라갈 때 반드시 거쳐야 하는 길목이다. 특히 광성보는 그중에서도 폭이 가장 좁고 유속이 빠른 손돌목(孫乭項)을 지키는 중요한 요새였기 때문에 환란의 아픔을 어떤 전초기지보다 아프게 떠안아야 했다.

1871년 6월 초하루, 미군의 아시아 함대와 강화도의 조선 군대 사이에 교전이 일어난다. 신미양요(辛未洋擾)라 불리는 조미 전쟁이 시작된 것이다.

전투의 결과는 조선의 처참한 패배였다. 미군 측의 공식 기록에 의하면, 조선군의 피해는 조선군 지휘관이었던 어재연 장군을 포함해 성 안에서 전사 100여 명, 성 밖에서 전사자 240여 명, 백병전에서 피살 또는 투신자살한 사람이 100여 명이었다고 한다. 당시 광성보를 방어하던 조선군인의 수는 600여 명. 그중 450여 명이 전사했다는 사실은 일부의 부상자와 포로를 제외하고는 전멸했다는 것을 의미한다. 그만큼 조선군의 방어가 악착같았고 치열했음을 웅변해주고 있는 것이다. 조선은 죽음으로써 항전했지만, 광성보의 함락을 막기에는 역부족이었다.

광성보를 지나면 호국돈대길의 여정 중에서 가장 강화도다운 길과 만나게 된다. 광성보에서 덕진진에 이르는 구간이다. 다만 여정 중 마지막 3분의 1만을 남겨둔 지점이라 체력적으로 힘들어지기 시작하는 구간이다. 하지만 길은 편안하고, 또 다채롭다.

특히나 갈대밭을 가로지르는 징검다리 길은 여행자의 발밑을 돌아보게 하고, 한 걸음 한 걸음을 깨닫게도 한다. 돌길이 주는 길의 거칠고 투박함이 걸음걸이의 조심스러움을 강제하는 탓일 게다. 그렇게 걸음이 느리니 걸음을 느낄 수 있고, 걸음 자체가 위로가 된다. 사실 조금 더 서두른다고 얼마를 더 멀리 갈 것이며, 멀고 높은 곳으로 간들 그게 또 무슨 대수겠는가.

길은 저마다 나름의 특색이 있어, 어느 길을 걷든 나름의 풍취에 취할 수 있다. 해안길은 해안길이라 좋고, 또 논둑길은 논둑길이라서 좋다. 산모퉁이를 돌아가는 길은 다음 길이 어떤 모습일지를 상상하는 즐거움이 있어 또 좋다. 사람 사는 일도 마찬가지일 것이다. 결국 걷는 이의 마음에 달린 문제일 것이다. 가려서 걷는다고 그 길이 항상 꽃길이기만 할 것인가.

○ 초지진의 굴욕, 망국의 한

멀리 오늘의 종착지인 초지진이 보인다. 초지진으로 가는 길에 초지포구가 있다. 조업을 끝낸 배들은 한가로이 포구에서 몸을 쉬고 있고, 포구에 늘어선 횟집들은 싱싱한 회 한 점에 소주 한 잔이 그리운 이들을 기다리고 있을 것이다. 해가 뉘엿뉘엿 저물면 사람들은 이곳 초지포구로 모여들어 시끌벅적 소주 한 잔에 자신들이 살아낸 오늘을 푸념하기도 하고, 아쉬웠던 지난날을 반추하면서, 남아 있는 많은 날들에서 희망을 발견하기도 할 것이다.

초지진(草芝鎭, 사적 제225호)은 강화 해협의 진입로이자, 강화도 방위의 전초기지였던 곳이다. 초지진은 그러한 지리적 특성 탓에 천주교 탄압을 구실로 침입한 프랑스 극동 함대(1866년), 미국의 아세아 함대(1871년)가 만들어낸 참화까지 고스란히 겪을 수밖에 없었던 전략적 요충지였다. 특히 신미양요 당시 광성보 전투에서 압도적인 승리를 거둔 미군이 주둔한 곳이 초지진이었고, 운양호 사건(1875년) 당시에는 초지진이 운양호와 대적한 전장이었다.

1875년, 신미양요가 일어난 지 4년, 흥선대원군이 실각한 지 2년 뒤, 흥선대원군의 아들인 고종은 미국이 그랬던 것처럼 일본의 도전에 직면하게 된다. 일본의 운양호가 강화도에 나타난 것이다.

운양호는 불법으로 강화도에 들어와 통상을 요구하면서 측량을 구실로 연안을 정탐하는 등 긴장을 높여갔다. 전투를 유발한 것이다. 이에 조선은 초지진 포대에서 포격을 개시했다. 역시 결과는 참패였다. 조선 측에서 35명의 사망자가 발생했지만, 일본 측은 2명의 경상자가 전부였다. 하지만 더욱 아쉬운 것은 4년 전 미군을 상대로 처절하게 저항했던 용맹함을 상실했다는 사실이다. 결국 조선은 별다른 저항도 못해보고 일본과 조일수호조규(朝日修好條規, 강화도조약)을 체결하고 대외적으로 문호를 개방하게 된다. 대표적인 불평등조약으로, 국권 침탈의 시작이었다.

더욱 안타까운 것은 강화도조약의 체결로 불과 4년 전 신미양요의 처절한 항쟁과 죽음이 아무런 의미를 갖지 못하게 된 것이다. 결국 신미양요라는 대미 전쟁은 한여름 밤의 꿈이 되어버렸고, 광성보에서의 450여명에 이르는 영웅들의 희생마저도 덧없는 죽음이 되고 만 것이다. 이후의 결과는 모두가 아는 바다. 결국 조선은 강화도조약 체결 후 30여 년 동안 열강들의 각축장이 되고 만다. 그러다가 1905년 을사늑약을 체결함으로써 나라의 주권마저 빼앗기고 만다.

초지진에는 그날의 아픔을 기억하는 소나무가 한 그루 있다. 150여 년 전, 소나무는 초지돈대 성곽에 기대어 서서 그날의 처참한 현장을 목격한 유일한 생존자다. 초지진이 외세에 의해 철저히 파괴되고, 살육이 자행되던 순간을 소나무는 지켜보았던 것이다.

눈을 들어 소나무를 바라본다. 수령 400년, 이름하야 '초지진 소나무'. 초지진의 수호나무로 긴 세월을 살아낸 소나무는 물끄러미 초지진을 굽어보면서 무슨 생각을 하고 있을까? 아마도 그래도 잘 살아남았다고, 흉한 세월을 겪고도 잘 살아남았다고 위로하고 있는 것은 아닐는지…. 그러면서 우리에게 그날을 잊지 말라고 당부하는 것 같기도 하다.

어쩌면 먼 길을 걷느라 여독에 지친 여행자며, 오늘을 살아가느라 지치고 아픈 우리네 모두를 다독이며 품어주는 것 같기도 하다. 그 험한 세월도 이겨냈는데 지금의 힘듦과 아픔이야 충분히 이겨낼 수 있을 거라며, 살며시 어깨를 토닥이는 것만 같다.

정조의 꿈, 조선의 꿈

수원화성 성곽길

○ 늦가을 바람에 휩쓸려 떠난 곳

느닷없이 길을 나설 때는 항상 날씨가 문제다. 특히나 주말의 청명한 아침 날씨는 더더욱 그렇다. 그러니 하릴없이 빈둥대고픈 욕망은 가을의 마지막을 어찌 소파와 더불어 보내려 하느냐는 또 다른 나의 채근 내지 안달 앞에서는 그만 꼬리를 내린 강아지 꼴이 되고 마는 것이다.

주섬주섬 배낭을 메고 집 밖으로 나오면 다행스럽게도 갈 곳이야 늘 있기 마련이고, 따스한 가을 햇살 한 줌에 새로운 의욕마저 생기는 법이다. 따사로운 가을날을 어찌 아파트 베란다를 기웃대는 햇살만으로 만족할 수 있겠는가. 아무래도 모자람이 있었던 것이다. 그러니 또 어디론가 가야 한다. 갑작스런 도보 여행은 가까운 곳이 제격이다. 머지않은 때에 걸어보리라 하면서도 미적댔던 곳, 수원 화성(華城)을 떠올린다. 소슬한 찬바람이 낯설지 않은 늦가을의 어느 날, 그렇게 수원화성 성곽길을 걸었다.

수원화성은 조선의 22대 왕인 정조(正祖)의 꿈과 아픔이 서려 있는 곳이다. 그의 꿈은 유교적 이상 사회의 실현과 왕도 건설이었다. 정조에게는 부국안민(富國安民)이라는 통치자로서의 기본적인 소명 외에도 비명에 간 아비의 억울함을 풀고, 그에게 덧씌워진 죄인이라는 오명까지도 씻어내야 하는 특별한 소임까지 떠안고 있었다. 그의 아비는 뒤주에 갇혀 여드레 만에 죽은 사도세자(思悼世子)다.

정조는 즉위 후 13년 만에 경기도 양주에 있던 사도세자의 묘를 지금의 수원 화성으로 이장했는데, 현재의 융릉(隆陵)이다. 하지만 융릉을 이전하기 위해서는 기존에 살고 있던 주민들을 다른 곳으로 이주시켜야 하는 문제가 발생했으니, 그들을 위해 개발한 신도시가 바로 지금의 팔달산 아래에 자리 잡은 수원 화성이다.

○ **정조를 생각하다**

수원화성은 1794년에 착공해 1796년에 완공한 둘레가 5.5킬로미터에 이르는 성곽이다. 기존의 성곽들이 화강암을 이용해 쌓았던 반면, 수원화성은 돌과 벽돌을 이용해 성을 쌓았으며, 성곽에 필요한 옹성, 성문, 암문, 봉수대 등을 모두 갖춰 한국 성곽 건축 기술을 집대성했다고 평가된다. 이러한 이유로 유네스코(UNESCO)는 1997년, 수원화성을 세계문화유산으로 지정하기에 이른다.

수원화성 성곽길은 수원화성의 5.5킬로미터에 이르는 성곽을 따라 에둘러 이어진 길이다. 주차장을 벗어난 길이 향하는 일차 목적지는 팔달산(八達山, 128m) 정상에 자리 잡고 있는 서장대(西將臺)다.

서장대는 수원화성의 군사지휘본부로, 말 그대로 수원화성의 지휘본부라는 말이다. 서장대에 서면 산 아래로 수원 시내가 한눈에 들어온다. 이러한 지리적 특성 때문에 서장대는 화성 일대는 물론이고, 이 산을 둘러싸고 있는 100리 안팎의 동정을 파악할 수 있었던 지휘부이자 군사 요충지로서의 역할에 적합했던 곳이다.

또한 이러한 지리적 특성이 팔달(八達)이라는 지명을 낳은 배경이기도 하다. 여기서 팔달은 사통팔달(四通八達)의 그 팔달이다. 이리저리 사방으로 통한다는 의미와 꼭 들어맞는 지형이었던 것이다. 조선의 태조가 이곳에 은거하던 고려 말의 학자인 이고(李皐)에게 벼슬을 내렸으나 이 산자락에서 살기를 청하며 말을 듣지 않자, 얼마나 좋은 산인지 보자며 화공(畫工)에게 산을 그려오게 했는데, 태조가 그림을 보고는 '과연 사통팔달한 산이로구나' 했다고 한다. 그래서 탑산(塔山)이라는 원래의 이름을 잃고 팔달산이 되고 말았다.

서장대는 처마 끝이 날아갈 듯 나부끼는 2층 구조의 누각으로, 푸른 하늘을 배경으로 날갯짓이라도 하는 양 가뿐하다. 그 서장대에 정조가 직접 썼다는 씩씩하고 남성적인 글씨체의 '華城將臺(화성장대)' 편액이 걸려 있다. 정조는 유학자로서의 면모뿐만 아니라, 글씨에도 일가견이 있었다. 실제 정조는 자신만의 서예철학이 뚜렷하여 서체반정(書體反正)을 일으켜 글씨체의 정돈을 주장했던 왕이기도 하다. 편액 하나에도 정조의 서예 철학이 고스란히 녹아 있다.

조선 초기의 글씨체는 반듯하면서도 품위 있고 강건했던 데 반해, 조선 중기를 지나면서 글씨체가 부드럽고 미려한 여성적인 서체로 변하게 된다. 이에 정조는 글씨란 무릇 굵직굵직하고 꾸밈이 없으면서도 소박하게

써야 한다는 그의 평소 지론을 주장하기 시작한다. 서체반정의 시작이다. 이후 적지 않은 논쟁을 거치면서 소박하면서도 굵직굵직한 남성적인 서체가 조선 후기의 대세 필체로 자리 잡게 된다. 그러한 서체반정의 흐름 속에서 태어난 서체 중 대표적인 것이 김정희의 추사체다.

서체반정에서 보듯, 정조는 스스로에 대한 자부심이 대단한 왕이었다. 특히 학문적 성취가 그러했는데, 정조는 스스로를 대유(大儒, 최고의 유학자)라 여겨 신하들의 학문적 성취를 깔보았으며, 경연장에서도 신하들에게 이것도 모르느냐고 힐난하는 경우가 다반사였고, 공부 좀 하라는 면박도 서슴지 않았다고 한다.

그는 대부분의 유교 경전을 완벽하게 암기한 조선의 왕 중 유일무이한 존재였으니 백전노장의 신하들조차도 눈에 차지 않았던 것이다. 이는 정조의 도드라지는 천재성이 일차적인 이유였겠지만, 정조에게 공부는 그의 생존 방법이기도 했다. 아비인 사도세자가 비명에 떠나자, 할아버지 영조의 마음에 들기 위해서라도 공부를 게을리할 수가 없었다.

○ 완벽하게 복원된 수원화성

서장대를 떠난 길은 성곽을 따라 이어진다. 날씨가 쌀쌀해진 탓에 오가는 이는 드물고 고즈넉하다. 소슬하니 부는 바람에 나무들은 깜짝 놀란 듯 아직도 제 몸에 들러붙어 있던 낙엽들을 서둘러 털어내느라 부산스럽기만 하다. 낙엽들이 후두둑 성벽 위로 쏟아져 내리고, 무심결에 낙엽 사태를 맞은 길은 저도 모르게 곱게 물들어 가고 있었다.

수원화성은 곡선 형태로 들쭉날쭉 이어지는 모양으로 지어진 성곽이다. 그래서 수원화성을 봄의 버들잎 같은 모양으로 지었다고 말하기도 한다. 수원화성을 축성할 당시는 수많은 외침과 전란을 겪으면서 축적된 경험이 있었고, 군사 무기의 발달뿐만 아니라 성곽을 쌓는 데 필요한 재료와 축성(築城) 기술 등이 크게 발전된 때였다. 그런 이유로 수원화성은 당시의 성곽 건축 기술을 집대성한 첨단의 결과물이었다. 하지만 그 옛날의 성벽들은 긴 세월의 세파를 이기지 못하고 무너져 내렸으니, 지금의 성벽은 복원 후의 모습이다.

특히 수원화성은 일제강점기와 한국전쟁을 거치면서 수난 시대를 맞는다. 일제강점기 동안 철저하게 훼손되고 파괴되어 흔적만 남아 있던 성곽과 행궁은 뒤이은 한국전쟁 당시에 무수한 폭격에 직면해야 했으니, 수원화성은 원래의 모습을 짐작조차 할 수 없을 정도로 무너지고 부서져 폐허가 되고 만 것이다.

그렇게 파괴된 채 방치되었던 화성성곽과 행궁은 1970년대에 이르러 국방문화유산 정비 계획에 따른 예산 지원에 의해 5년여에 걸쳐 집중적으로 복원되기에 이른다. 군사문화재라는 이유로 군사정권의 호의를 입게 된 것이다. 그러한 노력 속에서 수원화성은 예전 그대로의 모습으로 완벽하게 재건되었다. 과거의 건축물을 현대에 이르러 원형을 유지하며 거의 완벽하게 복원한 드문 사례가 되었다.

수원화성을 완벽하게 복원할 수 있었던 이유는 수원화성을 축조하던 2년 8개월간의 공사 기간 중 있었던 축성의 모든 과정, 즉 성의 설계나 건축물의 모양, 사용된 기기, 소요된 비용 등 모든 내용들을 상세하게 기록한 화성성역의궤(華城城役儀軌)가 있었기 때문이다. 일본 오사카성의 경우, 일본의 대표적인 건축물임에도 불구하고 복원할 당시 과거의 건축 자

료가 없어 몇몇 글이나 그림을 토대로 철근과 콘크리트 위에 모양만 재현했다고 하니, 수원화성의 완벽한 복원은 유네스코 세계문화유산 등재의 주요한 이유로 지목되었을 정도로 대단한 것이다.

○ **화서문과 장안문**

짧은 오르막을 오르자, 그곳에 서북각루(西北角樓)가 있다. 서북각루 아래의 성벽을 따라 억새들이 아찔하다. 마치 도시와 성곽, 그리고 현재와 과거를 넘나드는 평화의 완충지대처럼 억새들의 군무는 그저 평화롭고 여유로웠다.

서북각루 아래로 펼쳐진 억새의 물결 너머로 수원화성의 서문(西門)인 화서문(華西門)이 있다. 화서문에는 앞쪽에 벽돌로 쌓아 올린 반달 모양의 옹성(甕城, 성 밖에 반원형으로 지어진 작은 성)이 있는데, 이는 수원화성만의 특징이다. 성문을 보호하기 위해 이중 구조의 방어막을 쌓은 것인데, 한양을 비롯한 다른 도성에서는 볼 수 없는 수원화성만의 특별한 구조다.

그리고 화서문에는 수원화성만의 특별한 건축물이 있는데, 서북공심돈(西北空心墩)이다. 서북공심돈은 네모반듯한 건물 형태로, 구운 벽돌로 쌓아올려 유럽의 성에서 볼 수 있는 성탑(城塔)을 연상시킨다. 공심돈은 '속이 텅 빈 돈대'라는 뜻으로, 망루와 초소 역할을 하던 곳이다. 그런 면에서는 서양의 성탑과 그 역할이 크게 다르지는 않을 것이다.

화서문을 지나면 길은 평지다. 성벽을 따라 이어지는 길이라 특별함은 덜하다. 얼마 걷지 않아 만나는 또 다른 웅장한 성문. 장안문(長安門)이다. 장안문은 화성의 북문(北門)이자 정문이다. 보통은 성의 남문을 정문으로 삼으나, 수원화성에서만큼은 북문이 정문이다. 이는 임금을 가장 먼저 맞이하는 문이 북문인 까닭에 북문을 정문으로 정했다고 한다.

장안문이라는 이름의 유래는 수(隋), 당(唐)나라의 수도였던 장안(현재의 시안)에서 따온 것으로, 이는 당나라 때의 장안성(長安城)처럼 화성 역시 융성하고 번창하라는 정조의 뜻이 담겨 있다고 한다. 특히 장안은 중국 최초의 통일국가인 진나라의 수도였고, 당나라 때에는 실크로드의 출발지로 중국 문명의 세계 전파를 위한 전초기지였으니, 그 이름에 담겨 있는 뜻은 웅대했다.

○ 인간의 삶에 기여하라, 정약용의 거중기

수원화성을 이야기하면서 빼놓을 수 없는 인물이 한 명 있다. 바로 정약용이다. 수원화성을 채 3년이 걸리지 않은 기간 안에 완공을 할 수 있었던 가장 큰 이유는 정약용이 발명한 거중기가 있었기 때문이다. 거중기는 무거운 돌과 같은 물건을 옮길 수 있는 기계 장치로, 성곽을 쌓는 데 있어 획기적인 장비였다. 아마도 크레인의 역할을 연상하면 비슷하지 않을까 싶다.

정약용의 거중기는 성곽을 쌓는 효율성의 문제 이전에, 수많은 목숨을 구한 생명의 장비였으리라고 짐작할 수 있다. 성곽을 구성하는 수많은 돌덩이를 어깨와 등에 얹고 아스라한 언덕을 걸어 올라가던 그들에게 거중기는 얼마나 고마운 존재였을 것인가. 어쩌면 수원화성을 건설하던 당시의 수많은 인부들에게 정약용의 거중기는 효율과 생산성을 상징하는 첨단 장비 이전에, 목숨을 걸어야만 했던 위험하고도 과중한 노동에서의 해

방을 의미하는 혁명적 사건이기도 했을 것이다.

그래서일까. 기술의 발전이 인간을 위한 것이어야 함에도 가끔은 기술이 인간을 착취하거나 대체하기 위한 수단이 되어가는 오늘의 현실은, 어쩔 수 없는 대세나 흐름이라는 말로 가름하기에는 조금은 아쉽고 두렵기까지 하다.

○ 정조의 꿈, 그리고 그의 천명

성벽을 뚫어 화포나 총기를 내어 쏘게 만든 총안(銃眼) 틈새로 보이는 풍경에 조금씩 계절이 바뀌고 있음을 실감한다. 하지만 아직도 남아 있는 가을날의 흔적은 화사하다. 머지않은 때에 사라질 풍경이라 그런지 절절하기까지 하다.

성의 북수문(北水門)인 화홍문을 지난 길은 언덕 위로 향한다. 언덕 위 용머리에는 '방화수류정(訪花隨柳亭)'이라는 이름으로도 불리는 수원화성의 건축물 중 으뜸이라는 동북각루(東北角樓, 보물 제1709호)가 자리 잡고 있다. 동북각루는 절벽 위 큰 바위를 바닥 삼아 의연하면서도 고혹적인 모습으로 한 마리의 학을 연상시킨다.

동북각루는 1794년(정조 18) 10월에 완공되었다. 주변을 감시하고 군사를 지휘하는 지휘소이자 휴식과 풍류가 깃든 정자의 기능을 함께 지니고 있던 건축물이었다. 하지만 시간이 흐르면서 성곽 바깥의 용연(龍淵)과 용머리바위, 성곽 주위의 버드나무가 어우러져 각루(角樓)로서의 군사적 기능보다는 호화로운 운치가 깃든 정자로서의 기능이 더욱 돋보이게 됐다고 한다. 그래서 '꽃을 찾고 버들을 따라 노니는 정자'라는 의미를 담고 있는 방화수류정(訪華隨柳亭)이라는 이름을 얻게 되었다.

수원화성이 완공되고 얼마 지나지 않아 동북각루를 찾은 정조는 축성의 노고를 치하하고, 이곳에서 활시위를 당겼다고 한다. 활쏘기의 달인이었던 그에게 활은 자부심이었고 왕으로서의 권위를 확립하는 의식이었다. 그랬던 그였기에 새로이 축성된 광대한 현대식 성(城) 위에서 활시위를 당김으로써 제국의 완성을 선포하는 의미도 있었을 것이다. 조선에 대한 자부심과 앞으로 만들어갈 조선의 역사는 그를 들뜨게 했을 것이다. 비명에 간 아비에 대한 마음의 빚을 덜어내는 계기면서, 새로운 조선에 대한 웅대한 기대 역시 숨어 있지 않았을까.

지난 세월이 성리학적 유교 철학을 바탕으로 통치 사상과 이념을 정비하고 제도를 마련하는 시간들이었다면 그에게 주어질 시간들은 실질적인 부국안민을 이뤄야 할 시간들이었을 것이다. 하지만 문제는 남아 있는 시간이었다. 안타깝게도 천명(天命)이 그를 기다려주지 않았다.

○ 술과 담배에 탐닉하다

혹자는 정조가 조금만 더 오래 살았더라면, 우리 역사가 달라졌을지도 모른다고도 말한다. 실제로 그랬을지도 모른다. 하지만 아쉽게도 정조는 외부의 적으로부터 자신을 보호하기 위한 의술이나 활쏘기 등 자기계발에는 열정적이었으나, 아버지의 죽음이나 군주가 되기 위한 힘든 과정 같은 시대적 운명에서 자유롭지 못했다.

이러한 정조가 겪어내야 했던 삶의 조건들은 필연적으로 극심한 스트레스를 동반했을 터. 이것들이 결국 정조를 사지로 내몰고 만 것은 아니었을까. 게다가 정조가 스트레스를 이기기 위해 선택한 것은 술과 담배였다.

"사람에게 유익한 것은 남령초(담배)만 한 것이 없다. 이 풀이 아니면 답답한 속을 풀지 못하고 꽉 막힌 심정을 뚫어주지 못한다. (…) 담배를 백성들에게 베풀어줌으로써 그 혜택을 함께하고자 한다."

정조의 말이다. 실제 정조는 엄청난 골초였다. 왕의 담배 사랑은 지나쳐 담배를 장려까지 한 탓에 10대의 아이들조차도 담뱃대를 물고 길거리를 나다닐 정도였다고 한다. 당시에도 채제공을 비롯한 많은 신하들이 담배의 백해무익함을 주장하며 단속의 필요성을 주청하였지만, 정조는 듣는 둥 마는 둥이었다고 한다.

또한 정조는 엄청난 애주가이기도 했다. 그의 주량은 대단했다고 전해진다. 그에게 음주와 관련해 나쁜 습관이자 특기가 있었으니, 그건 바로 남에게 강제로 술 먹이기였다. 정조는 주요 행사가 있는 날이면 주연(酒宴)을 베풀었는데, 그 모임의 모토는 '취하지 않은 자, 집에 가지 못한다(不醉無歸,불취무귀)'였다니, 술자리가 얼마나 흥청망청이었을지 짐작이 되고도 남는다. 특히 술을 꺼리는 신하에게는 필통에 술을 부어 억지로 마시게 했다고 한다. 정약용 역시 예외가 아니었다. 요즘의 직장 상사였다면 직장 내 갑질로 수사기관의 수사는 필연이었을 것이다. 하지만 그 상사가 왕인 걸 어쩔 것인가.

거기다가 정조는 화증(火症)까지 있었다. 현재의 의학용어로는 화병이나 조울증쯤 되지 않을까 싶다. 그는 화를 참지 못했다고 한다. 어렸을 때부터 겪은 극심한 스트레스로 인한 것으로 이해되지만, 정도가 가볍지 않았으니 욕이나 화풀이 대상으로 나이 든 신하일지라도 예외가 없었다고 한다. 실로 그의 '욱'은 대단한 것이었다는 말이다. 이런 기질은 숙종부터 영조, 그리고 사도세자를 거쳐 정조에 이르기까지 집안의 내력이었다는 주장도 있다. 어찌 되었건 정조는 즉위 24년 만에 죽음을 맞는다.

그의 죽음 이후 조선은 급전직하, 나락으로 굴러 떨어지고 만다. 국가와 백성이 아닌 일개 집안의 이익에 철저히 봉사했던 세도정치의 서막이 열린 것이다.

○ 화성 행궁, 여정의 끝

봉수대를 지나고 동남각루에 이르자, 성곽길이 끝나는 지점이 머지않은 듯 행인들이 뜸하고 한산하다. 그러던 것이 남수문을 지나자 길이 갑자기 뚝 끊겨버린다. 잠시 어디로 가야 하나 어리둥절했다. 지나는 이에게 팔달문(八達門)이 어디냐고 묻자, 팔달문 앞에서 팔달문을 묻느냐는 투다. 사실이 그랬다. 골목길을 조금 벗어나자 팔달시장이 있었던 것이다. 시장과 팔달문은 지척이다.

팔달문은 수원화성의 남문이다. 팔달문은 사통팔달(四通八達)이라는 이름 그대로 로터리의 중심으로, 어디론가 떠나가는 이들의 이정표가 되어주고 있었다. 로마 가도에 있는 방사형 길의 중심처럼, 팔달문 역시 길의 중심이었다. 하지만 서울의 남대문이 그렇듯 성벽은 헐리고 문만 남아 제가 서 있는 목적을 잃은 듯한 모습에 알 수 없는 안타까움과 세월의 무상함이 느껴지는 건 어쩔 수가 없다.

서남암문을 지나자, 길은 다시 서장대로 이어진다. 어느새 출발지로 돌아온 것이다. 하지만 여정이 끝난 것은 아니다. 성곽의 중심에 수원화성

행궁이 있기 때문이다. 행궁(行宮)은 왕이 궁궐 밖을 행차할 때 임시로 머무는 궁궐을 말한다. 화성행궁은 수원화성 안에 건축된 행궁으로, 정조가 아버지인 사도세자가 잠들어 있는 융릉에 능행할 목적으로 건축했다. 정조는 어머니인 혜경궁 홍씨의 회갑연을 수원화성 행궁에서 치렀는데, 지금도 수원화성 행궁에는 당시의 모습을 재현해놓고 있다.

행궁 내 커다란 고목 앞에서 하얀 치마저고리를 입은 엄마와 아이가 치성을 드리고 있다. 고목 주변으로는 종이띠가 줄지어 매달려 있다. 무슨 염원이 있어 저리도 간절할까? 다만 개인의 일이든 국왕의 일이든, 설사 나라의 운명조차도 마음대로 되는 법이 없다는 사실만큼은 분명해 보인다. 그저 사람은 진인사대천명(盡人事待天命) 할 뿐이다. 최선을 다하는 것 말고 더이상 무엇을 할 수 있을 것인가. 그저 하루하루 열심히 살아야 할 이유들만 있을 뿐…. 역사마저도 그 하루하루의 묶음이 아니던가.

제5장

고독하지만 외롭지 않다

섬은 외로워도 외롭지 않다

군산 선유도 둘레길

○ 오지 않을 버스를 기다리지 마라

가끔은 오지 않을 버스를 기다리며, 또 울리지 않을 전화를 기다리며 그렇게 하루하루를 살아가고 있었던 건 아니었는지를 스스로 돌아볼 때가 있다. 그저 막연한 기다림으로 '언젠가는 올 거야!' 하며 목을 한껏 뽑아 올리고 눈을 휘둥글리고 귀를 쫑긋 세워 작은 기척에도 종종거리며 살고 있던 것은 아니었는지를 되묻게 되는 것이다.

그러다가 나중에서야 목이 메어 부르고 기다리던 것이 사실은 '와도 그만, 안 와도 그만'이었다는걸 깨닫고는, '왜 그랬을까' 하는 뒤늦은 탄식을 쏟아냈던 경험들이 나를 아프게도 한다. 산과 들에 피는 꽃에도, 처마 끝에서 하염없이 떨어지며 마당을 무심히 헤집던 빗줄기의 긴 선분에도, 어느 봄날 연초록의 잎사귀에 매달려 아롱대던 봄 햇살의 화사함에도, 무량한 억새밭이 서로 몸을 부대끼며 조근조근 전하던 이야기에도 귀 막고 눈 감은 채로 무엇을 향해 달려가고 있었더란 말인가.

정작 중요했던 것은 언제 올지도 모르는 버스나 전화가 아니라 지금 나를 둘러싸고 피는 꽃을 보며 설레는 마음이었건만…. 그렇게 지금이 아닌 막연한 내일을 기약하며, 내일만이 전부인 양 지금 이 순간을 방기하고 있었던 것은 아니었는지를 되묻게 되는 것이다. 오늘이 행복하지 않은 이에게 내일이 행복할 리 없는데도 말이다. 사람에 따라서는 기다리던 버스나 전화가 어쩌면 세속적인 성취나 물질에의 욕망일 수도 있고, 저마다의 특별한 무엇일 수도 있을 것이다.

하지만 삶의 비극은 어쩌면 오지 않을 버스를 기다리며 하염없이 목을 놓고 있다가 쓸쓸히 되돌아서 가야 하는 스스로를 발견할 때가 아닐까 싶다. 그 기다림의 시간 동안 다른 시간과 공간에서는 얼마나 많은 귀한 인연들이 오고 갔을 것이며, 세상의 숱한 아름다움은 얼마나 많이 피고 스러지고를 반복했을 것인가. 가버린 것들이 아쉬울 때, 아쉬움 앞에서 탄식할 때, 아마도 삶은 누추해지고 초라해질 것이다.

○ 고군산군도 가는 길

버스가 오지 않을 때는 차라리 걸어야 하는 법이다. 그곳이 어디든 가다 보면 그곳에도 삶이 있고 사람도 있기 마련이다. 다행스럽게도 좋은 인연을 만나 동행이라는 행운을 얻는다면야 더할 나위 없이 행복한 일이겠으나, 그렇지 않다고 해서 실망할 일도 아니다. 어느 것이든 나름의 의미야 구하는 사람의 몫이기 때문이다.

그날 고군산군도의 둘레길을 걸으러 가는 길에는 다행스럽게도 즐거운 동행이 있었다. 어쩌면 작고, 어쩌면 큰 인연이 될 수도 있는 좋은 사람들 말이다. 가야 할 곳은 군산의 고군산군도의 선유도 둘레길. 군산 구불길 8코스 A길이다. 고군산군도(古群山群島)는 말 그대로 군산 앞바다에 산재해 있는 60여 개의 크고 작은 섬들의 무리를 일컫는 말이다. 그 많은 섬들 중 사람이 살고 있는 섬은 16개. 중심이 되는 섬이 바로 선유도다. 그 선유도의 옛 이름이 군산도(群山島). 군산도라는 지명에 지금의 군산시와 고군산이라는 이름의 기원이 숨어 있다.

조선을 개국한 태조는 군산도에 금강과 만경강을 따라 내륙으로 침입하는 왜구를 방어하고자 수군부대인 만호영을 설치했다. 이후 세종 때에 와서 이 수군부대를 육지인 옥구군 북면 진포로 옮기게 되는데, 이때 진포가 군산진이라는 이름을 얻게 되었고, 그 군산진이 바로 군산시의 시작이었다. 그리고 과거의 군산도는 옛 고(古) 자를 붙여 고군산으로 불리어서 고군산군도라 한다.

그 섬들이 지금은 육지와 다리로 연결되어 있다. 섬이지만 섬이 아닌 지역이 되어버린 것이다. 새만금방조제를 따라 30여 분을 달려가면 그곳에 고군산군도가 있다. 그렇게 신시도를 지나고 무녀도를 건너면, 그곳에 선유도가 있다.

○ 발을 내딛기만 하면 걸음이 된다

길은 선유도 명사십리 해수욕장에서부터 시작된다. 명사십리 해수욕장은 이름에 걸맞게 동쪽 해안 약 1킬로미터, 서쪽 해안 약 2킬로미터를 합쳐 10리에 조금 못 미치는 천연 사구 해수욕장이다. 해수욕장에는 제철이 아니었음에도 삼삼오오 가족끼리 또 연인끼리 정다움이 넘실대고, 더러는 백사장을 넘나드는 파도와 술래잡기를 하느라 저마다의 웃음이 해변을 퍼져 나간다.

그런데 바다와 백사장의 평화를 방해하는 단말마의 비명 소리. 짚라인(Zipline)을 타고 바다를 가로질러 건너는 이들이 내지르는 소리다. 해수욕장을 가로질러 짚라인이 쉴 새 없이 지나간다. 관광 수입이라는 목적을 모르는 바는 아니나, 해수욕장을 찾은 사람들의 머리 위를 떠가는 짚라인이 그렇게 달갑지는 않다. 딴에는 백사장 바로 위로 지나가는 것은 아니라고 하겠지만, 해수욕장의 무량한 허공마저도 소중한 풍경임을 모르는 탓일 게다.

그럼에도 해수욕장은 그저 바라보는 것만으로도 마음을 설레게 하는 매력이 있다. 광활한 공간이 주는 해방감이 있고, 동심의 추억이 깃들어 있는 곳이라는 것, 그리고 바다와 백사장이라는 동경의 대상이 주는 편안함이 있기 때문이다.

선유도해수욕장을 벗어난 길은 곧장 산으로 향한다. 해수욕장을 에두르는 고만고만한 봉우리들이 올라올 테면 올라와보라는 듯 기세가 등등하다. 그중에서도 선유도에서 제일 높다는 대봉이 우리의 목적지다. 대봉은 150미터 남짓의 낮은 산이지만, 그 시작이 해수면이라 등산이 익숙하지 않은 이들에게는 나름 인내심을 요구하기도 한다. 특히나 불쑥 솟은 산이 초입부터 오르막인지라 일행들의 볼멘소리가 귀를 간지럽힌다.

하지만 어쩌랴. 아무리 투덜댄다고 한들 길 위에 발을 들인 이상 앞으로 나아가는 것 말고 무슨 방법이 더 있을 것인가. 그러니 열심히 발을 내딛는 것만이 유일한 방법이라면 방법이다. 그나마 다행스러운 것은 걷는다는 행위 자체가 그저 발을 반복적으로 내딛기만 하면 되는 일이니, 그 쉬운 과정이 위안이라면 위안이 될 것이다.

무언가를 하다 보면 스스로가 느끼는 승부처가 있다. 어차피 가야 할 길이라면 기왕이면 즐거운 마음으로 가야 한다는 저마다의 당위와 만나게 되는 것이다. 해야 할 일을 기쁜 마음으로 선선히 받아들이는 것이 승부처에서의 행동 요령이기 때문이다. 그런 이유로 사람들은 기를 쓰고 산을 올라야 하는 이유를 제 스스로 찾아낸다. 살아가는 일이 원래 그렇다. 살다 보면 울고 싶을 때 웃어야 하는 용기가 필요한 것처럼 길 위에서도 당연하다. 그런 과정은 언제나 미답의 곳을 경험하게 하고, 그 열정으로 우리는 정상 정복이라는 감개무량한 성취를 이루기도 한다.

○ 바다에게 자유를 허하라

산 중턱에서 바라보는 망주봉이 아스라하다. 아마도 산을 오르는 이유 중 하나는 지상에서는 결코 만날 수 없는 망망한 풍경과 대면하는 즐거움일 것이다. 눈을 돌리면 너른 바다 역시 아득하다. 하지만 아뿔싸! 선유도의 바다도 양식장의 그물에 갇혀 있었다. 호수 같은 잔잔한 바다는 온통 양식장의 차지였다. 한가로이 떠가는 유람선도 양식장을 피해 가느라 바다의 가장자리를 좇아 에둘러 갈 뿐이다.

서해건 남해건 우리나라의 물 맑고 아름다운 근해의 바다에서 양식장은 흔해도 너무 흔하다. 그리고 이제는 그들의 존재가 너무나 자연스럽고, 지나치게 당당하다는 사실이 문제라면 문제다. 많은 곳을 다녀보진 않았지만, 우리나라의 바다처럼 온통 양식장이 차지하고 있는 바다는 본

적도 들은 적도 없다. 아름다운 바다를 양식장이 차지하고 있는 모습이 조금은 아쉽고 안타깝다.

배고프고 어려웠던 시절에는 육지든 바다든 보고 즐기는 것에 우선해서 한 뼘의 공간이라도 무언가를 재배하고 키워 배고픔을 해결해야 하는 것이 가장 중요한 문제였을 것이다. 배고픔에서 벗어나는 것보다 중요한 문제가 어디에 있었겠는가. 하지만 이제는 달라져야 할 것 같다. 세상이 변하고 생활 수준 또한 변하면 대상의 가치도 달라지는 것이 당연한 일이기 때문이다.

이제는 경관이 자원인 시대가 아니던가. 실제 우리는 그곳이 어디든 훌륭한 조망권을 위하여 수천, 수억 원의 웃돈을 주고도 아파트며 부동산을 구입하고 있지 않은가. 그리고 얼마나 많은 사람들이 물 맑은 바다가 그리워, 그 바다를 찾아 해외로 나가고 있더란 말인가. 그렇게 바다의 경관이 빼어나다는 이유 하나만으로도 사람들이 즐겨 찾는 관광지는 많아서 셀 수조차 없을 지경이다. 그리스의 산토리니 바다, 이탈리아 베네치아의 바다, 그리고 세부, 몰디브, 푸켓과 동남아의 빼어난 휴양지의 바다에 이런 양식장이 떡하니 차지하고 있다면, 어떻게 지금의 명성을 얻어 수많은 관광객을 끌어모을 수 있었겠는가.

우리의 바다도 유명세가 자자한 곳들과 비교해도 전혀 모자람이 없을 것이다. 싼 가격으로 질 좋은 수산물을 먹을 수 있다는 것은 축복이겠으나, 이제는 바다의 또 다른 특별한 가치에 눈을 뜰 때가 된 것은 아닌가 싶다. 언제까지 우리의 바다가 양식장의 그물에 갇혀 제 아름다움을 잃은 채 신음하고 있어야 한단 말인가. 게다가 양식장으로 인한 환경오염 문제 역시 어제오늘의 일도 아니지 않은가. 이제는 바다를 양식장의 그물에서

놓아줘도 되지 않을까 싶다. 바다를 따라 걷고, 섬을 찾아 걸을 때마다 가슴이 꽉 막힌 듯 가슴을 옥죄는 답답함에서 벗어나고 싶다.

○ 섬에서 섬을 발견하다

정상이 머지않았나 보다. 앞서 가던 일행들이 탄성을 내지른다. 아니나다를까 대봉(150m) 전망대에 서자, 세상의 풍경이 달라졌다. 전망대 위에서 바라보는 탁 트인 멋진 풍광 앞에서 탄성은 말릴 새도 없이 저절로 터져 나온다. 이 풍경을 보기 위해 선유도에 와 산을 오르는 작은 수고스러움을 감수한 것이리라.

멍하니 오른 산 위에서 눈은 놀란 토끼처럼 커지고, 마음은 차라리 차분해진다. 눈앞은 그야말로 '텅 빈 충만'의 선경이었다. 하늘과 바다라는 텅 빈 공간에 점점이 아로새겨진 섬들은 그 공간을 채우는 충만이자, 화룡점정이었다. 신선들이 왜 선유도에서 놀다 가셨는지 조금은 짐작할 수 있을 것 같다.

땀깨나 흘리며 투덜대던 일행들 역시 언제 그랬냐는 듯 눈앞에 펼쳐진 다도해의 장관 앞에서 감동 어린 눈빛으로 고군산의 수많은 섬들과 바다의 조화를 눈에 담느라 여념이 없다. 눈만이 아니다. 감동의 순간을 담는 카메라의 셔터 소리가 끊이질 않는다. 바다 저 너머 좌측 방향으로는 아득히 멀리 군산산업단지가 보이고, 차례로 장자도, 대장도, 무녀도, 신시도 등의 섬들이 다리라는 이음새에 붙들린 채로 서로 연결되어 있다. 역시나 고군산군도는 섬의 무리였다.

숲 안에서는 숲을 보지 못하고, 섬 안에서도 섬을 보지 못한다더니,

실제가 그랬다. 섬 안에 있을 때는 그 섬마저도 바다와 잇닿은 또 다른 땅의 모습일 뿐 섬을 알지 못하였으나, 산에 올라 떨어져 바라보니 섬은 섬이 되어 동경과 외로움이라는 주제어를 품고 있는 존재임을 새삼 깨닫게 된다.

망주봉 역시 지상에서 바라볼 때는 그저 무심한 거대한 두 덩어리의 돌산이었으나, 산 위에서 바라보는 망주봉은 두 귀가 쫑긋한 말의 머리와 닮아 있었다. 그래서 사람들이 망주봉을 두고 마이산(馬耳山)를 이야기했었나 보다. 고군산군도를 기어이 육지와 연결시킨 첫 장본인인 신시도와 무녀도를 잇는 현수교인 단등교 역시 차로 무심히 건널 때는 서울의 한강을 가로지르는 여느 다리와 크게 다르지 않았으나, 다리를 떠나 멀리서 바라보자 과연 점과 점을, 섬과 섬을 굳건히 연결해주고 있는 맞잡은 두 손이었음도 알게 된다.

○ 산다는 것은, 누군가에게 마음 한 자락을 내어주는 일

멋진 풍경 앞에서 일행들은 어깨를 걸고 그들만의 추억을 간직한다. 더러는 오늘이 초면이었음에도 격의 없이 서로의 어깨를 내어주며 미소 띤 얼굴로 여러 컷의 사진을 남긴다. 그렇게 인연이 되어 가고 있는 중일 것이다.

산다는 것은 아마도 누군가를 만나고, 그 누군가에게 마음 한 자락을 내어주는 일일 것이다. 길 위에는 언제나 사람이 있고, 사람들은 늘 그렇듯 서로가 인연임을 다시금 깨닫는다. 그래서일까. 오늘의 여정에는 알 수 없는 풍성함이 있다. 여유롭고 너그러운 사람들이 갖는 향기가 느껴진다. 좋은 것은 굳이 맛보지 않아도, 알려고 애쓰지 않아도 저절로 알게 되는 무엇이 있지 않던가.

산을 넘어가는 하산의 길에도 가슴을 두드리는 광활한 바다가 있고, 바다 위를 점점이 떠가는 섬들이 한가득이다. 그저 무심히 바라만 보고 있어도 좋을 것만 같은 풍경이 바다 위에 그득하다. 굳이 말 없이도 옅은 미소를 띤 얼굴로 바라보기만 해도 그 대상이 내게로, 마음으로 오는 때도 있는 법이다. 사람도, 풍경도, 어떤 삶도 그러할 것이다. 그래서 내려가는 길이 아쉽다. 어쩌면 짧은 여정이 아쉬운 것인지도 모른다.

○ 섬은 외롭지만 외롭지 않다

문득 멈춰 서 바라보는 섬과 바다는 아득하고 고요했다. 바다를 사이에 둔 적당한 간격 안에서 그들은 평화로웠고 아늑했다. 그렇게 고요와 평화 안에서 세상을 사는 우리네 역시 각자가 하나의 섬으로 홀로 서 있다는 생각이 든다. 아마도 하나하나의 섬이면서 동시에 섬이 아닐 것이다. 고군산의 섬들이 그렇듯 사람들도 서로 연결되어 있기 때문이다. 그래서 온전한 섬은 어쩌면 없는 것인지도 모른다.

섬은 외롭지만 외롭지 않았고, 홀로인 듯 보이지만 혼자가 아니었다. 다만 홀로 서 있는 것일 뿐…. 결국 섬도 사람도 홀로 서야 하는 존재였던 것이다. 어느 시인(서정윤)의 시처럼, '홀로 선다는 건 가슴을 치며 우는 것보다 더 어렵지만' 홀로 설 수 있을 때, 우리는 세상과 세상 안에서 살아가는 사람들을 제대로 사랑할 수 있을 것이다.

모든 수평선과 자유로이 맞닿아 있는 허허로운 바다를 섬에서 만나지

않는다면, 우리는 어디에서 만날 수 있겠는가? 섬은 그렇게 바다에 갇혀 있었지만, 모든 바다를 향해 열려 있는 문이었다. 닫혀 있으나 열린 공간의 오목한 곳에 사람들이 사는 마을이 있다. 섬은 누군가에게는 감상의 대상이지만, 다른 누군가에게는 삶의 터전이기도 한 까닭이다. 그곳에서 사람들은 꿈을 키우고, 바다와 더불어 삶을 영위하고 있었다.

산을 내려오자 바닷가에는 상인들이 손님 맞을 준비로 분주하다. 길옆에 홍합을 쏟아놓은 아저씨는 지나가는 이에게 눈길 한 번 줄 틈도 없는지 홍합을 까는 손길만이 분주하다. 포구를 거니는 일행들 역시 분주하다. 하고 싶은 것도, 먹고 싶은 것도 많은 탓이다. 어쩌면 그들에게는 갯가에서 만나는 모든 것들이 살갑고 반가웠을 것이다. 그들의 흥겨운 흥정과 즐거운 발걸음과 밝은 목소리가 갯가를 풍성하게 한다. 추억의 한 페이지를 열심히 써내려가고 있는 중인지도 모른다.

문득 쌓여가는 추억들이 인연의 싹으로 움트고 있음을 깨닫는다. 뭉근한 웃음을 선물하는 그들의 모습에서 인연을 발견한 까닭이다. 그래서일까. "인연의 싹은 하늘이 준비하지만, 이 싹을 잘 지켜서 튼튼하게 뿌리내리게 하는 것은 순전히 사람의 몫"이라는 헤르만 헤세의 말을 떠올린다. 만남은 널려 있지만, 특별한 인연이 되기 위해서는 맺어진 인연을 귀히 여기고 스스로 존중하고 배려해야 한다는 것이라는 뜻이리라.

산다는 것은 인연을 만들어 건네는 수많은 경험과, 인연이라는 그릇에 가득 담긴 이야기들이 서로 섞여 화학작용을 일으키며 울고 웃는 긴 여정이 아니던가. 삶은 사람들과의 부대낌으로 채워진 긴 여행일 것이다. 살갑게 체온을 나누고 정다운 말을 나누고 더러는 언성을 높이며 삿대질을 하면서도, 인연이라서 삶은 인연 안에서 풍요로워지고 있다. 섬들의 바다가 여행자에게 들려주는 가르침이다.

길의 원류를 찾아서

금오도 비렁길

○ 섬으로 가는 길

섬은 동경의 대상이다. 그래서 그리움이다. 두 발로 걸어서는 갈 수 없는 곳. 눈으로는 지척이지만 마음의 거리는 멀 수밖에 없는 곳. 그곳에 섬이 있다. 그래서 사람들은 섬을 동경하고 그리워한다. 섬에는 특별한 무언가가 있을 거라 짐작하면서, 현실에서 떨어져 나온 다른 세상을 그리며, 사람들은 섬으로 간다.

섬에는 단절이라는 외로움과 단절과 유폐의 의미 너머에 자리 잡은 비밀이 있고, 그 비밀은 오로지 홀로 존재한다는 해방감을 줄 거라 지레 짐작하는 것이다. 그래서 어느 시인의 말대로 사람들은 '그 섬에 가고 싶'은 것이다. 그렇게 섬을 그리워하다 종내는 짧은 결심과 함께 섬으로 가는 배에 기어이 몸을 싣고 만다.

섬으로 가는 길은 멀었다. 밤을 새워 달린 버스는 아침에야 사람들을 작은 포구에 내려놓는다. 신기 선착장이다. 꽤 많은 사람들이 선착장에서 첫 배를 기다리고 있었다. 배가 출발하자마자 물보라가 허옇게 일어선 채로 끊임없이 배를 좇는다. 배가 섬에 닿을 때까지 지치는 기색 하나 없이 꾸준하다. 배의 뒷발질에 화가 나서 죽어라 따라오는 것인지, 그들의 끈질긴 추격을 궁금하던 찰나 뱃고동 소리가 뿌우우 길다. 점점이 놓인 수많은 섬들을 헤치고 나아가는 저편으로 섬의 선착장이 보인다.

배가 닿은 곳은 금오도(金鰲島). 금오도는 365개나 되는 여수의 수많은 섬들 중 하나로, 우리나라에서 21번째로 큰 섬이다. 남해안 끝자락, 기암괴석이 다채로운 작고 신비로운 섬이 금오도다. 금오도라는 이름은 자라를 닮은 섬의 모양새와 관련이 있다. 자라도 보통 자라가 아닌 금(金)자라를 닮은 섬이 금오도다.

금오도에는 섬이 숨겨놓은 특별한 길이 있다. 이름하여 벼랑길, 여수말로 '비렁길'이다. 주민들이 땔감이며 약초, 산에서 나는 온갖 먹을 것을 찾아 헤매던 길이자 마을과 마을을 이어주던 길이 지금은 전국민을 불러모으고 있다.

비렁길은 총 5개 코스로, 전체 길이는 18.5킬로미터에 이른다. 굳이 발이 빠르지 않더라도 쉬멍놀멍 걸으면 해가 지기 전에 종주의 기쁨을 누릴 수 있는 거리다. 단, 길이 준비한 수려한 풍광에 마음을 너무 많이 빼앗기지는 말아야 한다. 길 위에서 갑작스러운 낙조를 맞닥뜨릴 수도 있기 때문이다. 하지만 낙조마저도 덤일지도 모르니, 서두를 이유가 애초부터 없는지도 모른다.

○ 비렁길을 걷다

길은 함구미 마을에서 시작된다. 함구미 마을은 고요한 어촌마을로, 바닷가에 조용히 엎디어 있다. 앞으로는 끝없이 시퍼런 바다에 막혀 있고, 뒤로는 금오도에서 가장 높다는 대부산(381m)이 우뚝 솟아 있다. 그런 이유로 어쩔 수 없이 바다를 터전 삼아 질긴 삶을 영위하고 있는 마을이기도 하다. 거친 바닷바람에 맞서온 마을의 굳건한 돌담들이 이들의 험난한 여정을 보여주는 듯하다.

마을을 벗어난 길은 곧장 산 중턱으로 이어진다. 길은 오래되어 푸근하다. 길은 나란히 걸을 수 없을 만큼 좁았지만 깊었다. 얼마나 많은 사연들이 숨어 있을지 가늠조차 할 수 없을 만큼 풍성했고, 그 풍성함은 오랜 세월을 거쳐온 은은한 향기를 품고 있었다. 그랬기에 묵혀둔 오래된 장맛처럼 깊고도 진했다. 그래서 많은 사람들이 먼 길을 마다않고 금오도로 와서 비렁길을 걸으며 이 길을 이야기하고 있는지도 모른다.

길의 정취에 빠져 혼몽하던 차에 별안간 길 앞에 깎아지른 벼랑이 아득하다. 미역널방이다. 오래전 섬 사람들은 저마다 지게에 미역을 잔뜩 짊어지고 와서 이 벼랑 위에서 미역을 말렸다고 한다. 사방이 툭 트였으니 햇살이 풍부하고, 벼랑 위에 있으니 먼바다를 건너온 해풍이 오죽 좋을 것인가. 머금었던 물기를 벼랑 아래의 바다에 떨구고 고슬고슬 까맣게 말라갔을 미역들이 눈에 선하다.

하지만 미역널방은 이름이 주는 정겨움과는 달리 사뭇 까마득한 절벽이다. 시퍼렇게 입을 벌리고 있는 바다는 으르릉거리는 맹수의 아가리처럼 거친 두려움으로 다가온다. 가끔은 멀리 바라보며 전체를 조망해야 하는 풍경도 있기 마련이다. 비렁길에서 만나는 수많은 해식절벽들이 그러했다. 그곳에서 발길은 당연한 듯 오래 머물렀다.

수많은 둘레길이 그러하듯 비렁길에도 나무 데크로 이어놓은 길이 적잖다. 위험하지만 조망이 좋은 곳에는 따로 전망대를 마련해놓아 길이 품은 풍광을 드러내놓길 주저하지 않는다. 게다가 시라니…. 어느 전망대에서 시가 길을 노래하고 있었다.

너는 지나가는 바람이었고
머문 적 없는 비였고
잠든 적 없는 별이었으므로

바닷내 푸른 미역널방에서 미끄러지고
붉은 동백숲에서 길 잃는구나

앞서 떠난 파도가
되돌아오며 발목 잡는
숨찬 비렁길에 들어서면

- 김금용, 〈붉은 비렁길〉

한 편의 시가 여행자의 마음을 두드린다. 나는 언제 한번 지나가는 바람처럼, 머문 적 없는 비처럼, 잠든 적 없는 별처럼 살아본 적이 있었던가. 아마도 더러는 있었을 것이다. 그것이 비록 훌륭하진 않았더라도 휘

비렁길

적대며 부는 바람처럼, 오는 듯 마는 듯 비처럼, 어렵사리 두 눈을 껌벅대는 별처럼 그런 적도 있었을 것이다.

그저 그렇게 자연이라는 풍성한 선물 앞에서, 그 가르침 앞에서 얼마나 순수했고, 또 겸손했던가를 생각하게 된다. 길 위에서 길을 찾는 그들 중에 나도 한 자리를 탐내어 고개라도 들이밀 수 있다면야 좋으련만, 어디 의욕만으로 되는 일이던가. 아직도 느끼고 깨달아야 할 것들이 바다 저 멀리에서 일렁이고 있었다.

○ 섬을 걸어야 하는 이유

도보 여행을 위한 여느 길이 다 그렇듯 길에서는 홀로 걸어도 충분하다. 특히나 비렁길은 더욱 그러하다. 여타의 소음조차 배제된 공간에서 낯선 새로움과의 만남은 그 자체로 흥분되는 일이기 때문이다. 좁다란 오솔길을 호방하게 걸어도 좋고, 어느 순간 뻥 하니 터지는 시야와 그 너머 시퍼런 바다의 압도적인 모습에 가만히 잠기어도 좋고, 귓전을 간지럽히는 해풍에 두 눈을 감고 바다가 전하는 소리를 멍하니 들어도 좋다. 마음이 저절로 평온해지기도 하고 가슴이 뛰기도 한다.

사실 아는 이 하나 없는 낯선 장소에서 느낄 수 있는 감정은 다채롭다. 격리되어 있다는 고독감이 있는 반면, 혼자라는 자유로움과 비밀스러움을 누릴 수도 있다. 그렇게 일상에서 벗어난 해방감은 몸과 마음을 풀어헤쳐놓는다. 익명에 기대어 다른 이의 관심과 시선으로부터 벗어나 순전히 '나'로 살 수 있는 체험은 여행 중에서도 도보 여행만이 주는 커다란 즐거움이 아닐는지….

그중에서도 섬은 더욱 특별하다. 섬이라는 대상이 품고 있는 이미지가 그러하기 때문이다. 섬으로 가는 것은 단절을 통한 '자발적 고독'이라는 상징을 찾아나서는 여행이다. 《섬》이라는 책을 쓴 장 그르니에의 섬 역시 어떠한 생명체도 살지 않는 적막한 무인도다. 섬에는 나만이 오롯이 있을 거라는 기대가 숨어 있다. 물론 섬에도 사람은 살고 있다. 그러나 섬이라면 으레 고독할 것이라는 기대는 어쩔 수 없나 보다. 금오도가 그랬고, 비렁길이 그러했다.

○ 금오도가 주는 선물

비렁길에서 만날 수 있는 눈에 띄는 풍경 중 하나는 방풍나물이다. 한 뼘이라도 빈 땅이 있다면 그 땅에는 으레 방풍나물이 자라고 있다고 생각해도 무리가 아닐 정도다. 금오도는 그야말로 방풍나물의 섬이다.

방풍나물에는 나름 재밌는 효능이 있다고 전한다. 그것은 '방풍'이라는 이름에서 유래하는데, 방풍나물을 먹으면 풍(風, 뇌졸중)을 예방함은 물론 남자의 바람기까지 막아낸다는 속설이 있다. 그래서일까. 여성분들이 많이 찾는다고 하는데…. 속는 셈 치고 남자들에게 많이 권해보시라! 처음 먹어보는 나물이었지만, 그 맛이 특별했고 맛있었으니 이래저래 손해는 아닐테니 말이다.

마침 동구나무 아래에서 방풍나물을 다듬으시는 할머니의 모습을 살짝 사진으로 담았더니, 제대로 찍어달라고 하신다. 사진값은 방풍나물이라며 배낭이 감당하지 못할 정도로 담아주시더니, 그걸로도 부족하다 여기셨는지 또 두 손 가득 집어주신다. 기대하지 않았던 선물에 가슴이 뜨거워진다. 나중에 문자 메시지를 통해 사진을 보내드렸더니 짧은 답장을 보내주셨는데, 즐거워하시는 마음이 내게로 고스란히 전달돼 뭉근한 미소를 한참 동안 매달고 있었더랬다.

여행지에서 누군가를 만나고 그들과 마음을 나눌 수 있다는 건 여행이 주는 최고의 선물이다. 아무리 좋은 풍경이 있더라도, 그곳에 사람이 없다면 앙꼬 없는 찐빵과 다름없다. 사람 사는 마을이 미술관 그림과 다를 것이 뭐가 있겠는가. 결국은 사람이다. 그러니 조금은 용기를 내어 여행지에서 누군가를 만나는 행운을 누려보기를 권한다.

길은 벼랑과 숲을 번갈아 가로지른다. 숲은 깊고 아늑하다. 제주도에서 곶자왈이라고 부르는 나무숲 터널이 비렁길에서도 흔하다. 금오도도 화산섬이었던 걸까? 그저 그럴 거니 짐작만 할 뿐이다. 다만 숲이 깊은 이유 중 하나로 추정하는 것은 과거에 금오도가 사람이 거주하는 것을 금지한 봉산으로 관리된 섬이었다는 사실이다.

봉산(封山)이라 함은 나라에서 필요한 재목을 키우기 위해 나무를 베는 행위인 벌채를 아예 금지한 곳을 일컫는데, 금오도가 바로 그 봉산의 섬이었던 것이다. 경복궁을 재건할 때에도 금오도의 소나무를 베어다 썼다고 하니 충분히 이해가 되는 대목이다. 그렇게 금오도에는 사람의 거주가 제한되다가 1885년부터 출입할 수 있게 되었다고 한다. 그래서일까. 숲은 깊고 아늑하다. 햇살이 제아무리 기승을 부려도 숲에 들어가면 서늘한 기운이 온몸을 감싼다. 그냥 이대로 머물고픈 마음이 간절하다.

○ 오동나무에도 꽃이 피더라

숲을 벗어나자 저 멀리 바다가 아득하다. 바다 건너 멀리 보이는 것이 섬이었던가. 가물가물 보이는 저편 희뿌연 실루엣으로만 섬이 있음을 짐작할 뿐이다. 길이 다시 바닷가로 이어질 즈음 처음 보는 꽃이 나무에 한가득이다. 저 보라색 꽃은 무어란 말인가. 오동나무 꽃이란다. 아! 오동나무에도 꽃이 피는구나. 오동나무에 꽃이 핀다는 사실조차 모르던 이에게 이게 웬 횡재란 말인가.

가끔 길 위에서 만나는 이러한 느닷없는 선물은 여행자를 행복하게 한다. 아! 내가 이 꽃을 보려고 먼 길을 걸었구나! 하는 뿌듯함이 밀려온다. 낯선 새로움이란 이런 것이다. 어쩌면 행복 역시 이런 것이 아닐까. 세상 곳곳에 숨어 있는 보물들이 무심히 내 앞에 모습을 드러낼 때, 우리는 보람과 행복을 느끼게 되는 것이다. 그래서 걸어야 한다. 걸을 때라야 보물들은 우리 앞에 더 자주, 더 오롯하게 드러나기 때문이다.

오동나무 꽃이 지척인 방파제에서는 따사로운 햇살이 못내 아까운 어부가 채취한 해초를 말리신다. 모자반이었을까? 톳이었을까? 아니면 우뭇가사리였을까? 혹여 하시는 일에 방해가 될까 차마 물을 수가 없었다. 바다를 건너온 바람의 바다 향기와 말라가며 마지막 향을 내뿜는 해초들의 향기에서 사뭇 특별한 바다를 깨닫는다. 바다는 깊었고, 아득했다. 눈물겨운 삶이 담겨 있었는지도 모를 일이다.

작은 포구를 지난 길은 다시 끝없이 이어지는 벼랑길로 사람들을 이끈다. 그래, 내가 걷고 이 길은 비렁길, 절벽 위를 떠가는 길이었구나. 카뮈는 '짐승은 즐기다가 죽고 인간은 경이에 넘치다가 죽는다'고 했다. 코발트색의 망망대해가 있고, 바다 위를 떠가는 섬들, 그리고 섬과 바다를 경계 짓은 깎아지른 듯한 벼랑들…. 경이와 탄성은 자동이다. 어찌 소리쳐 환호하지 않을 것인가. 오늘도 비렁길은 수많은 사람들의 경이와 탄성 속에서 특별한 길로 태어나고 있었다. 어쩌면 이 순간 금오도 최고의 특산품은 방풍나물과 더불어 비렁길이 아닐는지. 길은 섬의 대표 상품이 되어가는 중이다.

장 그르니에는 여행을 한들 무엇이 특별하겠느냐고 묻는다. 산을 넘으면 또 산이 나오고, 사막을 건너면 또 사막이 나온다면서…. 아마도 그 말이 의미하는 바는 여행이란 끝이 없다는 말일 게다. 어쩌면 삶 자체가 여행일 테니 여행이 끝나는 날은 천상병 시인의 표현대로 '하늘로 돌아가는' 그날이어야 하지 않을까.

그럼에도 불구하고 하루하루를 살아가는 우리는 바로 '그날'까지 어딘가를 가야 하고, 걸어야 할 것이다. 그냥 가보는 것이다. 다음은 어디가 될지, 걸어가보는 것이다. 뭐가 있든 그것이 무슨 대수겠는가.

고요의 강을 건너 오름을 오르다

제주 쫄븐갑마장길

○ 걷는 자의 로망

제주도로 도보 여행을 떠나면서 품은 로망 내지 기대가 있다. 지평선 저 너머에서 까마득히 달려온 파도가 섬 가장자리 절벽을 철썩 하고 부딪는 절벽 위를 실처럼 이어진 길을 아스라이 걸어가는 것. 그리고 하늘하늘 춤추는 억새들의 군무에 취해 정신줄이 툭 끊어지는 듯 아득해지는 무아(無我)의 평원을 홀로 걸어보는 것. 이것이 로망이라면 로망이고 걷는 이의 맹랑한 기대라면 기대였다.

그렇게 작지만 큰 기대를 안고 제주도의 길을 걸었다. 길 위에는 꿈꾸었던 그 길이 아닐지라도 아름다운 길이 곳곳에 널려 있었고, 순박한 사람들이 살아가는 마을도 여럿이었다. 하지만 포기할 수 없는 것 중 하나는 산 중턱에서 미어터질 듯 빼곡한 억새들이 섬나라의 봄바람에 울부짖듯 노래하는 모습이었다. 아니 절규하는 모습이어도 괜찮았다. 언젠가 제

주 횡단 도로를 지나면서 차창 밖으로 본 그 억새들의 군무를 잊을 수가 없었던 것이다. 그러나 그런 길을 만날 수가 없었다.

어제도 오늘도 이른 새벽녘부터 제주의 바닷길이며 밭둑길을 걷고, 올랐던 오름도 여럿이었건만, 마음속에 그리던 억새밭은 감감무소식이었다. 시간은 어느새 오후로 접어들고 있었다. 가던 길을 계속 걸을 것인가. 과감히 길을 돌려 다른 곳으로 갈 것인가. 결심이 필요한 순간이었다.

그런데 아무래도 억새에 대한 로망을 포기할 수가 없었다. 그래서 길 위에서 스마트폰으로 검색을 했다. 그렇게 해서 찾은 길이 쫄븐갑마장길. 곧바로 택시를 타고 길의 초입인 조랑말체험공원으로 달렸다. 곶자왈이 있고 잣성길이 있으며 멋진 오름의 억새길을 걸을 수 있다는 그곳은 내가 찾던 그 길이었다.

○ 숲을 만나고, 길을 찾다

조랑말체험공원에 도착하자 부슬부슬 비가 내리기 시작한다. 어쩌랴. 달리 선택지가 없는 도보 여행자에게 가고자 했던 길을 걷는 것 말고 달리 무엇을 할 수 있을 것인가. 물어물어 길의 초입을 찾고, 드디어 첫발을 내디뎠다. 조랑말체험공원 입간판 맞은편에 길의 시작점이 있었다.

쫄븐갑마장길에서 '쫄븐'은 제주도 말로 '짧은'을 의미하는 말이다. '갑마'는 말 중에서 갑(甲)인 최고의 말을 이르는 말이고, 그 말을 키우던 곳이 바로 '갑마장'이다. 갑마장(甲馬場)을 에둘러 도보 여행길을 만들어 놓았으니 '갑마장길'이다. 이 '갑마장길'이 20킬로미터 남짓 되는데, 이 중 갑마장길의 핵심이 되는 10여 킬로미터 거리를 코스로 줄여놓은 것이 바로 '쫄븐갑마장길'이다.

쫄븐갑마장길을 들어서면 이내 하늘이 보이지 않을 정도의 숲길이 이어진다. 제주도 말로 곶자왈이다. '곶자왈'은 숲을 뜻하는 제주 사투리 '곶'과 돌(자갈)을 뜻하는 '자왈'이 합쳐진 말로, 용암이 크고 작은 바위 덩어리로 쪼개져 요철(凹凸)지형이 만들어지면서 나무, 덩굴식물 등이 뒤섞여 원시림의 숲을 이룬 곳을 일컫는 제주 말이다.

흐린 날씨 탓에 숲은 잿빛 속에서 잔뜩 움츠려 있었다. 숲을 허겁지겁 바삐 걷는 어느 순간, 코끝에 닿는 무엇이 있다. 상쾌한 느낌이 나면서도, 은은하고 그윽하다. 숲이 흩어놓은 향기였다. 아! 새삼스레 깨닫는 푸른 향기가 아득하다. 살면서 몇 번이나 숲의 내음을 제대로 맡아보았던가. 정신이 번쩍 깨어난다.

코를 벌렁거리며 걷는 와중에 만나는 꽃들의 다비식…. 이른 봄과 노닐었던 동백이 처연한 표정으로 길 위를 수놓고 있었다. 비록 길 위로 떨어진 꽃이지만 고왔다.

길은 수목을 바꾸어 삼나무 숲으로 이어진다. 제주에 삼나무가 많은 까닭은 제주의 오름들이 민둥산이었을 적에 녹화사업의 일환으로 심었다는 이야기도 있고, 제주의 거센 바람으로부터 감귤나무를 보호하기 위한 방풍림으로 심었다는 설도 있다. 삼나무가 제주의 산야(山野)에 어울리는 나무인가 하는 논쟁과는 별개로 쭉쭉 뻗은 기상만큼은 드높았다. 언뜻 일본의 규슈 올레길에서 만났던 풍경과도 조금은 닮은 듯하다. 규슈의 길에서도 삼나무는 흔하디 흔한 길 위의 도반이었다.

얼마 가지 않아 온통 이끼 옷을 두른 건천(乾川)이 나타난다. 가시천(加

時川)이다. 건기에는 흐르는 물이 거의 없는 하천이라 그런지 이정표가 없었다면 개천인지도 모를 정도였다.

가시천을 지나니 시야가 잠시나마 뻥 뚫린다. 풍력발전기가 거친 숨소리를 토해내며 긴 팔을 휘두르고, 그 아래에서 제주의 아낙들은 이슬비가 내리는 와중에도 김을 매느라 여념이 없다. 가꾸는 작물이 뭐냐고 여쭈니 더덕이란다. 사진은 찍지 말라며 손사래를 치시는데, 한 장만 찍겠다고 사정을 하니 아낙들이 웃으신다.

○ 따라비오름, 그 극적인 만남

날이 흐려서인지 길은 제주도 특유의 까만 흙에다 잿빛 하늘이 반사되어 더욱 까만 얼굴로 뻗어 있다. 까만 길을 홀로 고요만을 동행한 채 도보 여행자의 자유를 만끽한다. 큰 소리로 노래를 부르며 걸어도 좋을 만큼 길을 독차지한 자만의 즐거움과 여유가 있다. 태곳적의 길을 지나는 듯 아득한 선경(仙境)을 찾아나서는 기분이 이러할까. 마음은 느긋해지고 소요하듯 걸으니 몸은 충전의 시간을 갖는다.

길은 숲을 갈라놓으며 나아간다. 마치 길의 숙명은 자신 앞의 풍경을 좌우로 나누고, 그 속으로 진격하는 정복자의 모습이어야 하는 듯 거침이 없다. 그러다 어느 순간 길을 막아서는 계단들의 행렬. '오름의 여왕'으로 불린다는 따라비오름으로 가는 길이다. 한 발 한 발 기어이 오르고자 했던 오름을 오른다. 해발 342미터, 높이 107미터에 불과한 오름인지라 계단이 많다고 해도 아직은 거뜬하다.

가끔 가던 길을 멈추고 가만히 뒤돌아보면 지나온 길이건만 조금은 낯설 때가 있다. 지나왔다고, 경험해봤다고 다 아는 것은 아니었다. 딴에는 스치는 풍경을 두 눈 가득 담는다고 담았음에도 미처 깨닫지 못하고 놓쳐 버렸던 것이다.

계단을 벗어난 길은, 억새와 철쭉 군락 사이로 새색시처럼 수줍은 듯 열려 있다. 나 역시 수줍은 듯, 조심스레 물안개 자욱한 길을 열어 나아가자, 철쭉꽃 너머로 오름이 보인다. '따라비오름'이다. '따라비'라는 말은 '땅하래비'에서 비롯된 말로 추측하는데, 주위에 여러 작은 오름 중에서 가장 큰 오름에게 부여된 이름이 '따라비'여서 '따라비오름'이 되었다고 한다.

이슬비가 촉촉하니 적셔둔 오름의 평원은 고요의 호수였다. 숲 어느 틈에서 제 살아 있음을 울어대던 새들도 어디론가 가버리고 없는, 가만히 바라만 보아도 아득해 그 속에 그냥 주저앉고 싶어지는 막막한 설렘이 있었다. 무지로부터 우리를 보호하는 것은 순정(純情)이라더니 안다는 것이 차라리 무지의 원인일 수도 있다는 사실을 새삼 깨닫는다. 그 안에서 바라만 봐도 되는 풍경도 있는 법이다. 물안개 자욱한 따라비오름이 그랬다.

○ 오름은 고요의 호수였다

따라비오름 초입의 철쭉 군락지를 지나자, 억새들이 너울대는 오름의 능선이 모로 누워 있는 잘록한 허리의 여인처럼 S자 몸매를 드러낸다. 조심스레 능선을 밟으며 오른 따라비오름의 정상은 억새의 바다에 떠 있는 배였다. 어디선가 로렐라이 언덕 물의 요정이 노래를 부르기라도 하는 듯 능선을 따라 흐르는 억새들의 선율은 감미롭다 못해 차라리 가슴이 에일

듯 처연했다. 로렐라이에게 넋을 빼앗긴 순박한 뱃사공의 처지가 마치 내 일이라도 되는 양 걱정이 될 지경이다.

건듯 불어온 바람에 온몸으로 부르는 그들의 노래는 대금산조 가락처럼 여리고 깊었다. 하지만 이내 오목한 오름의 분지 아래에서 정상으로 치달리며 증폭되는 그들의 합창 소리는 고요의 천장을 뚫고 하늘로 치솟고, 이내 흩어진 소리 너머로 또 다른 정적이 밀려든다. 정적은 물안개와 함께 왔나 보다. 멀리 제주의 바다를 떠난 물안개의 행렬이 오름을 뒤덮는다. 보이는 듯 보이지 않는 듯 가뭇한 흐름만이 가득하다. 무언가가 가슴을 쥐어짜는 듯 어쩌지 못하는 물빛 그리움이 차라리 서러워진다.

오름의 등성이에는 의자 두 개가 나란히 놓여 있다. 탁월한 배려다. 가만히 앉아 오름이 전하는 이야기를 즐기라는 의미일 것이다. 한동안 의자에 앉아 오름을 바라본다. 산에서 왔는지 바다에서 왔는지조차도 알 수 없는 안개 속에서 부드러운 능선은 안개의 흐름 속에 자신을 고스란히 내어준 채 조용히 엎드리고만 있었다. 아무것도 할 수 있는 게 없었다. 바라보고 또 바라보는 것 말고는 그 무엇도 할 수 있는 것이 없었다. 그냥 바라보다가 문득 마음이 가라앉는 소리를 들었던 것 같기도 하다.

물안개의 침입에 숨죽이던 용감한 새 한 마리가 침묵이 부담스러웠던지 마침내 저음의 실로폰 소리 같은 제 목소리를 고요의 호수에 떨구고 만다. 한편으론 안개 낀 호수를 떠가는 나룻배의 노에 부딪히며 내는 자박자박 물소리를 닮았다. 그렇게 형체도 없이 소리로만 호수를 흐르는 먼 먼 소리가 오름을 깨운다. 풍경도 소리도 그저 아득하고 아득하다.

소리에 놀란 건가. 꿈쩍도 하지 않을 것 같은 물안개가 제 왔던 곳으로 돌아가기라도 하려는지, 아니면 다른 들를 곳을 불현듯 기억이라도 해냈는지 하나 둘 멀어져간다. 스르륵 장막이 걷히듯 안개에 갇혔던 오름의 부드러운 능선이 가뭇가뭇 제 모습을 드러낸다. 오름의 분지 가득 숨죽이던 억새들도 짧은 단잠에서 깨어난 듯 그저 맑은 낯빛을 드러낸다. 그러더니 어깨춤을 춘다. 수줍음 많은 처자처럼 엉거주춤 몸을 들썩이는 것 같기도 하고, 이제 막 흥이 올라 뭔가를 보여주려고 몸풀기를 하고 있는 것 같기도 하다.

무작정 와서 보고 듣는 풍경 앞에서 마음이 그저 충만해진다. 어찌 이런 광경을 상상이나 했겠는가. 가끔은 무모함이 뭔가를 이루기도 하는 법이다. 따라비오름과의 감격적인 만남이 그러했다.

하지만 한없이 머물러 있을 수만도 없는 일. 아무리 아름다운 풍경이라도 이별의 순간은 어쩔 수 없는 필연이다. 질긴 아쉬움에 발을 끌듯 내려가는 여행자를 이름 모를 보라색의 꽃과 철쭉이 수줍게 배웅을 한다.

○ 잣성, 말과 마을의 경계

오름을 내려오면 편백나무의 숲이 긴 띠를 이루며 이어진다. 편백나무 숲의 향기가 아릿하게 길 위를 흐른다. 가슴을 열어 한 숨이라도 더 마실 요량으로 코를 벌렁거려보지만, 아서라 그런다고 얼마나 더 가슴에 담을 수 있으랴. 공연한 욕심에 웃음만 날뿐. 혼자서 실성한 사람처럼 그저 헛웃음만 길 위에다 흘리고 만다.

편백나무 숲을 벗어난 길은 '잣성'길로 이어진다. 잣성은 제주지역 중산간 목초지에 경계 구분을 위해 축조된 두 줄로 된 돌담이다. 축조 목적은 말이 농경지에 들어가 논밭이나 농작물을 망가뜨리지 못하게 하기 위해서라고 한다. 몽골 침략 이후 주요한 말 사육장이 된 제주도에서는 말로 인한 농경지 피해가 막심했다고 한다. 그런 이유로 조선 중기에 이르러 우마(牛馬) 사육지를 산의 중간 지역으로 제한하게 되었고, 산 중간의 말들이 산 아래로 내려오는 것을 막기 위한 방책이 잣성이었다.

잣성은 그 길이가 60킬로미터에 이를 정도로 긴 띠를 이루는 선형(線形) 유물로서 제주뿐만 아니라 우리나라 전체에 남아 있는 역사 유물 가운데 가장 길다고 한다. 조선시대 목장 운영과 관련된 중요한 산업 유적이라는 설명이다. 특히 잣성은 제주 역사에서 그 유래를 찾아볼 수조차 없는 대규모 공사로 그 공사에 동원된 제주인들의 노고는 두말할 필요조차 없을 것이다. 담을 이루는 돌 하나하나에 그들의 피와 땀이 스며 있음은 자명한 일이다.

저 멀리 풍력발전기가 맴을 돈다. 길은 풍력발전기 아래로 흘러간다. 길은 S자의 유려한 커브를 그리기도 하고, 곧장 숲을 향하여 나아가기도 한다. 더러 돌무더기를 만난 길은 짧은 오르막을 선사하기도 하지만, 대체로 무난한 길이다. 아이들도, 나이 드신 분들에게도 충분히 걸을 만한 길이다.

갈림길이 나타난다. 이정표는 직진하면 유채꽃 프라자가 나오고, 우회전하면 '큰사슴이오름'으로 가는 길이라는 설명이다. 응당 큰사슴이오름으로 가는 코스를 선택해야 했지만, 상황이 여의치가 않았다. 이른 아침부터 걸어서인지 카메라와 스마트폰의 배터리가 거의 동시에 바닥을 드러냈다. 눈에 보이는 풍경이 풍경이니만큼 무수히 카메라 셔터를 누른 대가였다. 당장 충전을 해야 했다. 다행히도 멀지 않은 곳에 건물이 보인다. 그곳이 유채꽃 프라자였다.

유채꽃 프라자는 가시리마을의 신문화조성공간사업의 일환으로 만들어진 문화공간이자 마을공동체의 구심점인 숙박시설이다. 큰사슴이오름 아래에 자리 잡은 천혜의 숙박시설인 셈이다. 봄에는 유채꽃이, 가을에는 억새들이 장관을 이루는 벌판 한가운데 우뚝 솟은 유일한 건물이 유채꽃 프라자다. 유채꽃 프라자 로비에 있는 콘센트에 플러그를 꽂고 본의 아니게 민폐를 끼쳤다. 뻔뻔하게도 배터리의 눈금이 올라가는 만큼 다시 걸을 이유 역시 명료해진다.

유채꽃 프라자의 앞은 제주도에도 이렇게 넓은 평원이 있었나 싶은 허허벌판이다. 그 위로 억새들이 춤을 추고, 풍력발전기들도 줄지어 늘어서 저마다 존재의 이유대로 열심히 바람을 맞고 있었다. 길은 억새와 억새 사이로 이어진다. 그러니 어찌 설레지 않을 것인가. 억새들은 두 줄로 나란히 서서 여행자를 이끌고 든든한 큰사슴이오름은 지긋한 표정으로 여행자를 배웅하니 과분한 배려에 여행자는 때아닌 호사를 누린다. 게다가 바다를 건너온 바람이 산 아래에까지 마중을 나오니 이런 대접을 어디에서 받을 수 있단 말인가.

○ 꽃머체, 투쟁적 생명력이 만들어낸 꽃다발

뒤돌아서 큰사슴이오름과의 짧은 석별의 눈인사를 건네면 길은 곧장 숲으로 이어진다. 숲길에서 만난 10여 미터 높이의 돌무더기. 돌무더기 위로 크고 작은 나무들이 뿌리를 박고 서 있다. 저들은 하필이면 이런 곳에서 살 생각을 했더란 말인가. 특이한 식생이 안타까워질 찰나에 눈에 띄는 이정표, 이름도 특이한 '꽃머체'란다.

특이한 이름만큼이나 나무들이 딛고 선 바위들의 모양새가 예사롭지가 않다. '머체'란 제주도 말로, 땅속에 묻혀 있던 용암 덩어리가 지표면에 노출된 상태를 말하는데, 지질학적으로는 크립토돔(cryptodome)이라고 한단다. 이와 같은 지질구조는 국내에서 이 지역이 유일한 분포지로, 세계적으로도 희귀하다고 한다.

'꽃머체'란 이름은 '머체' 위에서 자라나는 나무들과 꽃이 아름답다 하여 꽃머체라는 이름을 갖게 되었다는 설명이다. 꽃머체 정상부에는 구실잣밤나무, 제주참꽃나무, 조록나무, 동백나무가 자라고 있으며, 작은 식물로는 순갈일엽초, 호자덩굴, 자금우 등이 자라고 있다고 한다. 새삼 용암 덩어리인 바위 위에 기어이 뿌리를 내리고 울창한 숲을 이룬 엄청난 생명력에 감탄하지 않을 수가 없다. 결국 어느 땅을 딛고 서 있는가 하는 것보다, 딛고 선 땅 위에서 어떻게 살아낼 것인가 하는 삶의 자세가 더욱 중요하다는 걸 다시금 생각하게 한다.

○ 걷는 것은 그냥 걷는 것

제주도의 여러 길을 걸으며 새삼 제주도 길의 다양성에 감탄하게 된다. 제주도에는 제주 올레길이 있고, 한라산 둘레길이 있으며, '갑마장길'처럼 지역 사회나 지자체가 개척해 세상에 내놓은 아름다운 길들도 여럿이다. 가야 할 길이 많으니, 걸어야 할 이유도 다양할 수밖에 없다. 사실 걷는 이유라는 것이 길이 있으니 걷는 것일 뿐 달리 어떤 특별한 이유가 있을까마는, 다양한 길 위에 서보면 각기 다른 이유도 저절로 생겨나는 법이다.

티베트 여행기 《카일라스 가는 길》을 쓴 소설가 박범신은 '별을 보고 바람을 느끼고 우렁각시 같은 마음의 언어에 귀를 기울일 수 있다면, 구태여 이곳에 와서 눈물겨워 할 필요는 없다'고 했었다. 물론 그곳이 어디든 그곳에서 느끼고 깨달을 수 있다면야 여행은 부차적인 것이 될 수도 있을 것이다. 하지만 여행을 깨닫기 위해서만 가는 것은 아니지 않은가. 어쩌면 특별한 느낌이나 깨달음이야말로 결과로서 여행의 부가적인 소득일 뿐이다.

걷는 것은 그냥 걷는 것이다. 어떤 이유를 대더라도 그 이유 안에서 그냥 걸어볼 일이다. 특별한 의미를 부여하는 것은 도보 여행이든 뭐든 가방을 무겁게 하는 일일 뿐이다. 그냥 걸어보시라.

끝이 다시 시작이다

제주올레길 제21코스

○ **길을 잇고 연결하다**

걷는다는 것은 단순한 행위다. 하지만 누군가에게는 필생의 목표이자, 삶의 이유가 되기도 한다. 그래서 사람들은 걷는다. 그런 의지들은 언제부터인가 산티아고 순례길을 수놓았고, 이제는 제주의 올레길에서도 지리산 둘레길에서도 흔하다. 그들은 걸어야 하기 때문에 걷는다. 걸음으로써 살아있는 자신의 존재를 확인하기도, 증명하기도 한다.

가끔은 그런 의지들이 모여서 새로운 길이 되기도 한다. 제주 올레길이 그렇다. 산티아고 길을 걸었던 누군가는 자신의 고향에도 산티아고 길 같은 도보 여행길을 개척해보리라 염원했던 것이다. 물론 길은 한 개인의 노력만으로 만들어지는 것은 아니다. 길은 수많은 사람들이 오고 간 흔적이기 때문이다. 길은 만드는 것이 아니라 다만 발견하고 잇고 이야기로 채색하는 것이다.

제주 올레길은 산티아고 길을 걸으며 영감을 얻은 서명숙 제주올레 이사장이 2007년, 시흥초등학교에서 광치기 해변까지의 15킬로미터 남짓의 길을 세상에 내놓으면서 시작된다. 그렇게 시작된 길은 2012년 제21코스를 개장함으로써 제주도 전체를 일주하는 425킬로미터에 이르는 둘레길을 완성하기에 이른다. 제주도 사람들의 삶의 구석구석이 길로 연결돼 세상 밖으로 나오게 된 것이다.

○ 돌담, 고단한 삶의 증거

제주 올레의 마지막 코스인 제21코스를 걸었다. 제주 올레 제21코스는 제주시 구좌읍 해녀박물관에서 종달바당까지 이어지는 12킬로미터 남짓한 코스다. 길은 해녀 박물관 옆, 해신당이 있는 연대동산을 넘어 시작한다.

걸은 지 얼마 지나지 않아, 어느 게스트하우스의 돌담 위에서 인사를 건네는 수줍은 속삭임들이 반갑다. 누구나 마음에 품었으나 시원스레 토해내지 못했던 고마운 말들이 벽돌 안에 담긴 채로 여행자에게 말을 건네고 있었다.

'사랑해', '행복해'

살아가는 일이란 결국 이 두 단어 안에 있었음을, 이 말들을 너무나 아끼면서 살았음을 깨닫는다. 사랑한다고 말해야 했고, 행복하다며 감사해야 했건만 오랫동안 잊고 있었음을 깨닫는다. 예상치 못한 곳에서 만나는 위로이자 자극이었다. 사랑하고 또 행복하리라….

느닷없는 인사에 머금었던 미소가 옮어질 즈음, 길은 마을을 지나고 이

내 밭둑길로 들어선다. '낮물밭길'이다. 밭에는 주로 당근과 무를 심는다고 한다. 유채꽃이 밭을 에둘러 피어 있고, 밭의 경계를 이루는 돌담이 길게 늘어서 있다. 제주 올레를 걷는다는 것은 실상은 끝없이 이어지는 돌담과의 동행일지도 모른다. 제주도는 돌담의 섬이었다. 그래서 돌담의 종류도 다양하다.

우선 낮물밭길처럼 밭과 밭 사이를 경계 짓는 돌담을 '밭담'이라고 한다. 그리고 집을 둘러싼 외벽에 쌓은 '축담', 골목길에 쌓은 '올렛담', 밀물에 들어온 물고기를 가두기 위한 '원담', 해녀들의 탈의실이었던 '불턱', 가축을 방목하기 위한 '잣담', 무덤을 지키기 위한 '산담', 해안의 환해장성이나 진성에 쌓았던 '성담', 울타리용으로 쌓은 '울담' 등. 제주도에서의 돌담은 그야말로 경계를 획정하는 거의 유일한 방법이라고도 해도 과언이 아니다.

어찌 보면 엉성하게 쌓아 쉬이 무너질 것 같은 돌담들이 삼다도(三多島)의 거센 바람에도 끄떡없이 버텨내는 강인함은 또 다른 수수께끼다. 비밀은 의외로 돌을 얼기설기 쌓아놓은 엉성함에 있다고 한다. 벽돌과 달리 생긴 대로 돌을 쌓으니 돌들 사이로 빈틈이 많아지고, 그 구멍이 바람을 분산시키는 역할을 한다는 것이다. 비어 있어 도리어 강했던 것이다. 약하디 약한 갈대가 바람에 쉬이 꺾이지 않는 이유와도 흡사 닮아 보인다. 그리고 모난 돌의 모양도 평평한 돌에 비해 바람 분산 효과가 커 바람의 영향을 덜 받는 탓도 있다고 한다.

제주도 전역의 무수한 돌담들이 증언하고 있는 사실은 제주도라는 섬에서 살아내야 했던 삶 자체가 돌과의 지난한 투쟁의 역사였다는 것이다. 수많은 돌담에는 제주도만의 고달픈 경작의 역사가 숨어 있다.

제주도의 땅은 흔히 돌 반 흙 반이라고들 말한다. 그러니 농지를 개간하는 일의 고통이 오죽 했을 것인가. 그 땅을 개간할 때 나온 수많은 돌들이 바로 돌담의 원천이다. 옛날 어떤 이는 제주도에서 밭을 일구는 모습을 보며 '고기 창자를 긁어내듯이 밭을 일구더라'고 표현했다. 그들은 창자를 긁어내듯이 돌을 치워가며 밭을 일구었다. 지금도 제주도의 밭 한가운데에는 농지 개간의 흔적인 돌무더기들이 쌓여 있는 것을 볼 수 있는데, 그 돌무더기를 '머들'이라고 한다.

○ 당도 오백, 절도 오백

길은 조선시대 제주도 동부 지역의 최대 군사기지였던 별방진(別防鎭)으로 이어진다. 별방진은 당시 무인도였던 우도에 왜선 정박지가 있었기 때문에 왜구들의 약탈에 대비한 방어용 성이었다고 한다. 현재 남아 있는 성의 둘레는 950미터로, 성 안쪽에는 마을과 밭이 자리 잡고 있다. 별방진의 성벽들을 울타리인 양 에두르고 있는 밭에는 유채꽃이 한창이었다.

별방진을 떠난 길은 밭담을 돌고 돌아, 바다로 이어진다. 아쉬운 것은 날씨가 궂은 탓에 제주도 바다의 맑음과 탁 트인 경관이 회색빛 그물에 갇혀 우중충한 낯빛을 띄고 있다는 점이다. 그래도 바다는 여행자의 닫힌 마음을 열어젖히기에는 충분했다. 바다 저 멀리에서부터 갯내음이 알싸하게 밀려들고 있었다.

짙어져가는 회색빛 하늘을 닮은 바다를 따라 걸어가노라면 널따란 공터에 돌로 쌓은 지붕 없는 구조물이 보인다. '신동 코지 불턱'이다. '불턱'은 해녀들이 물질을 나가기 전 옷을 갈아입거나 준비하는 공간이면서, 물질 중 휴식을 취하기도 하는 공간을 말한다. 구조는 보통 일정 높이의 담을 쌓아 내부와 외부를 구별한 정도다. 가운데에는 불 피울 자리를 두어 제주 말로 '지들커'라 부르는 땔감을 각자 가져다가 불을 피우고, 물질 중간에 몸을 녹이거나 아이에게 젖을 먹이기도 하는 등 해녀들의 휴게 시설이었던 셈이다.

신동 코지 불턱를 지나 머지않은 곳에는 각시당이 있다. '각시당'은 바람의 여신인 영등할망에게 제를 올리던 곳으로, 해녀들과 어부, 마을 주민들의 안녕과 풍요로운 해산물 채취를 기원하는 의례를 올리던 곳이다. 뭍에 성황당이 있는 것처럼 제주에는 마을 곳곳에 여러 신들을 모신 당들이 많은데, 각시당도 그중 하나였다.

제주도의 이런저런 신들에 대한 믿음을 나타내는 말로, '제주엔 당도 오백, 절도 오백'이라는 말이 있다. 그만큼 믿고 따르는 신들이 많다는 이야기다. 그런 이유로 각시당, 할망당, 본향당 등 이름도 다양하다. 이처럼 제주 사람들에게 많은 신이 필요한 이유는 거친 자연환경과 대적하며 살아온 그들만의 고단한 삶과 관련이 깊다. 바다라는 막막한 두려움을 이기기 위해 그들에게는 다양한 신들의 위로 내지 가호가 필요했던 것이다. 제주도에서는 아직도 장례를 치를 때조차도 좋은 날(기일)을 받아서 하는 풍습이 남아 있다고 하니, 그 믿음의 크기가 어느 정도인지는 어렵지 않게 가늠해볼 수 있을 것이다.

○ **민박집 풍경**

길은 제주의 동쪽 끝으로 달려가고 있었다. 동쪽 끝에는 성산봉이 있다.

오늘 이른 아침에 길을 떠난 곳이 성산봉이니 그곳으로 돌아가고 있는 중이다. 그곳에서 민박집 할머니가 길 떠난 객을 기다리고 있을 것이다.

내가 묵은 민박집은 비수기라 그런지, 아니면 원래 그런 건지 몰라도 하루 숙박비가 2만원이었다. 착한 가격에 황송해하던 찰나, 할머니께서 뭐라 하시는데 아침밥은 어떡할 거냐는 말씀이신 듯했다. 가능하면 주시면 좋겠다고 했더니 5천 원 추가란다. 생각보다 알뜰한 가격에 아싸! 쾌재를 불렀다. 하지만 나름 애환(?)도 있었으니, 일러도 너무 이른 아침 밥상이 문제였다.

내가 묵은 방은 마루를 기준으로 가운데 방이었다. 그 옆이 부엌이었다. 부지런한 주인 할머니께서는 길손들의 아침밥을 챙겨주시느라 이른 새벽부터 부산스러우셨다. 부엌 옆방에 묵은 덕에 나 역시 예정에 없던 부지런을 떨어야 했으니, 그 주범 중 하나가 불판에서 익어가는 고등어 냄새였다. 부엌에서 아침밥을 준비하시며 내는 달그락대는 소리는 그나마 견딜 만했지만, 아침에 맡는 고등어구이 냄새는 알람 소리 그 이상이었다. 어쩌랴, 그마저도 민박집 할머니의 정성이려니 했는데. 아뿔싸! 냄새를 피우던 고등어를 앞세우고 7시도 되지 않은 시간에 아침상이 방문을 열고 들어오는 것이 아닌가.

할머니 왈, '왕 밥 먹읍서예!' 하신다. 느낌으로 '어서 밥 먹어라'는 소리로 알아듣는다. '네, 감사합니다' 하고 받은 아침상이 7첩 반상이다. 그리고 아침잠을 깨우던 얄미운 냄새와 달리 고등어가 맛있다. 고봉밥을 다 비우지는 못했지만, 정성이 미안해 나름 과식을 하고 말았다. 더부룩한 배를 두드리며 민박집을 나서자, '강 옵서' 하시며 배웅을 하신다. 아마도 잘 다녀오라는 말씀인가 보다.

그렇게 비몽사몽간에 아침을 먹고 7시 반이나 되었을까. 안개 자욱한 성산봉에 올라 조심스레 건네는 누군가의 카메라에 그들의 다정한 모습을 담아주고 나서 물끄러미 성산봉 분화구를 바라보며 상념에 잠겼다. 이른 아침부터 새들은 왜 그리도 울어대던지…. 그렇게 시작된 긴 하루가 길 위로 뻗어 있었다. 지금은 아까 그 자리, 성산봉이 손톱만 한 크기로 그곳이 돌아갈 자리임을 알려주고 있었다. 성산봉에 이르는 동쪽 바다의 끝은 용눈이오름, 다랑쉬오름으로 이어지는 제주의 동부 오름 군락을 지나야 만날 수 있다.

○ **'멜튼개'의 뜻**

올레길을 걷다가 갈림길에 서면 제주 올레의 상징인 간세(조랑말의 이름)가 길을 안내한다. 간세의 머리 방향이 길의 진행 방향이다. 게다가 간세의 몸통 위에는 현재 진행하는 코스, 위치 번호, 앞으로 남은 거리가 표시되어 있다. 그리고 올레의 나무 화살표는 여행자에게 방향을 알려준다. 파란색 화살표는 정방향, 주황색 화살표는 역방향을 의미한다. 그리고 올레 리본들은 길을 걷는 이에게 자신을 따라오라며 나무 끝에 매달린 채로 분주히 흔들리며 여행자를 인도한다. 어디서건 길을 걷는 도보 여행자에게 리본은 소중한 길 안내자다. 길을 걷다가 리본이 보이지 않으면 자연스레 리본을 찾아 돌아선다. 길을 걸을 때는 이정표와 리본이 법이기 때문이다.

하도 방면의 길로 접어들자, 아득하게 보이던 문주란섬이 지척이다. 즐거운 표정의 해녀상 뒤로 문주란섬이 늦은 오후의 지친 몸을 쉬게 할 양으로 길게 드러누워 있다. 문주란섬은 일명 토끼섬으로 불리기도 하는데, 여름에는 문주란 꽃이 섬을 하얗게 뒤덮어 하얀 토끼처럼 보인다 해서 붙여진 이름이라고 한다. 문주란섬은 천연기념물(제19호)이다. 그래서 썰물 때 드러나는 검은 돌다리 길로 일부 탐방객에게만 방문이 허용된다. 그 문주란섬 초입에 '멜튼개'가 있다. 멜튼개라, 도무지 짐작조차 안 되는 이름이다. 섬인 제주에서 가장 원시적이면서도 최근까지 남아 있는 어로 수단이 바로 '원'이라 불리는 돌그물이다. 갯가의 생김새가 살짝 만(灣)을 이루는 '개'에 돌담을 쌓아 밀물 때 몰려드는 고기떼를 가두어 잡는데, 그 돌담이 돌그물이다. 그렇게 돌로 쌓은 어로용 돌담을 '원담'이나 '갯담'이라고 한다. 그래서 '멜튼개'는 문주란섬의 초입인 하도리 궁동에 위치한 갯담(또는 원담)으로, '멜(멸치)이 잘 뜨는(잡히는) 갯담'이라서 해서 '멜튼개'다. 멜튼개는 유적지이면서 현재까지도 생산 활동을 하는 어업시설이라고 한다.

○ 혼자 걸어도 혼자가 아닌 이유

길은 하도해수욕장으로 접어든다. 해수욕장의 백사장을 걷는 길이다. 해수욕장 저 너머로 지미봉이 보인다. 지미봉은 올레길의 대미를 장식하는 오름이다. 올레길은 시흥에서 1코스를 시작해 21코스의 마지막 지점인 지미봉을 지나 종달바당에서 막을 내리는데, 그곳이 다시 시흥이다. 21코스 다음이 1코스로 길은 연결되어 있었다. 끝이 시작인 것이다. 백사장에는 파도에 떠밀려온 우뭇가사리를 비롯한 해초류들이 한가득이다.

하도해수욕장을 벗어나면, 카누들이 줄지어 늘어서 있다. 바다 건너 손에 닿을 듯 보이는 우도까지도 노를 저어 갈 수 있다. 하도는 철새도래지로도 유명한데, 겨울이면 저어새, 도요새, 청둥오리 등 수만 마리가 날아와 한 시절을 난다고 한다.

길을 걷다 보면, 특히나 일정한 지점을 향해 나아가는 올레길 같은 곳에서는 동행인 듯 아닌 듯 가끔씩 마주치는 일행이 생길 때가 있다. 처음에는 가벼운 목례로 서로의 존재를 확인하다가, 길이 계속 이어질수록 만남의 횟수가 늘어가면서 안면이 트이기 마련이다.

"작가신가 봐요?" 누군가 나에게 말을 건넨다. 묵직한 카메라를 목에 걸고 혼자 무언가를 열심히 찍고 있으니 그렇게 보였나 보다. "아닙니다. 작가는 무슨…" 하면서 돌아보자, 걸으면서 몇 번 마주친 올레꾼(제주도에서는 도보 여행자를 이렇게 부른다)이다. 나보다 여러 날 먼저 와서 걷고 있다는 그 여성은 자신이 걸었던 길에 대한 이런저런 감상을 펼쳐놓는다. 몇몇 코스는 나 역시 경험이 있었던지라 추임새를 넣자, 도리어 내게 길 소개를 부탁한다.

난데없는 동행이 생긴 것이다. 그렇게 동행인 듯 아닌 듯 한동안을 같이 걸었다. 가끔은 동행도 필요한 법이다. 다행히도 동행이 내가 보고 듣는 것을, 더불어 보고 들을 수 있다면 금상첨화일 것이다. 〈포구 기행〉을 쓴 곽재구 시인의 표현대로라면, '말수가 적고 눈빛이 맑은, 그래서 내가 지나온 풍경들을 마음속으로부터 천천히 열어놓을 수 있는 동행'이라면 더욱 좋을 것이다. 하지만 설사 그런 동행을 만난다 해도 실상은 보행의 속도도, 여행의 이유도, 목적도 다르니 그나마도 한시적인 동행일 뿐이다.

동행의 시간은 짧았다. 해가 어느새 뉘엿뉘엿 바다의 가장자리를 향하고 해가 바다 아래에 스며든다는 것은 어둠이 머지않았음을 알려주는 신호이기 때문이다. 또 어차피 갈 길이 다르니 짧은 눈인사로 갈음하고 스스로 갈 길을 재촉할 따름이다. 다만 길 위에서는 이런 작은 인연마저도 가끔은 필요한 법이다. 혼자 걸어도 혼자가 아닌 이유다.

○ **끝이 시작이다**

멀리 바다 저편에서부터 불빛들이 하나둘씩 솟아나기 시작한다. 어선들이 집어등을 켰나 보다. 가야 할 길이 먼 것과는 상관없이 걸음을 서둘러야 하는 이유다. 그럼에도 하나라도 더 보고, 경험하고자 하는 욕심은 스스로의 발걸음을 자꾸만 붙든다. 무작정 멀리만 간들 무슨 소용이 있겠는가마는 그래도 마음은 급해지기 마련이다. 하지만 완주의 꿈이 사라진 지금에는 차라리 가벼운 마음으로 갈 수 있는 만큼만 가도 무방할 것이다.

바다로 이어진 길 저 멀리 성산봉이 어둠 속으로 스며들고 있다. 그곳이 오늘의 최종 목적지이지만, 걸어서 갈 수 있는 곳은 이미 아니었다. 차라리 조바심을 놓으니 꽃길이 보인다. 길 주위로 다양한 꽃들이 지천이다. 어둠이 이 꽃밭을 삼키지만 않았더라면 참으로 화사한 길이었을 텐데, 꽃은 제빛을 잃은 지 오래라 그나마 꽃길을 걷고 있다는 것만으로도 위로가 된다.

어둠이 길을 다 잡아먹기 전에 아스팔트의 지름길을 허위허위 달려온 덕에 바닷가에서 숨죽이며 불을 밝히고 있는 한 어촌 마을에 닿을 수 있었다. 종달포구다. 제주 올레 21코스의 대미는 지미봉이건만, 어둠 탓에 지미봉을 오르지 못한 아쉬움이 크다. 하지만 그마저도 어쩔 수 없는 일

이다. 그럼에도 코스의 마지막에 서자, '종달'이라는 이름의 의미가 새삼 마음에 와닿는다. 종달리의 '종달(終達)'은 맨 끝에 있는 땅이자, 제주목의 동쪽 끝 마을이라는 의미를 지니고 있다. 그리고 제주목사가 부임해 제주도 순시를 마치는 마지막 고을이어서 종달이라고도 한다는데, 종달리는 제주의 끝이면서, 시작이었다.

종달포구에 서서 먹빛으로 변해가는 바다를 바라보며, 사방이 바다로 둘러싸인 채 바다와 동고동락하며 고단한 삶을 살아내야 했던 오래 전 제주도의 사람들을 떠올린다. 삶은 슬픔을 먹고 자라는 흙탕물 속의 연꽃인지도 모른다. 고난과 슬픔을 원하지는 않지만, 외면할 수 없는 삶의 동반자이니 말이다. 하지만 모든 길에는 나름의 존재 이유와 가치가 있는 법이다. 그것이 거친 삶의 길이라도 마찬가지다.

길을 걷는 누군가도 길 위에서 후회와 연민, 슬픔에 둘러싸인 자신과 화해하고 치유함으로써 최종적으로 새로운 길에 대한 실마리를 얻을 수 있을 것이다. 그것을 발견하는 것은 각자의 몫이다. '인생이란 가장 슬픈 날 가장 행복하게 웃는 용기를 배우는 것'이라고 하지 않던가. 그래도 걸어야 하는 이유다.

에필로그

길의 끝에서 다음 길을 생각한다

길의 끝에서 다음 길을 생각한다. 아직은 가야 할 길이 많기 때문이다. 그리고 또 어디론가 가야 하는 이유는 중년의 어느 즈음을 지나고 있는 내 삶과 자신에게 건네야 할 선물들이 그곳, 그 길 위에 있기 때문이다.

나이를 먹어간다는 것은 어쩌면 무엇이 되어야 한다는 커다란 꿈일랑은 서랍 속에 고이 넣어두고, 스스로 누리는 작은 것에 만족하며 행복해야 함을 의미하는 것일지도 모른다. 이제는 '소유보다는 마음의 크기를 키움으로써 행복해질 수 있다'던 누군가의 충고를 실행해야 할 나이인 것이다.

다행인지 불행인지 나이 듦이 마냥 아쉽지만은 않다. 행복은 오히려 덜어냄으로써 찾아온다더니 틀린 말이 아님을 조금씩 알아가기 때문이다. 가지지 못한 것들에 대한 욕심을 덜어내고 세상은 이래야 하고 나 역시 그래야 된다는 규정으로부터 벗어나 있는 그대로의 나와 세상을 바라봄으로써 내 인생의 주인이 되는 날, 행복은 내 안에서 피어날 것이다. 물론 갈 길은 멀다.

끝으로 부족한 글이 책으로 엮이게 된 작은 역사에는 많은 분들의 도움이 있었다. 글의 교정과 퇴고에 아낌없는 도움을 준 대표 독자와 원고를 깎고 다듬어 기어이 한 권의 훌륭한 책으로 만들어준 더난출판사의 유승현 편집장과 김정주 편집자에게 감사의 인사를 전한다. 그리고 많은 길을 동행하며 소중한 걸음을 같이 해주었던 길 위의 도반들과, 특히 전국 각지의 훌륭한 길을 열어주시고 이끌어주셨던 걷기 동호회 '둘도모'의 예티 대장님 이하 여러 대장님들께도 감사의 인사를 드린다. 길이 그렇듯 누군가의 작은 성취도 수많은 사람들의 노력과 마음이 깃든 도움이 있었기에 가능한 일이었다.

봄볕이 따스했던 어느 날에
박대영

지름길을 두고 돌아서 걸었다

초판 1쇄 인쇄 2020년 3월 11일
초판 1쇄 발행 2020년 3월 18일

지은이 박대영
펴낸이 신경렬

편집장 유승현 **책임편집** 김정주 **편집** 황인화
마케팅 장현기 정우연 정혜민
디자인 이승욱
경영기획 김정숙 김태희 조수진
제작 유수경

펴낸곳 ㈜더난콘텐츠그룹
출판등록 2011년 6월 2일 제2011-000158호
주소 04043 서울시 마포구 양화로12길 16, 7층(서교동, 더난빌딩)
전화 (02)325-2525 **팩스** (02)325-9007
이메일 book@thenanbiz.com **홈페이지** www.thenanbiz.com

© 박대영 2020

ISBN 978-89-8405-985-6(03810)

이 도서의 국립중앙도서관 출판예정도서목록(CIP)은 서지정보유통지원시스템 홈페이지(http://seoji.nl.go.kr)와 국가자료공동목록시스템(http://www.nl.go.kr/kolisnet)에서 이용하실 수 있습니다(CIP 제어번호: 2020004407).

• 이 책 내용의 전부 또는 일부를 재사용하려면 반드시 저작권자와 ㈜더난콘텐츠그룹 양측의 서면에 의한 동의를 받아야 합니다.
• 잘못 만들어진 책은 구입하신 서점에서 교환해드립니다.